ハヤカワ・ミステリ

BEN H. WINTERS

地上最後の刑事

THE LAST POLICEMAN

ベン・H・ウィンタース

上野元美訳

TOKYO HAYAKAWA BOOKS

A HAYAKAWA
POCKET MYSTERY BOOK

THE LAST POLICEMAN
by
BEN H. WINTERS

Translated by
MOTOMI UENO
First published in English by
QUIRK BOOKS
Philadelphia, Pennsylvania
First published 2013 in Japan by
HAYAKAWA PUBLISHING, INC.
This book is published in Japan by
arrangement with
QUIRK BOOKS
through JAPAN UNI AGENCY, INC., TOKYO.

装幀／水戸部 功

コンコード・ウィンタース事務所の
アンドルー・ウィンタースへ

徹底した理性主義者であるヴォルテールにとってさえも、完全に理性的な自殺というものは、彗星または双頭の羊とおなじく、不可解でいささか奇異なものであった。

——A・アルヴァレズ『自殺の研究』

ゆっくりと、
ゆっくりと列車がやってくる、
カーブをまわって

——ボブ・ディラン〈スロウトレイン〉

目次

地上最後の刑事

おもな登場人物

ヘンリー・パレス……………コンコード警察署犯罪捜査部成人犯罪課の刑事

マガリー
アンドレアス
カルバーソン
……………………刑事

トリッシュ・マコネル
リッチー・マイケルソン
……巡査

オードラー………………………コンコード警察署署長

デニー・ドッセス………………検事補

アリス・フェントン……………検視官

シオドア・ゴンパーズ…………メリマック火災生命保険会社コンコード支店長

ナオミ・エデス…………………同社勤務の秘書

ピーター・ゼル…………………同社勤務の計理士、故人

ソフィア…………………………ピーターの姉

エリック・リトルジョン………ソフィアの夫

J・T・トゥーサン……………ピーターの旧友

ニコ………………………………ヘンリーの妹

デレク・スキーブ………………ニコの夫

アリソン・コークナー…………ヘンリーの元ガールフレンド

ビクター・フランス……………麻薬の売人

第1部
首吊りの街

3月20日火曜日

赤経　19 02 54.4
赤緯　−34 11 39
離隔　78.0
デルタ　3.195 AU（天文単位）

1

私は、保険会社勤めの男を見つめている。男は私を見つめてくる。古風なセル縁の眼鏡の奥の、生気の抜けた灰色の二つのまなこで。私は、ぞっとしながらも奮いたつような気持ちを味わっている。なんとまあ、これが現実なんだ。でも、自分にその備えがあるのかどうか、私にはわからない。本当にわからない。

私は目を細め、気持ちを落ち着けてから、今度はしゃがんで、もっと念入りに見る。両目と眼鏡、小さな顎と後退した髪のはえぎわ、顎の下で巻かれて喉にくいこんでいる黒いベルト。

これは現実だ。そうだろ？　自信が持てない。

深呼吸をする。集中しろと自分に言いきかせて、死体以外のあらゆるものを意識から締めだす。すすけたフロアと、天井の安っぽいスピーカーから流れる、やかましいだけのロックンロールを締めだす。

においがすさまじい。馬小屋にフレンチフライの揚げ油をぶちまけたような、不快きわまりない悪臭。いまでもこの世で能率的かつ勤勉に遂行されている業務はたくさんあるけれど、二十四時間営業のファストフード店の深夜のトイレ掃除は、そこに含まれていない。だからこうなる。手洗いを使う必要にせまられて、たまたまここにはいってきたマイケルソン巡査が発見したときには、保険会社勤めの男は、前かがみの姿勢で、個室のくすんだ緑色の壁と便器のあいだにはさまれてから数時間がたっていた。

はたしてマイケルソンは、見たとおり、10‐54Sとして通報した。ここ二、三カ月で私が学んだのは、また、署の全員が理解したのは、首吊り自殺は、映画で見るのとはちがって、照明器具や屋根の梁からぶらさがることはめったにないということだ。当事者が本気なら、そして当今はだれもかれも本気だから、自殺志望者は、ドアノブかコート掛けか、保険会社の男がしたように、身体障害者用トイレの手すりなどの横棒にひもをかける。そして、前に身体を倒して自分の体重で結び目を締めていき、気道をふさぐ。

私はさらにしゃがみこんで身体のバランスを取りながら、倒れこまずに、かつ現場のあちこちに指紋を残さずに、保険会社の男をらくに調べられる体勢をさがす。刑事になってからの三カ月半のあいだにこれで九件めだが、窒息死した遺体の顔を見ると、いまでもぎょっとする。赤く細い血管が網目状に浮きでた両目を、ひどく恐ろしいものを見ているみたいにかっと見ひらいている。舌は外に飛びだして片端でひっくり返っている。唇はふくれて、縁が紫色に変色している。

私は目を閉じ、軽く握った両手の甲でこすってから、また目をあけて、生きていたときのこの男のようすを思い描こうとした。ハンサムではなかった。見ればわかる。顔は青白くむくんでいるし、目鼻だちの造作が少しずつずれている。顎は小さすぎ、鼻は大きすぎ、分厚い眼鏡の奥の目はビーズ並みに小さい。

見たところは、保険会社の男は、長い黒のベルトを使って自殺した。ベルトの片端を手すりに巻きつけ、もう片方の端で、首を締めるための輪をこしらえた。それが無残にも喉にくいこみ、喉ぼとけを押しあげている。

「やあ、きみ。このお友だちはだれなんだ？」

「ピーター・アンソニー・ゼルです」私は落ち着いて答えながら、肩ごしにドッセスを見あげた。しゃれた格子縞のスカーフを巻いた彼は、トイレの個室のドアをあけはなったまま、湯気のたつマクドナルドのコーヒーカップをつかみ、にこやかに私を見おろしている。

「白人男性。三十八歳。保険会社勤めでした」

「どれどれ、あててみよう」ドッセスは言う。「サメに食われた。いや待てよ、ちがうな。自殺。自殺か？」

「そのようです」

「びっくりだ！　ショック！」デニー・ドッセス検事補は、白髪頭に快活で陽気な顔をした経験豊富な古株だ。「おっとハンク、気がつかなくて悪かった。きみも飲みたかったか？」

「いいえ、けっこうです」

被害者のうしろポケットにはいっていた、黒い人工皮革の財布の中身から判明した事実をドッセスに報告する。ゼルは、メリマック火災生命保険に勤めていた。イーグルスクエアわきのウォーターウエスト・ビルにある会社だ。ここ三カ月以内の日付の映画館の半券からすると、彼は、青くさい冒険映画を好んでいた。『ロード・オブ・ザ・リング』のリバイバル上映。SFの『淡い輝きのかなた』シリーズ二話分。フックセットにあるIMAXシアターで、DC対マーベルのスーパーヒーローもの。家族の所在を示すものも、写真の一枚もない。五ドル札と十ドル札で八十五ドル。市内の住所で登録された運転免許証。サウスコンコード、マシュー通り延長線十四番地。

「ああ、あそこね。そのあたりなら知っている。そっちのほうに小ぎれいなテラスハウスがあるんだよ。ローリー・ルイスがそこに一軒持っている」

「殴られたんです」

「ローリーが？」

「被害者ですよ。見て」私は、保険会社の男のねじまがった顔に向きなおって、右頬の上のほうにある黄色くなったあざを指さした。「だれかが彼を一度殴ったんです、思いきり」

「ああ、そうだな。たしかに殴られている」

ドッセスはあくびをし、コーヒーを飲む。ニューハンプシャー州法には、死体が発見された現場の検証に、検事局の人間が立ちあわなければならないという規定があった。そうすれば、殺人事件として立件された場合、検事局は最初から関与できる。一月中旬、この規定は、現在の尋常ならざる状況にそぐわないということで、州議会によって破棄された。というのは、ドッセスら検事補は、殺人現場ではない殺人現場にぼんやりと立っているだけのために、州内を飛びまわっていたからだ。いまは、検事補に10‐54S発生を連絡するかどうかは、捜査員の裁量にまかせられている。私はたいてい連絡する。

「で、きみ、ほかになにか？」ドッセスが訊く。「いまもラケットボールをやっているのか？」

「私はラケットボールはしません」話を聞き流しながら、死んだ男を見据えたまま、私は答える。

「しない？　だれと勘ちがいしたんだろう？」

私は、指で顎をとんとん叩きながら考えている。ゼルは背が低かった。一六五センチくらい。腹まわりにかなり肉がついている。なんとまあ、こうしてまだ考えてしまうのは、自殺と思われるこの遺体に納得できないものがあるからだ。私は、その違和感の理由をつきとめようとしている。

「電話がない」私はつぶやいた。

「なんだって？」

「財布とキーはここにあるのに、携帯電話がありません」

ドッセスが肩をすくめた。「きっと捨てたんだよ。ベスが捨てたばかりでね。電波が不安定になってきて、そろそろ処分する潮時だと思ったんだとさ」

私はうなずき、「ええ、なるほど」とつぶやく。ゼルを見つめたまま。

「それに、手紙がない」

「なに？」

「書き置きがないんです」

「へえ、そう?」彼は言って、また肩をすくめる。「そのうち友だちが見つけるだろうよ。上司とか」にっこり笑って、コーヒーを飲み干す。「こういう連中はかならず書き置きを残すからな。だとしても、現時点で説明をつける必要はない。そうだろう?」

「はい」口髭をなでながら、私は答える。「たしかにそうですね」

先週、ネパールの首都カトマンズで、東南アジア全域から集まってきた巡礼千人が、巨大なかがり火のなかへ歩いていって焼身自殺し、それを取り巻いて経を唱えていた僧侶たちも続いた。中央ヨーロッパでは、高齢者らがハウツーもののDVDを売買している。『ポケットに石を詰めて重りにする方法』、『流し台でバルビツール鎮静剤を作るには』。アメリカ中西部――カンザスシティー、セントルイス、デモイン――のトレンドは銃だ。大多数が散弾銃で頭をぶち抜く。ここニューハンプシャー州コンコードは、理由はどうあれ、首吊りの街だ。クロゼットで、納屋で、未完成の地下室で前かがみになった死体。先週の金曜日、イーストコンコードの家具店店主が、ハリウッド風にやろうとした。バスローブのおびを使って雨どいからぶらさがったものの雨どいが折れてテラスにころがり落ちた。四本の手足は折れたが、彼は生きている。

「悲惨なことにはちがいない」ドッセスは、あたりさわりなく話を結ぶ。「そのどれもが悲劇だ」

彼が腕時計をさっと見やる。引きあげようとしているのだ。けれども私はしゃがんだまま、目を細めて、保険会社の男の遺体を見まわしている。人生最後の日、ピーター・ゼルは、しわくちゃの黄褐色のスーツと、薄青色のボタンダウンのワイシャツを選んだ。ソックスの左右はそろっていない。両方とも茶色だが、片方は濃い茶色で、もう片方はそれより少し淡い茶色。両方ともゴムがゆるんで、足首までずり落ちている。首に巻きつけたベルトは――ドクター・フェントンなら索状物《リガチャー》と呼ぶだろう——極上の品だ。つやのある黒いレザーで、ゴールドのバックルにB&Rと彫ってある。

「刑事？　もしもし？」ドッセスが声をかけてきたので、私はそっちを見あげて、まばたきする。「私が知っておくことはほかにないか？」

「ありません。ありがとうございました」

「お安いご用だ。いつでも喜んで」

「ただ、ちょっと」

「なにか？」

私は立ちあがって背筋を伸ばし、ふりむいて彼と向きあう。「はい。私がこれから人を殺すとしましょう」

言葉を切る。ドッセスは愉快そうに、忍耐強いところをことさら強調して待っている。「ふむふむ」

「そこらじゅうで人が自殺しています。私はそういう時代に、この街で生きています。右も左も。ここは首吊りの街です」

「なるほど」

「私は、ねらった人物を殺して、自殺に見せかけようとするのではないでしょうか？」

「そうかも」

「そうかもしれないと？」

「ああ、そうかもな。でも、見ればわかるだろ？」ドッセスは、親指を元気よく立て、力の抜けた死体に向かってぐいと動かす。「それは自殺だ」

そしてウインクすると、男性トイレのドアを押しあけて、私をピーター・ゼルと二人きりにする。

「で、どうする、ノッポ？　こいつの死体運搬車《ミートワゴン》を待つのか、それとも俺たちで張り子《ピニャータ》の人形を運びだすのかよ？」

私は、非難するような厳しい視線をマイケルソン巡査に向ける。そういう〝ミートワゴン〟だの〝ピニャータ〟だの、うわべだけタフガイぶった言いかたが大嫌いだ。リッチー・マイケルソンも、そのことを知っている。だからこそ、わざと口にして私をいらつかせている。彼は、いちおうは犯罪現場の警備担当として男性トイレの入口に立ち、制服のシャツの胸元に透明なあぶらをしたたらせながら、黄色いセロハンに包まれたエッグマックマフィンを食べている。

「やめろよ、マイケルソン。ひとが死んだんだぞ」

「悪かったよ、ノッポ」

それに、私がそのあだ名を好きでないことも、マイケルソンは知っている。

「一時間以内に、ドクター・フェントンの事務所からだれか来るはずだ」そう伝えると、マイケルソンはうなずき、握った手を口元にあててげっぷをする。

「この件をフェントンの事務所に引き渡すのか？」彼は、朝食のサンドイッチの包装紙を丸めて、ゴミ箱にほうりこむ。「フェントンは、いまはもう自殺者を扱ってないと思ってたよ」

「それは刑事の判断しだいだ。それに、この事件では、解剖は認められると思う」

「へえ、そうか？」

「そうだ」

ほんとはまったく興味ないくせに。そうこうするあいだ、トリッシュ・マコネルは黙々と自分の仕事をしている。制帽の下で黒いポニーテイルが跳ねる、生き生きとした小柄な女性だ。その彼女が、店の反対側にあるカウンターのそばに中高生を集めていた。証言を取っているのだ。ノートの上で鉛筆を躍らせ、上司の捜査官の指示を見越して実行している。マコネル巡査に、私は好感を持っている。

「けどな」マイケルソンは言う。話を続けるためだけに。私をいらつかせるためだけに。「本部は、こういう事件ではさっさとテントをたためと言うぞ」

「知ってる」

「共同体の安定性と持続性とかいういつもの説教」

「ああ」

「そのうえ、トイレが使えないから、店主はかっかきてる」

マイケルソンの視線をカウンターまでたどると、このマクドナルドの赤ら顔の経営者が私たちを見つめかえしているが、黄色とケチャップ色の派手なベストのせいで、彼の揺るがない視線がややこっけいに見える。警察に長く居座られればそのぶん利益を失うのだ。第十六章違反で逮捕されたいなら、ここへきて私に中指を突きたてるがいい。店長の横に、カウンター係用のバイザーの縁から濃い髪の毛をはみださせた、ひょろ長い青年がいる。にやにやしながら、不機嫌な店長と二人の警察官を交互に見て、軽蔑するにふさわしいのはどちらか決めかねている。

「彼のことなら心配ない」私はマイケルソンに言う。「これが去年だったら、男子トイレどころか、店全体が六から十二時間は閉鎖されていたぞ」

マイケルソンが肩をすくめた。「新時代だな」

私は顔をしかめて、店主に背を向けた。やきもきさせてやれ。この店は、そもそもマクドナルドですらない。本物のマクドナルドなんて、もうどこにもない。その会社は、去年の八月、三週間にわたって株式市場が大混乱におちいったときに、市場価値の九四パーセントを失って倒産し、あとに、けばけばしい色をした数十万軒の店舗が残された。そのうちの多数、たとえば私たちがいまいるコンコードのメイン通り店などは、すぐさま海賊店として出直した。あそこにいる、私のよき友人のような意欲的な地元民が出資して、人々の大好物を大量にさばく商売をしている。フランチャイズ料をみつぐ必要はない。

もはや本物のセブンイレブンもダンキンドーナツも存在しない。パン屋のパネラはまだあるものの、そのチェーンを所有している夫婦が意味深長なスピリチュアル体験をし、その後、従業員の補充として同宗信徒を大量に採用したから、福音を聞きたいのでないかぎり、行く価値はない。

マコネルを呼び寄せ、彼女とマイケルソンに、この事件は不審死として捜査すると宣言する。マイケルソンの両眉があてこするように持ちあがったけれど、そしらぬふりをした。マコネルはというと、いかめしくうなずいて、ノートをめくって新しいページに進んだ。そして、二人に指示をあたえる。マコネルは、全員の証言をとってから、被害者の遺族をさがしだして事実を知らせること。マイケルソンは、このままドアのそばにいて、フェントンの事務所の人間が遺体を回収にくるまで現場を見張ること。

「了解しました」マコネルは答えて、ノートをぱたんと閉じた。

「歩きまわるよりはましか」マイケルソンが言う。

「リッチー、いいかげんにしろよ。ひとが一人死んだんだぞ」

「はいはい、ノッポさん。その文句はさっき聞いた」

二人の巡査に敬礼し、別れのあいさつ代わりにうなずいてから、マクドナルドの駐車場に出るドアのハンドルに片手をかけたとき、私は動きを止める。絶え間なく雪が吹きつけているというのに傘も差さず、コートも着ず、赤い冬用の帽子をかぶった一人の女が、気がかりがあるような足どりで、駐車場をこっちに向かって歩いてくる。どこかの屋内から飛びだしてきたみたいに、薄手のワークシューズで駐車場の半解けの雪の上を滑りながら。そのとき、女が私を見る。その女を見ている私を見る。私が警察官だと女が気づいたその瞬間を、私はとらえる。女は不安そうに眉をひそめ、きびすを返して急ぎ足で去っていく。

マクドナルドを出て、署から貸与されているシボレー・インパラで、ステート通りを北へ走る。車道は、厚さ五ミリほどの氷におおわれているので、慎重に運転する。脇道に、車がずらりと駐まっている。廃棄車両。フロントガラスが雪の吹きだまりになっている。赤レンガと大きな窓の堂々とした州立芸術センターを通りすぎるときにちらりと見ると、その向かいでだれかが店開きしたコーヒーショップは満員だ。コリアーズ金物店の外に、長蛇の列ができている――新商品の売りだしだろう。電球。シャベル。釘。高校生くらいの子がはしごにのぼって、厚紙に書いた値段に黒いマジックペンで横線をひいてから、新しい数字を書きくわえている。

四十八時間。と、私は考えている。落着した殺人事件のほとんどは、犯行から四十八時間以内に解決されている。

道路を走っているのは私の車だけなので、道行く人々が首をまわして、通りすぎる私を目で追う。浮浪者が一人、住宅貸付コンサルタント兼不動産会社のホワイトピーク社の板を打ちつけたドアに寄りかかっている。中高生の少人数のグループが、ATMの外にたむろして、マリファナをまわし飲みしている。むさくるしいヤギ髭の少年が、冷えきった空気にけだるそうに煙を吐きだす。

ステート通りとブレイク通りの角の、なにかの事務所だった二階建てビルのガラス窓に、縦に二メートルほどもある大きな字で落書きされている。〝うそ、うそ、全部うそ〟

リッチー・マイケルソンの揚げ足をとったことを後悔する。私が刑事に昇進するころには、パトロール巡査の毎日はかなり厳しいものになっていたし、あれから十四週間がたったが、事態が改善したとは思えない。たしかに、警察官の雇用は安定していて、しかも、いまは国内で最高額の給料をもらっている。また、コンコードでは、去年のおなじ月とくらべて、例外はいくつかあるものの、全般的に犯罪率に大きな上昇は見られない。IPSS法によって、アメリカ合衆国内において、あらゆる種類の銃砲類の製造、販売、購入が非合法化された。それは、とりわけニューハンプシャー州で施行するには困難な法律だ。

それでもなお、用心深い目をした市民が行きかう街なかは、暴力行為が勃発しそうな空気がつねにただよっている。そして、その空気は、戦地の兵士同様に、じっさいに街を巡回する警察官をじりじりと疲弊させるのだ。だから、私がリッチー・マイケルソンだったら、いまごろは疲れ気味で、ややうんざりしていて、たまには辛辣なセリフを吐くだろう。

ウォーレン通りの信号は正常に作動している。たとえ警察官であっても、それに、交差点にほかに車が一台もいないとしても、私は停車して、指でハンドルをリズミカルに叩きながら、青信号になるのを待つ。フロントガラスの前を見つめて、あの女のことを考えている。コートを着ていない急ぎ足の女。

「みんな、ニュースを聞いたか？」マガリー刑事が両手を口元にあてて、騒々しく怒鳴る。「日にちがわかったぞ」

「どういう意味だ、〝日にちがわかった〟って？」そう訊いたのはアンドレアス刑事だ。椅子からさっと腰を浮かし、ぽかんと口をあけてマガリーを見ている。

「日にちならとっくにわかってる。のろわれた日にちを知らないものはいないよ」

だれもが知っている日にちとは、きょうから六カ月と十一日後の十月三日、炭素とケイ酸塩でできた直径六・五キロメートルの球が、地球に衝突する日のことだ。

「巨大ミートボールが落ちてくる日のことじゃないぞ」マガリーが、《コンコードモニター》紙を振りまわして叫ぶ。「天才たちが、そいつが落ちる場所を発表する日だよ」

「ああ、それなら見た」うなずいたカルバーソン刑事は、自分のデスクに落ち着いて、自分の《ニューヨークタイムズ》紙を読んでいる。「四月九日、だろ」

私のデスクは、刑事部屋のいちばん奥の隅、ゴミ箱と小型冷蔵庫のそばだ。メモ帳を広げて、犯罪現場の観察記録を読みなおしている。メモ帳といっても、じっさいには、大学生が試験を受けるときに使う青いノートだ。大学教授だった父が死んだあと、屋根裏部屋から、二十五箱分近いノートが見つかった。コマッグミの卵とおなじ青い色の表紙の薄いノートだ。私はいまでもそれを使っている。

「四月九日？　もうすぐだな」アンドレアスはまたどっかりと椅子に座ってから、おなじ言葉をぼんやりとつぶやく。「すぐだな」

マガリーが得意げに話すいっぽうで、カルバーソンは首を振り、溜息をついている。これが、コンコード警察署犯罪捜査部成人犯罪課の全員だ。刑事部屋にいる四人。去年の八月からきょうまでに、成人犯罪課で三人が早期退職した。一人は、なんの説明もなく突然姿を消した。家庭内暴力《DV》事件で犯人逮捕のさいに手の骨を折って療養中だったゴードン刑事は、二度と戻ってこなかった。十二月上旬、人員減少のこの波に不十分ながら対処するべく、コンコード署は一人の巡査を昇進させた。私。パレス刑事。

この課は、人員という点ではかなり恵まれている。青少年犯罪課は、ピーターソンとゲレラの二人だけになった。コンピューター犯罪課は、十月三十一日で廃止された。

マガリーは、きょうの《ニューヨークタイムズ》をひらいて、声に出して読みだす。私はノートをじっくり読んで、ゼル事件のことを考えている。〝暴行または格闘の形跡なし／携帯電話？／索状物――ベルト、ゴールドのバックル〟

〝B&R〟と文字のはいった、黒いイタリアンレザーのみごとなベルト。

「マサチューセッツ州ケンブリッジのハーバード・スミソニアン宇宙物理学センターの天文学者らによれば、重大な決定をくだす日は四月九日と決まった」マガリーは、《ニューヨークタイムズ》の記事を読みあげている。「センターの専門家は、正式名称2011GV_1、別名マイアという巨大小惑星の動きを見守っている各地の天文学者、宇宙物理学者、そして天文ファンと協力して――」

「いいかげんにしろ」アンドレアスが陰気に、また、ひどく腹をたてたようにうめいて、またぱっと立ちあがり、マガリーのデスクにまっすぐ向かう。小柄で神経質で、四十がらみの男にしては、無邪気な少年のように、頭はカールした黒い巻き毛でふさふさしている。「そんなことは知ってるよ。この地球上に、まだ知らないやつがいるか？」

「なあ、落ち着けって」マガリーが言う。

「なにかあるたびに、おなじことを何度もいちいち記事に書かれるのがいやなんだよ。やつらはからかってんのか、じらしてんのか」

「新聞記事なんてそんなもんさ」カルバーソンが口をはさむ。

「けど、いやでたまらない」

「どうしようもないな」カルバーソンは頬をゆるめる。彼は、犯罪捜査部でただ一人のアフリカ系アメリカ人だ。というか、コンコード警察でたった一人のアフリカ系アメリカ人で、ときどき〝コンコードで唯一の黒人〟と愛情こめて呼ばれている。それは事実ではないけれど。

「わかったわかった、そこを飛ばすから」マガリーは、かわいそうなアンドレアスの肩をそっと叩いて言う。「研究者らは……飛ばす、飛ばす……いくつかの意見の不一致を解決し、課題である……飛ばす飛ばす飛ばす、と。ここはどうだ。〝衝突までわずか五カ月半にせまった四月のその日の赤緯と赤経によって、マイアが衝突する地点を、二五キロの誤差で正確に特定できるだろう〟」

　最後の部分を読みあげるマガリーの声はややかすれ、威勢のいいバリトンのとげがやわらぐ。そして、低く長く口笛を鳴らす。「誤差二五キロだとさ」

　そのあと続いた静寂を、暖房器の小さなモーター音が埋めた。アンドレアスは、マガリーのデスクの横に立ち、わきに垂らした手を握りしめて、新聞をじっと見おろしている。カルバーソンは居心地のよい自分の場所で、ペンを手にして、紙に長い線を引きはじめる。私は青いノートを閉じ、首をそらして、天井の中央にある、縁飾りのついた照明器具に近い一点を見据えている。

「うん、そこが肝心だぞ、紳士淑女ばい菌のみなさん」マガリーのバリトンに勢いが戻っている。そして、これみよがしに新聞をたたんで振りまわす。「このあと、いろんな反応に花が咲く」

「反応？」両手を新聞のほうにいらいらとはためかせて、アンドレアスがわめく。「どんな反応だ？」

「そうだな、たとえば、カナダの首相が言うんだ。その場所が中国であることを祈ろうって」マガリーは笑っている。「すると中国の主席が言う。〝おいカナダ、悪気はないが、こっちはべつの見方をしている〟とか。いろいろさ」

　アンドレアスが、うんざりしたようなうなり声を発する。私は、このようすをなんとなく見物しているものの、照明器具をにらみつけて、ほんとうは頭を働かせている。深夜、男がマクドナルドへはいってきて、障害者用トイレで首を吊る。男がマクドナルドへはいってくる。深夜で……

　カルバーソンがもったいぶって紙を持ちあげると、書いていたのは、縦線と横線だけの単純で大きな図表だったことがわかる。

「公式コンコード警察署小惑星共同基金」彼は大まじ

めに宣言する。「さあ、賭けた賭けた」

私は、カルバーソン刑事に好感をいだいている。いまだに本物の刑事らしい装いをしているところが好きだ。きょうの彼は、三つ揃いのスーツを着て、光沢のあるネクタイを締め、それとよくあう色のポケットチーフを差している。いまとなっては、大半が、すっかり気取らない服装に流れてしまった。たとえば、アンドレアスは、長袖のTシャツとゆったりしたジーンズだし、マガリーは、ワシントン・レッドスキンズのスエットスーツだ。

「どうせ死ぬなら」カルバーソンが結論を述べる。「まず、警邏《けいら》部の兄弟姉妹連中から数ドル集めようぜ」

「いいとも。でも」アンドレアスが、不安そうにあたりを見まわす。「どうやって予想する？」

「予想？」マガリーが、折りたたんだ《モニター》紙でアンドレアスをひっぱたく。「どうやって集めるか、だろ？」

「俺からだ」カルバーソンが言う。「大西洋に百ドルぽっきり賭けるぞ」

「おれはフランスに四十ドル」財布をごそごそやりながら、マガリーが申してる。「やつらには当然のむくいだ」

カルバーソンが、私のいる隅まで図表を運んできて、それをデスクに滑らせてくる。「おまえはどうだ、スリーピー・ホロウのイカボッド・クレーン？ どこだと思う？」

「そうだなあ」死んだ男の目の下の痛々しいあざについて考えていたから、うわのそらで答える。だれかがピーター・ゼルの顔を思いきり殴った。最近だが、直前ではない。二週間くらい前？ 三週間前？ ドクター・フェントンならわかるだろう。

期待をふくらませたカルバーソンが、両眉をあげて待っている。「で、パレス刑事？」

「むずかしいですね。そうだ、みなさん、ベルトをどこで買いますか？」

「ベルト？」アンドレアスが自分の胴を見おろしてから、顔をあげる。ひっかけ問題かと疑っているかのよう。「ぼくはサスペンダーだからね」

「ハンフリーズという店」カルバーソンが答える。

「マンチェスターの」

「アンジェラが買ってきてくれる」そう言うマガリーは、足をあげてうしろに寄りかかり、いまはスポーツ欄を読んでいる。「パレス、いったいなんの話だ？」

「事件のことを考えてるんです」いまは私のほうを見ている全員に説明する。「けさ、マクドナルドで見つかった死体のこと」

「首吊りだったんだろ」マガリーが口をはさむ。

「いまのところ、不審死と私たちは呼んでいます」

「私たち？」カルバーソンが言い、私の顔を意味ありげに見て、にやにやしている。いまもアンドレアスはマガリーのデスクのそばに突っ立ったまま、額に片手をあてて、新聞の一面に見入っている。

「索状物は黒いベルト。バックルに〝B&R〟と書いてありました」

「ベルクナップ・アンド・ローズだな」カルバーソンが解説する。「待てよ、おまえはこの事件を殺人で捜査しているのか？ あんな出入りの多い場所で殺しとはな」

「ベルクナップ・アンド・ローズ、そこなんです。それ以外は、被害者が身につけていたのは目だたないものばかりです。地味なベージュのスーツは既製品だし、わきの下に染みのある古いワイシャツ、左右ふぞろいのソックス。それに彼自身のズボンには、安物の茶色のベルトが締めてありました。でも、索状物はちがう。本革の手縫いです」

「そうか」カルバーソンが相槌を打つ。「じゃあ被害者はB&Rへ行って、自殺用に高級ベルトを買ったんだ」

「一件落着」マガリーが合いの手をいれて、新聞をめくる。

「そうでしょうか？」私は立ちあがる。「たとえば、私が首を吊ることにしたとする。私はふつうの男で、通勤着はスーツですから、ベルトを何本か持っているはずです。わざわざ車で二十分もかけて、マンチェスターの高級男物洋品店へ自殺用のベルトを買いに行くでしょうか？」

いまの私は、口髭をなでながら、背中を丸めて、デスクのそばを行ったり来たりしている。「たくさん持っているベルトのどれかを使えばいいのに？」

「人それぞれだからな」カルバーソンが言う。

「そんなこと」あくびをしながらつけくわえたのはマガリーだ。「どうでもいいじゃないか」

「たしかに」私は答えて、椅子に戻り、青いノートをまた手に取る。「そうですね」

「パレス、おまえはまるでエイリアンだぞ、わかってんのか？」マガリーが言う。すばやく手を動かしてスポーツ欄を丸めたと思ったら、私の頭でそれが跳ねた。

「べつの惑星とかから来た宇宙人みたいだ」

2

ウォーターウエスト・ビルの警備デスクの奥に、ひどく年老いた男がいる。たったいま昼寝から、または死から目ざめたかのように、私を見てゆっくりとまばたきする。

「このビルのだれかと面会の約束があるのかね？」

「ありません。警察です」

警備員のワイシャツはとんでもなくしわくちゃで、制帽は形くずれし、ひさしが折れていた。昼前なのに、寂しいロビーはたそがれどきのようで、細かなほこりがけだるそうに薄明かりのなかで漂っている。

「ヘンリー・パレス刑事といいます」私は警察の記章を提示する——男は見ない。関心がないのだ——私は記章を丁寧にしまった。「コンコード警察署犯罪捜査部のもので、ある不審死について調べています。メリマック火災生命保険会社の事務所へ行きたいのですが」

男は咳こんだ。「ところで、きみはどのくらいあるの？ 一九〇センチくらい？」

「そんなところです」

エレベーターを待つあいだ、薄暗いロビーを夢中になってながめる。番をするかのように、片隅でどっしりと腰を据えている巨大な鉢植えの植物。ずらりと並ぶ真鍮の郵便受けの上の、雪をいただく山々を描いた風景画。止まり木から私をじっくり吟味する老警備員。すると、あの保険会社の男は、毎朝、この風景を見てから、一日の仕事を開始したのか。きしるような音をたててエレベーターのドアがあいたとき、かびくさい空気をふっと嗅いだ。自殺事件の反証となるものは、このロビーには見あたらない。

ピーター・ゼルの上司は、シオドア・ゴンパーズという名の、青いウールのスーツを着た二重あごの面白味のない男で、私が事実を告げても、これっぽっちも驚かない。

「ゼルか。それは気の毒に。一杯つごうか？」

「いえ、けっこうです」

「こんな天気だし、ね？」

「ええ」

　私たちはゴンパーズのオフィスにいる。彼は、浅く四角いタンブラーでジンを飲み、てのひらでぼんやりと顎をこすりながら、大きな窓の外をイーグルスクエアへと落ちていく雪をながめている。「みんなが、この天気は小惑星のせいだという。この雪は。聞いたことあるでしょう？」ゴンパーズは街の通りをじっと見つめて、物思いにふけったまま、静かに口をひらく。「でも、それは事実じゃない。いまはまだ。五億キロ離れている。地球の気象に影響をおよぼすほど近くない。まだまだだ」

「ええ」

「問題はそのあとなのに」彼は溜息をついて、私のほうにそろそろと首をまわす。牛みたいに。「みんなわかっていないんだよ」

「そのとおりですね」青いノートとペンを手にして、私は辛抱強く待っている。「ピーター・ゼルについて話をうかがえますか？」

　ゴンパーズは、ジンを一口飲む。「といっても、そんなに話すことはないよ。生まれながらの保険計理士だった。それははっきりしているが」

「生まれながらの保険計理士ですか？」

「そう。たとえば、ぼくも統計学はじめいろんな学位を持っているから、最初は計理士をしていた。でも、営業に鞍替えして、いつのまにか経営側になって、ここにいる」両手をひらいてオフィスを示してから、弱々しく微笑んだ。「でも、ピーターは出世しなかっただろうね。かならずしも悪い意味で言っているわけじゃないんだが、彼は出世しなかっただろう」

私はうなずき、ノートでペンを走らせて、ゴンパーズがぼんやりとつづけるつぶやきを書きとめる。ゼルは、計理計算の魔術師のような男だった。縦にずらりと並ぶ人口の統計データを整理して、正確なリスクと利益をはじきだす、超人的といってよい能力の持ち主だった。それに、病的なほど内気だった。たとえば、歩くときには床から目を離さず、訊かれたときだけ〝こんにちは〟とか〝元気です〟とぼそぼそ答え、会議ではうしろの席に座って、自分の手を見つめている。

「そしてなんと、会議が終わると、彼はいつも最初にドアから出ていく。ぼくたち人間と一緒にいるよりも、自分のデスクで、計算機とバインダー資料を使って仕事をしているほうがずっと楽しいんだろうと思ったよ」

ゴンパーズに話をつづけさせるために、元気づけるように、また共感をこめてうなずきながら、私はメモをとっている。そうしながら、この男、ピーター・アンソニー・ゼルに好感を持ちはじめた自分を感じている。私は、あたえられた務めをきちんと果たそうとする人間が好きだ。

「だけどね、ゼルというと、いまの異常な状態にあんまり振りまわされていないようだったな。最初からそうだった。すべての幕があいたときでも」

ゴンパーズが、頭を、うしろの窓のほうに、つまり、空に向かってそらしたので、彼の言う〝すべての幕があいたとき〟とは、去年の初夏、人々があの小惑星のことをまじめに受けとめるようになったときのことだろうと見当をつける。あれが発見されたのは去年の四月だが、最初の二ヵ月は、世にも不思議なニュースや、Ｙａｈｏｏ!のホームページの冗談めかした見出しで取りあげられただけだった。〝舞い降りる死?!〟とか

〝空が落ちてくる!〟とか。世間がその危険を現実のものとして認識したのは、六月上旬のことだった。小惑星衝突の確率が、五パーセントにあがったとき。マイアの外周が、四・五キロから七キロと推定されたとき。

「あなたも憶えているでしょう。あのあと、人々は気がふれたり、デスクで涙を流したりしている。それなのにゼルは、さっき話したように、顔を伏せて仕事をしているんだ。小惑星は自分には落ちないと思っているみたいに」

「では、もっと最近はどうでしたか? そのようすになにか変化は? ふさぎこむとか?」

「うーん、ちょっと待って」彼はふと言葉を切り、片手を口元にあてて、遠くにぼんやり見えているものを見分けようとしているかのように両目を細めている。

「ゴンパーズさん?」

「いや、ぼくはただ……すまない、思いだそうとしているんだ」彼の目が一瞬閉じられ、またぱっとあくのを見て、午前中にジンを何杯飲んだのだろうと疑問に思い、この証人の信頼性にふと不安をおぼえる。「そうだ、事件があった」

「事件?」

「そう。テレサという会計士の女性がいるんだが、彼女がハロウィンに小惑星の扮装で会社にやってきた」

「ほう?」

「そうなんだ。趣味が悪いよね?」と言いながら、ゴンパーズは思いだし笑いをしている。「大きな黒いゴミ袋に数字をつけただけのものだった。ほら、2-0-1-1-G-V-1と名札に書いて。みんな笑っていたな。大笑いしたものもいた。ところが、どこからともなく現われたゼルが、激怒したんだ。全身を震わせて、その子に向かってわめいたり叫んだりしてね。気味が悪かったよ。さっき言ったように、いつもはとても静かな男だからね。そのあと、詫びを言ったはいいが、つぎの日から、会社に来なくなって」

「どのくらいですか？」

「一週間？　二週間かな？　ずっと来ないつもりかと思っていたら、そのうち会社に出てきて、なんの説明もなく、またいつもとおなじ」

「おなじ？」

「そう。静か。落ち着いている。集中している。よく働いて、指示されたことをきちんとやる。保険統計部門が干あがったときでも」

「ん——なんと言われました？　えっと？」

「保険統計部門です。昨年の秋、というか冬のはじめころに、うちの会社は、保険証書の発行を完全に停止した」私の腑に落ちない顔を見て、ゆがんだ笑みを浮かべている。「ねえ刑事さん、こんな時期に、生命保険にはいるかい？」

「はいらないと思います」

「そのとおり」彼は言い、鼻をすすって、グラスを干す。「ぼくもだよ」

そのとき照明がちらついて、顔をあげたゴンパーズが、ぼそりと「がんばれ」とつぶやくと、一瞬のちにまた明るさを取り戻した。

「ともかくそのあと、ほかの全員がやっていることをピーターにやらせた。保険金請求の審査だ。不正請求や不審な申請を見つけるためさ。ばかげて聞こえるが、うちの親会社のバリエゲイティッド社が最近、必死になってるんだよ。詐欺の防止に。純利益を守るためだ。多くの最高経営責任者《CEO》が商売から手を引いて、ほら、バミューダとかアンティグアへ行ったり、避難壕を作ったりしている。でも、うちはちがう。ここだけの話だけど、うちの会長は、最後が来たときにそなえて、天国へ行く権利を買っておきたいんだよ。そんな気がする」

私は笑わない。ペンの端でノートを軽く叩きながら、いまの話を飲みこみ、頭のなかで事実関係を時系列に並べている。

「彼女と話せるでしょうか？」

「だれと？」

「さっきおっしゃった女性です」私はメモをさがした。

「テレサ」

「ああ、彼女ならずっと前に辞めたよ、おまわりさん。いまはニューオーリンズにいるんじゃないかな」ゴンパーズはうつむいている。声は小さくなって、ほとんどつぶやき声だ。「そこに、たくさんの若者が集まってる。じつは、うちの娘も」そしてまた、窓の外を眺める。「ほかに知りたいことはあるかな？」

私は、青いノートを見おろす。クモの巣みたいに四方に広がるきたない字。そうだな、ほかになにを訊けばいいだろう？

「友人関係はどうです？　ゼルさんに友だちはいましたか？」

「うーんと……」ゴンパーズは首をかしげて、下唇を突きだす。「一人いた。というか、よく知らないけど、あの男が友だちだったんじゃないかな。でかいデブで、腕が太い。去年の夏に一、二度、ワークスの角あたりで、一緒にランチしてるのを見かけたな」

「大柄な男と言われました？」

「でかいデブと言ったんだけど、まあそういうこと。どうして覚えているかというと、第一に、ランチに出かけるピーターを見たことがなかったから、それじたいがとても珍しかった。第二に、ピーターはごく小柄だったから、あの二人が並んでいると、ちょっとした見ものだったんだよ」

「その男の名前はわかりますか？」

「大男の？　さあね。話をしたこともないから」

私は、どんな質問が目的にかなうか、尋ねるべきことはなにか、ほかになにを知る必要があるか考えながら、組んでいた脚をほどいて、もう一度組みなおす。

「では、ピーターがあざをどこでこしらえたか、おわかりですか？」

「なに？」

「目の下のあざです」

「ああ、あれね。そうそう、どこかの階段から落ちたと言ってたな。二週間前くらいだったか」

「どこかの階段から落ちた？」

「彼がそう言ったんだ」

「そうですか」

そのことを書きとめていると、捜査の進めかたの輪郭がぼんやりと見えてきて、右脚をアドレナリンが駆けめぐり、組んだ左脚の上でわずかに跳ねる。

「ゴンパーズさん、最後の質問です。ゼルさんに敵がいたかどうかごぞんじですか？」

ゴンパーズは、てのひらの手首に近い部分で顎をこすりながら、目を泳がせて記憶をさぐっている。「敵ですって？ まさか、だれかに殺されたと考えてるんじゃないでしょうね？」

「まあ、いろいろなケースが考えられますから」青いノートをぱたりと閉じて、私は立ちあがる。「彼の仕事場を見せてもらえませんか？」

ゴンパーズの話を聞いていたときに右脚の奥から噴きだしてきたアドレナリンの激流は、いまや全身に広がって、毛細血管にまで流れこみ、体内は痺れるような妙なうずきで満たされている。

私は警察官だ。ずっとなりたいと思っていた。パトロール警官だった一年四ヵ月のあいだ、第一区でほぼ夜勤専門で働き、ラウドン通りのウォルマートから陸橋までを、パトカーをゆっくり走らせて過ごした。一年四ヵ月のあいだ、午後八時から午前四時まで、七キロと二百メートルの道路を行ったり来たりしながら、マーケット・バスケットの駐車場で、乱闘をやめさせたり、酔っぱらいを帰らせたり、物乞いや変人を追いはらったりした。

すごく楽しかった。去年の夏でさえも楽しかった。とんでもないことが起きて、時代が変わり、そして秋になって、仕事がどんどんやりにくくなり、どんどん訳がわからなくなっていっても、やっぱり大好きだった。

ところが、刑事に昇進してからは、じれったいような歯がゆいような、名づけようのない感覚にすっぽり包まれていた。タイミングが悪かった、運が悪かったという思いと不満が消えなかった。物心ついてからずっとやりたいと思い、待ちのぞんできた仕事についたのに、失望感をいだいていた。こっちこそおまえに失望したと、仕事はいうだろうけど。

そしていま、今日、ここでついに、このしびれるような感じが、脈打つ場所でうずきながら消えていって、なんとまあ、これがそうかもしれないと考えている。ついに出会えたのかも。

「いったいなにをさがしてるの？」

質問というよりは詰問だ。ピーター・ゼルのデスクのひきだしのなかを系統だてて調べていた私が首をまわすと、そこに、黒い細身のスカートと白いブラウスを着て、頭を剃りあげた女性がいる。マクドナルドで見かけた女だ。店へ向かってきながら引き返し、また駐車場にまぎれて消えてしまった女。その青白い顔色と真っ黒な目に見覚えがある。けさは真っ赤な毛糸の帽子をかぶっていたけれど、いまは無帽のつるりとした白い頭皮に、メリマック火災生命保険会社のどぎつい天井の照明が反射している。

「証拠をさがしています。通常の捜査手順です。私は、コンコード警察のヘンリー・パレス刑事です」

「なんの証拠？」女の小鼻の片方に、ゴールドの小さなピアスが一つ差してある。「ゴンパーズは、ピーターは自殺したと言ってたけど」

答えないでいると、彼女が、風通しの悪い狭い事務室にはいってきて、私の作業を見守る。小柄、はっきりした顔だち、落ち着いた雰囲気のきれいな娘で、二十四、五歳くらい。ピーター・ゼルが彼女をどう思っていたか、わかるような気がする。

「それはさておき」三十秒くらいたってから、彼女が言いだす。「必要なものがないか聞いてこいとゴンパーズから言われたの。なにかある？」

「いいえ、ありがとう」

私のほうを見やって、死んだ男のひきだしをかきまわしている私の手に目を留める。「何度も訊いて悪いけど、なにをさがしてるって言った？」

「まだわからない。捜査というのは、前もって道筋を決めて行なうものではないんです。手がかりを一つずつ追って先へ進んでいくんです」

「へえ、そうなの？」若い女が両眉を持ちあげると、額に細かいしわができる。「教科書かなにかを読んでるような言いかたね」

「ほう」私はなにげない表情を保っている。じつは、ファーリーとレナード共著の『犯罪捜査』第六章の序文だ。

「必要なものが出てきました」そう言って、表裏を逆にして壁に向けてあるゼルのモニターを指さした。

「コンピューターはどうなってるんですか？」

「十一月から、全部が紙になったの」肩をすくめて、そう答える。「ファイルは、本社やほかの地域事業部とネットワークで共有していたんだけど、ネットワークがびっくりするくらい遅くなって面倒だから、全社オフラインでやってる」

「ははあ、そうですか」この一月以降、メリマックバレーでは、全体的にインターネットサービスがだんだん当てにならなくなってきた。バーモント州南部の中継局が、アナーキストらしき集団によって襲撃されたあと、人手がないせいで放置されている。襲撃の目的は不明だった。

女はそこに突っ立って、私を見ている。「ところで、失礼ですが――ゴンパーズさんの役員補佐でいらっしゃいますか？」

「やめてよ」あきれた顔をして、女は答える。「秘書です」

「お名前は？」

あえて答える必要はないと思っていることを、無言で私に伝えてから、彼女は答える。「エデス。ナオミ・エデス」

ナオミ・エデス。じつは、頭はつるつるに剃りあげられていなかったことに、私は気づく。頭皮は、透明感のある金色の綿毛でおおわれている。ドールハウス用の上品なじゅうたんみたいに、やわらかく、なめらかで、とても気持ちよさそうだ。

「エデスさん、いくつかお訊きしたいことがあるんですが？」

それに対する答えはないけれど、部屋を出ていきもしない。そこに立ったまま、こっちをじっと見ているので、質問をはじめる。ここで働きだして四年になる。はい、はいったときには、ゼルさんはもういました。いいえ、彼のことはよく知らなかった。ピーター・ゼルの人柄については、ゴンパーズの意見とほぼおなじだ。物静か、働き者、人づきあいが下手。ただし彼女は、不器用という言葉を使い、私はそれを気に入る。ゼルが経理課のテレサを激しくののしったというハロウィンの事件を憶えてはいるけれど、そのあと、一週間ほど欠勤したことは記憶にない。

「でも、正直言って、彼がここにいなくたって、それに気づいたかどうか自信はないわ。さっきも話したけど、彼とはそんなに親しくなかったから」彼女の表情がふとやわらいだと思うと、つぎの一瞬、まばたきして涙をこらえた。私の目にまちがいはない。けれども、わずかな一瞬が過ぎると、また、それまでの無表情に戻る。「でも、とてもいい人だった。ほんとうにいい人」

「気落ちしていたという表現は、彼にあてはまりますか？」

「気落ちする？」おうむ返しに言いながら、皮肉っぽい笑みをかすかに浮かべる。「刑事さん、わたしたちみんなが気落ちしているんじゃない？　この耐えがたい内的要因で？　あなたは気落ちしていないの？」

　私は答えないけれど、その言いまわしを気に入る。〝この耐えがたい内的要因〟。ゴンパーズの〝異常な状態〟や、マガリーの〝巨大ミートボール〟よりもいい。

「それではエデスさん、きのう、ゼルさんが退社した時間を知りませんか？　または、だれかと一緒だったか？」

「いいえ」声をかなり低く落とし、顎が胸につくほどうつむいて、彼女は答える。「きのう、彼が何時に退社したか、だれと一緒だったかは知りません」

　一瞬訳がわからなかったものの、突然声を変えて私をからかったのだと気づいたときには、ふつうの声に戻っていた。「わたしは早くに帰宅したわ、三時ごろに。近ごろは勤務に余裕があるから。でも、わたしが帰るときには、ピーターはまだここにいた。じゃあねって手を振ったのを憶えてる」

　そのとき突然、きのうの午後三時、仕事を終えて帰宅する上司の秘書を見つめるピーター・ゼルがまざまざと目に浮かんだ。落ち着きはらった美しい彼女は、人懐っこいけれど無関心に手を振ってよこし、われらがゼルは居心地悪そうにうなずいて、鼻の眼鏡を押しあげながら、デスクにかがみこむ。

「じゃ、もう失礼するわ」だしぬけにナオミ・エデスが言いだす。「仕事に戻らなくちゃ」

「どうぞ」礼儀正しくうなずいて、声をかけたものの、頭でこう考えている。ここに来てくれと頼んだわけじゃない。ここにいてくれとは頼んじゃいないよ。「そうだ、エデスさん。あと一点だけ。けさ、遺体が発見されたとき、マクドナルドでなにをしていたんですか？」

未熟な私が見たところでは、この質問にエデスは動揺している——顔をそむけ、頰に赤みがさした——けれど、気持ちを切りかえて、微笑んで言う。「なにをしていたかですって？　いつも行くからよ」

「メイン通りのマクドナルドへ？」

「ほとんど毎朝。そうよ、コーヒーを買いに」

「コーヒーなら、もっと近くにたくさん店がありますよ」

「あそこのコーヒーはおいしいの」

「では、どうしてはいらなかったんですか？」

「それは——寸前に、お財布を忘れたことに気づいたから」

私は腕を組み、胸を張ってまっすぐに立つ。「ほんとうですか、エデスさん？」

私の態度を真似て、エデスは腕を組み、私の目を見あげる。「これは、ほんとうに通常の捜査手順なの？」

そのあと私は、歩き去る彼女を見送ることになる。

「おまえさんが訊いてまわっているのは、あの小男のことだろう？」

「なんですって？」

年老いた警備員は、さっき別れたときとまったく変わらず、椅子をエレベーターホールに向けて座っている。私が階上で話を聞いているあいだじゅうずっと、この姿勢で凍りついていたみたいに。

「死んだやつ。おまえさんは殺人事件の捜査のために、メリマック生命にやってきたと言った」

「私は、不審死を捜査していると言いました」

「じゃあそれでいい。でも、あのちびすけだろ？　ちっちゃなリスみたいな？　眼鏡の？」

「はい。ピーター・ゼルという名前です。お知りあいでしたか？」

「いや。といっても、おれは、このビルで働く全員を知っていた。あいさつをするのでな。おまえさんは警官だと言ったな？」

「刑事です」

老人の革のような顔がほんの一瞬ゆがんで、微笑みの遠縁らしき物悲しい表情が現われる。「おれは空軍にいた。ベトナムだ。こっちに帰ってきてしばらくは、警官になりたいと思っていたんだよ」

「それなら」悲観的な意見やあきらめにぶつかったときには、どんな場合でも父がかならず口にした無意味なセリフを、私はつい口走ってしまう。「遅すぎるということはけっしてありませんよ」

「そうさな」警備員はしわがれた咳をして、つぶれた制帽をかぶりなおす。「ところが、あるんだ」

ややあって、わびしいロビーで警備員は言う。「きのうの夜、そのやせっぽちの男は、だれかの赤い大型ピックアップトラックで帰っていった」

「ピックアップトラック？　ガソリン車ですか？」

ガソリンはない。警察と軍をのぞいて。十一月上旬、石油輸出国機構《OPEC》は原油の輸出を停止し、その二週間後、カナダがそれに続いたため、輸入はとだえた。一月十五日、エネルギー省は、厳格な強制価格統制を敷いて戦略石油備蓄を放出した。全国民は約九日分のガソリンを買えたが、それ以降は手にはいらなくなった。

「ガソリンじゃあない」警備員は答える。「においからして使用済みの食用油だな」

私はうなずくと、胸をはずませながら、片手の手首に近いてのひらで口髭をなでて一歩前に出る。「ゼルさんは、自発的にトラックに乗りましたか、それとも強制されて？」

「そうさな、だれも彼を押しこんだりはしなかった。強制とはそういう意味だろ？　それに、銃とかも見なかったな」

私はノートを取りだし、かちりとボールペンの先を出す。「どんな車でしたか？」

「フォードの高性能車で、旧型だった。一八インチのグッドイヤー、チェーンなし。ほれ、胸が悪くなるような廃食油のにおいのする煙を吐きだす」

「なるほど。ナンバープレートはわかりますか？」

「わからなかった」

「運転手を見ましたか？」

「いいや。べつにその必要がなかったもんで」老人が目をぱちくりさせたのは、思うに、私の勢いにとまどったのだろう。「でも、大男だった。それはたしかだな。がっしりした体格で」

私はうなずきながら、さらさらと書きとめる。「赤いピックアップだったんですね？」

「まちがいない。標準的な荷台の、赤の中型ピックアップトラック。で、運転席側に大きな国旗が描いてあった」

「どこの国旗ですか？」

「どこの国旗かって？　アメリカのだよ」老人は自信なさそうに答える。まるで、それ以外の国旗の存在を認めたくないとでもいうように。

私は、一分ほど無言で書いている。静かなロビーでさらさらとペンを走らせる私。首をかしげ、博物館の展示でも見るような、突き放した目つきで私のことをぼんやりと見ている老人。そのあと私は礼を言い、青いノートとペンをしまって、歩道に踏みだす。街なかの赤レンガや砂岩の建物に雪が落ちてくる。私は立ちどまって、映画を見るように、脳裏に映る光景をながめる。しわの寄った薄茶色のスーツ姿の内気で不器用な男が、改造エンジンで走る赤いぴかぴかのトラックの助手席に乗りこんで、人生最後の数時間へと走りだすのを。

3

十二歳のころ、一週間に一、二度のわりあいでよく見ていた夢がある。

夢の中心人物は、コンコード警察署の署長を長らく務めてきた、堂々たる体軀のライアン・J・オードラーだった。当時でさえ、就任してからかなりの時間がたっていた。実生活では、毎夏恒例、署をあげての持ちより親睦ピクニックのときに、慣れない手つきで私の髪の毛をかき乱して、五セント硬貨をぽんと投げてくれた署長だ。そこにいた子ども全員にそうしていたように。夢のなかのオードラーは正装して気をつけの姿勢で立ち、聖書を持っている。その上に私は右のてのひらを置き、署長のあとについて、法を執行し順守することを誓う。そのあと署長から、銃と警察記章をうやうやしく手渡されると、私は敬礼し、署長が返礼し、音楽がだんだん大きくなる――夢のなかで音楽が聞こえている――そして、私は刑事になる。

現実はこうだった。昨年末のひどく寒いある朝、長い夜の第一区のパトロールを終えて、午前九時半に署に戻ってきた私は、自分のロッカーで、DCA室に来いという手書きのメモを見つけた。休憩室へ立ち寄って顔をざっと洗い、一段とばしで階段を駆けあがった。そのときの管理《D》部《C》副部長《A》は、イリーナ・ポール警部補だった。とつぜん辞職したアービン・モス警部補の後釜にすわってまだ一カ月半だ。

「おはようございます」私はあいさつする。「お呼びでしょうか？」

「ええ」ポール警部補は答え、いったん顔をあげてから、目の前に置かれた、背表紙に〝アメリカ司法省〟とステンシルされた分厚い黒のバインダーにまた目を戻す。「ちょっと待ってくれる？」

「はい」と答えて、あたりを見まわしていると、部屋の隅から低く重々しい声が発せられる。「やあ」

制服姿だがネクタイはせず、シャツの喉元のボタンをはずした姿のオードラー署長が、一つしかない窓際の薄暗がりにまぎれて、腕を組んで立っている。びくとも揺るがないオークの木。戦慄を覚えた私は、背筋を伸ばしてあいさつする。「おはようございます」

「いいわよ、きみ」ポール警部補の声で、署長はそっと小さくうなずき、DCAのほうに首を傾けて、私が注意を向けるべき方向を知らせてきた。「さてと。二日前の晩、地下で、ちょっとしたことがあったわね」

「それはどんな——ああ」

私の頬がほてる。そのあと、釈明をはじめる。「最近はいった署員の——私よりもあとからはいってきた、というべきですが——」私が警察に入署してまだ一年四カ月だ。「——その一人が、第十六章にしたがい、予防拘禁するために容疑者を連行してきました。浮浪者です。ホームレスです」

「そうね」ポールが言い、彼女が目の前に報告書を置いていることに気づいて、私はいやな気持ちになる。汗が出てくる。部屋は寒いのに、汗がにじんでくる。

「彼は、その巡査のことですが、彼は、容疑者を口汚くののしっていました。私はそれは不適切で、署の指針に反すると感じました」

「それであなたは介入し、えーと」そこでふたたびポールはデスクに顔をうつむけて、ピンクの半透明のオニオンスキン紙の報告書をめくる。「けんか腰で脅すような調子で、関連する規則を暗唱した」

「私ならそういうふうに描写しないでしょうが」署長にちらりと目をやると、署長はポール警部補をじっと見ている。しきっているのは警部補だ。

「それは、たまたま私がその紳士を知っていたからです——すみません、容疑者というべきでした。ドエイン・シェパード、白人男性、五十五歳」確固としているが冷ややかで無関心なポールの視線に、私はまごついている。署長が黙っていることにもだ。「シェパードさんは、私が子どものとき、ボーイスカウトのリーダーでした。ペナクックで電気工事の監督をしていましたが、苦労なさったのだと思います。この景気後退で」

「景気後退というよりは」ポールが静かに言いなおした。「不景気じゃないかしら」

「はい」

ポール警部補は、またもや事件報告書を見おろした。ひどく疲れているようだ。

このやりとりは、不確実性に包まれた冬真っ只中の十二月上旬に行なわれている。九月十七日、小惑星は合《ごう》の位置にはいった。つまり、地球から見て太陽とおなじ方向にあるために観測できず、新たな観測値が出せないということだ。こうして、四月以降、じりじりとあがっていた――三、一〇、一五パーセント――衝突の確率は、秋の終わりから冬のはじめにかけて、五三パーセントで止まっていた。落ちこんでいた世界経済は、いっそう悪化した。十月十二日、大統領は、IPSS法の第一回適用に同意し、州および地方法執行機関に連邦資金を投入することを許可した。このあと、コンコードでは、私より年下のだれもかれもが、最近高校を中退した未成年もふくめて、いわゆるポリスアカデミーの新兵訓練所もどきに殺到した。マコネルと私はひそかに、そんな連中を角刈り《ブラシカット》と呼んでいる。彼ら全員が、おなじ髪型をし、似たような童顔と冷淡な目と傲慢な態度を身につけているように見えたのだ。

じつは、シェパード氏の事件は、私と新しい同僚とのはじめての衝突ではなかった。

署長が咳ばらいする。ポールは上体をうしろに引いて、喜んで彼に主導権を渡した。「なあ、きみ。きみにここにいてほしくないと思う人間は、この署に一人としていない。警邏部にきみが来てくれたときには、みな喜んだし、いまのような普通でない状態でなければ——」

「署長、私はアカデミーのクラスの首席でした」そう言いながら、自分が大声を出していること、オードラー署長の話の腰を折ったことに気づいたけれど、自分を止められずに、そのまま話しつづける。「皆勤賞、違反なし、マイアの前もあとも、市民からの苦情はありません」

「ヘンリー」署長がやさしく声をかける。

「公安部は、私を絶対的に信頼していると信じています」

「よく聞いて」ポール警部補が鋭い口調で言い、片手をあげる。「誤解しないように」

「はい?」

「あなたをクビにしようというんじゃないのよ、パレス。昇進するの」

オードラー署長が、小窓のそばから、斜めに差しこむ日光のなかに進みでる。「現在の状況ときみの才能を考えあわせると、二階の席に移ったほうがいいと私たちは考えている」

私は口をぽかんとあけて署長を見つめる。必死で態勢をたてなおし、きちんと話す能力を取り戻す。「ですが、署の規則では、巡査が刑事部の候補者となるには、二年六カ月の警邏勤務が必要です」

「その条件を無視することにする」ポールは宣言し、事件報告書を折りたたんで、ゴミ箱に落とす。「あなたの年金の分類もこのままにしておくわ、当分は」

それはジョークだが、私は笑わない。まっすぐな姿勢でじっとしているだけで精一杯だ。いまいる場所をたしかめながら、言葉をさがしながら、新時代のことを思い、二階の席のことを思い、夢とはちがう、と思っている。

「さあ、ヘンリー」オードラー署長が穏やかに言う。

「これで話は終わりだ」

あとになって、私は、ハービー・テルソン刑事の跡を継いだことを知る。彼は、〝死ぬまでにしておきたいことリスト〟を実現するために早期退職した。そのころ、つまり十二月には、彼だけでなく大勢が、これまでずっとやりたかったことに邁進していた。レーシングカーで飛ばすこと、ずっと抑えつけてきた恋愛やセックス願望を現実化すること、むかし自分をいじめたやつをさがしだして、顔に一発お見舞いすること。結局、テルソン刑事は、ヨットレースがずっとやりたかったらしい。アメリカズカップのような。私にとっては幸運だった。

ポール警部補の部屋で話をしてから二十六日後、小惑星が太陽の陰からまた顔を出して二日後、ポールは署を辞め、すでに成人している子たちに会いに、ラスベガスへ引っ越していった。

あの夢はもう見なくなった。オードラーの持つ聖書に手を置いて、刑事に任命される夢。そのかわり、べつの夢をしょっちゅう見ている。

ドッセスが言うように、携帯電話はもうあてにならない。ダイアルして待っていると、つながるときもあれば、つながらないときもある。マイアのせいで、地球の重力場か磁場かイオンかなにかに歪みが生じているからだと思いこんでいる人は多いけれど、小惑星はまだ四億五千万キロ離れているのだから、地球の天候にも携帯電話の通信にも影響をおよぼすはずはない。署のコンピューター専門家のウィレンツ巡査が、説明してくれたことがある。携帯電話の通信サービスは、地域ごとに分割されている――セル方式――のだが、基本的に、その地域がつぎつぎと欠けていっている。セルが一つずつ死んでいるのだ。電話通信会社は、保守点検員を確保できなくなっている。顧客が電話代を払わないせいで、給料を支払えないからだ。電話会社の経営陣は、死ぬまでにしたいことリストにとりかかるために会社を去っていく。嵐で損傷した電柱を修理できない。電話線そのものがかなりの長さで切断されたり、盗まれたりしている。こうして、セルは死んでいく。スマートフォンやアプリやガジェットその他は話にならない。

先週、五大通信会社のうちの一社が、事業の縮小に着手することを、新聞の広告欄で発表した。同社はそれが寛容な行為であり、三十五万五千人の社員とその家族にとっての〝時間の贈り物〟であるとのたまい、同時に、今後二カ月のうちにサービスを完全に停止すると、使用者に一方的に通告した。三日前、カルバーソンが持ってきた《ニューヨークタイムズ》紙には、春の終わりごろには電話通信サービスは完全に破綻するとの商務省の予測にしたがって、政府は、電信産業の国有化を計画中だろうと書いてあった。

「つまり」マガリーはうれしそうに笑いながら、こう言った。「春のはじめころには完全に破綻するってことだ」

たまに、強い電波が届いていることに気づいたときには、せっかくの機会をむだにしたくないので、すぐさま電話をかける。

「ああ、あんたか。ったくもう、いったいなんの用だよ？」

「こんにちは、フランスさん。コンコード警察署のヘンリー・パレス刑事です」

「あんたがだれかは知ってるって。だれかは知ってる」

ビクター・フランスは、虫のいどころが悪く、いらついているらしい。いつもこんな調子だ。いま私は、ピーター・ゼルが住んでいたところから二ブロック離れたロリンズ公園の横に駐めたインパラのなかで話している。

「フランスさん、そんなこと言わずに、落ち着いて」

「落ち着きたくないんだって。俺はあんたの根性と度胸が大嫌いだ。あんたからかかってくる電話がいやでいやでたまらないんだよ、いいな？」フランスがむやみとわめきちらすので、私は、電話機を耳から四、五センチほど離している。「俺はここで俺の人生を生きようとしているんだよ、あんた。そんなに悪いことかい？　自分の人生を生きることが？」

彼のようすが目に浮かぶ。きらびやかな悪党。黒いジーンズから垂れさがるループのチェーン、骸骨印のピンキーリング、骨ばった手首と前腕を這いまわるタトゥーの数種のヘビ。ずるがしこい顔を大げさな怒りでゆがめながら、しぶしぶ電話に出て、私のような生意気なインテリ警官から指図される。けれども、アメリカの歴史においてこの重大な時期に、麻薬の売人でいるというのは、さらには、尻尾をつかまれるというのは、こういうことなのだ。ビクター・フランスは、衝突準備安全確保安定法《IPSS》のすべての条文を暗記してはいないかもしれないが、要点はわかっている。

「フランスさん、きょうは、それほど力を借りる必要はないんだ。ちょっとした調査だけで」

フランスは、「ったくもう」ともう一度だけ腹だたしそうに言ってから、機嫌をなおして折れてくる。こうなるのはわかっていた。「いいともさ、わかったよ、はいよ、で、なんだ？」

「車のことにちょっと詳しかったよな？」

「ああ。もちろん。てか、刑事さん、なんでまた、タイヤに空気をいれるために電話してきたのかい？」

「じつはちがうんだ。ここ数週間で、車を廃食油エンジンに改造する一般市民が増えてきた」

「あったりまえだ。最近のガソリン価格を見たかよ？」フランスは騒々しく咳こんで、痰を吐く。

「そういう改造をしたやつを知りたい。中型の赤のピックアップ、フォード。横にアメリカ国旗がペイントされている。調べられるか？」

「たぶん。だめならどうなる？」

　私は答えない。答える必要はない。フランスは答えを知っている。

　警察官からすれば、小惑星接近のもっとも顕著な影響の一つは、鎮静剤、エクスタシー、メタンフェタミン、コカインなどあらゆる種類の麻薬の需要が急激に増加したことにともなって、結果的に麻薬の使用と麻薬関連の犯罪が急増したことだ。過去に、重大な麻薬犯罪など起きたことのない小さな町や、郊外の閑静な住宅地や、農村などいたる場所で――コンコードのような中規模の都市でさえも。連邦政府は、夏から秋にかけて、いくどかの試行錯誤ののち、昨年末、断固として法と秩序を守ることを決断した。IPSS法には、あらゆる種類の規制物質の持ちこみ、加工、栽培、販売で告発された人物からの人身保護申請およびその他の法の適正手続きの権利を剥奪する条項が盛りこまれた。

　これらの条項は、〝暴力を抑制し、安定性を助長し、衝突までに残された時間における生産的経済活動を奨励するために〟必要だとみなされた。

　私自身は、その法律の全文を知っている。

　車のエンジンは切ってあり、ワイパーは止めてある。私は、複雑に湾曲するフロントガラスに雪が積もり、灰色に陰っていくのを眺めている。

「わかったよ、あんた、わかったって。だれがトラックの燃料を変えたのか調べてやる。一週間くれ」

「できれば私もそうしたいんだ、ビクター。あす電話する」

「あした？」彼は大げさに溜息をついた。「くそったれ」

　皮肉なのは、マリファナは、麻薬のうちでも例外品目であることだ。マリファナの使用が処罰の対象からはずされたのは、社会不安を助長する、もっとずっと強力な麻薬の需要を減らすためだったが、これまでのところ、思うように減らせていない。それに、ビクター・フランスが所持していたマリファナは五グラムだったから、私用分として簡単に認められる分量だ。ただし、私がそれを見つけたときのいきさつが問題だった。土曜日の午後、サマセット食堂から帰る途中の私に、売りつけようとしたのだ。そうしたあいまいな状況で、逮捕するかどうかは、その警察官の裁量にまかされている。そして私は、フランスに対しては、権利を行使しないことにした――暫定的に。

第六章を適用し、ビクター・フランスを六カ月間刑務所にぶちこんでもよかった。それをわかっている彼は、最後には、いらだたしげな溜息を、怒りをこめて長々と吐きだすのだ。

六カ月くらうとつらい。私たちに残された時間のすべてを失うことになる。

「なあ、おまわりが大勢辞めてくだろ」フランスが話しかけてくる。「ジャマイカとかに引っ越したりさ。そうしようと思ったことはないのか、パレス？」

「あした話そう」

私は電話を切って、グローブボックスに電話機を放りこみ、車を走らせる。

だれにも言いきれない――八百ページにわたる法律文を初めからしまいまで読んで、しるしをつけ、下線を引き、最新の修正および追加条項に通じておく努力をしてきた私たちでさえ――IPSSの〝準備〟の部分が、正確にはなにを意味しているのか、一〇〇パーセントの確信はない。九月下旬に傘でもくばられるんじゃないかというのが、マガリー気に入りのジョークだ。

「はい？」

「あ――すみません。ベルクナップ・アンド・ローズさんですか？」

「はい」

「お願いがあるんです」

「期待しないで。あんまり残ってないんだよね。二度も略奪されたし、卸売業者は連絡をまったくよこさず、顔も見せない。なんなら残っている品を見にくれば？　おれはだいたいここにいるから」

「いえ、ちがうんです、私は、コンコード警察署のヘンリー・パレス刑事です。ここ三カ月間のレジのレシートのコピーはありませんか？」

「はあ？」

「あるのなら、よければそちらにうかがって、見せてもらいたいんです。自家ブランドのXXLサイズの黒いベルトの購入者をさがしています」

「冗談で言ってるのか？」

「ちがいます」

「なあ、あんた、からかってんの？」

「ちがいます」

「あいわかったよ、きみ」

「不審死を調査していまして、その件が重要かもしれないんです」

「あーいわかったよ、きみ」

「もしもし？」

　ピーター・ゼルが住んでいたマシュー通り延長線十四番地のテラスハウスは、新築だけれど安普請で、小さな部屋が四つあるだけだ。一階にリビングルームとキッチン、二階に寝室とバスルーム。私は入口でぐずぐずして、『犯罪捜査』にあった注意事項を思いだそうとする。あせらずに作業を進め、屋内を碁盤の目に区切って、一カ所ずつ順に調べていくこと。ファーリーとレナードのことを――反射的に頼ってしまうので――考えると、ナオミ・エデスを思いだす。〝教科書かなにかを読んでるような言いかたね〟。それを払いのけて、片手で口髭をなでてから、私はなかにはいる。

「では、ゼルさん」だれもいない家でことわりをいれる。「見せてもらいます」

最初の区画に、さがす場所はほとんどない。淡いベージュのカーペット、輪じみのついた古いコーヒーテーブル。小型で使いやすそうなフラットスクリーンのテレビ、DVDプレーヤーからくねくね伸びるケーブル、花瓶の菊は、よく見ると布と針金でこしらえてある。

ゼルの本棚の大半は、仕事関係の書物で占められている。数学、高等数学、比率と確率、保険計理会計学史の分厚い本、労働統計局および国立衛生研究所のバインダー。本箱の一つは、趣味の本ばかり並んでいる。『宇宙空母ギャラクティカ――シリーズ完全版』といったオタクが好きそうなSFやファンタジー、ダンジョンズ&ドラゴンズの年代物のルールブック、『スター・ウォーズ』の元ネタの神話や哲学に関する本。キッチンの入口に、宇宙船団の模型がワイアで吊りさげてあるので、ひょいとかがんでそれを避ける。

食品庫に、九箱のシリアルが、アルファベット順に並べてある。ア《A》ルファ-ビッツ、カ《C》ップンクランチ、チ《C》ーリオズ。フ《F》ロステッドフレークとゴ《G》ールデングレアムズのあいだに、歯の抜けたようなすきまがあるのを見て、私は知らず知らず、欠けている箱を想像する。フ《F》ルーティペブルズ。落ちていたあざやかなピンクの一個のかけらが、私の仮説を裏づけてくれる。

「ピーター・ゼル、気に入ったよ」私は言って、食品庫のとびらをそっと閉める。「きみが気に入った」

キッチンの流しの横のひきだしに、白い無地のノートパッドだけがはいっていて、いちばん上のページに、〝ソフィアへ〟と書いてある。

心臓がリズムを刻んで打ちだす。私は息を吸うと、ノートパッドを手に取り、それをひっくり返し、ページをくまなくめくってみるけれど、〝ソフィアへ〟以外にはなにも書いてない。几帳面で丁寧な筆跡からして、思いつきのメモではなく、大切な手紙を書こうとしていたのだろう。

私は、自分に落ち着けと言いきかせる。無関係であってもおかしくないが、書きかけの遺書かもしれないと考えたら気持ちが高ぶってきた。なにか意味があるはずだ。

そのノートパッドをブレザーのポケットにねじこんで、階段をのぼっていきながら、ソフィアってだれだろうと首をかしげる。

寝室はリビングルームとおなじく、個性も装飾もなく、ベッドはざっとととのえてあった。ベッドの横の壁に、フレームにいれた写真が掛かっている。初代『猿の惑星』の映画の署名つきスチール写真だ。クロゼットには、くすんだ茶色のものばかり三着のスーツと、すりきれた茶色のベルトが掛かっている。ベッドのそばに置かれた、縁の欠けた小さな木製テーブルの、上から二番めのひきだしに、靴箱がはいっている。ガムテープがきつく巻きつけられていて、さっきとおなじ几帳面な字で、12・375と数字が書いてある。

「じゅうに・てん・さん・なな・ご」とつぶやいてみて疑問に思う。「なんの数字だろう？」

その靴箱を小わきにかかえて立ちあがると、飾ってある写真を見にいく。安物のフレームにはいった小さなスクール写真だ。薄い黄色の髪の毛を風になびかせ、ぎごちない笑みを浮かべた十一、二歳の少年。フレームから写真を抜きだして裏返すと、裏に丁寧に字が書いてある。〝カイル、二月十日〟。去年だ。マイアより前。

CB無線でトリッシュ・マコネルを呼びだす。

「やあ。私だ。被害者の遺族をさがしだせたか？」

「ええ、もちろん」

ゼルの母親はすでに他界し、コンコード市内のブロッサムヒル墓地に埋葬されている。認知症の初期段階にある父親は、プレザントビュー老人施設に入居している。マコネルが悲報を伝えたのは、ピーターの姉だ。コンコード病院の近くにある個人クリニックで助産婦として働いているという。既婚、息子一人。その姉の名がソフィアだ。

ピーター・ゼルの家を出ていくときに、戸口でまた足を止める。靴箱と写真と白いノートパッドを危なっかしく持ったまま、箱の重みを感じながら、その重みと過去の記憶とを照らしあわせる。私が子どものころに住んでいたロックランド通りの家の戸口に立つ一人の警察官。帽子をかぶらず、暗い表情で「だれかいませんか?」と朝の暗い室内に呼びかける。

レッドソックスのジャージだったか、パジャマのシャツだったかを着て、二階の階段のおりくちに立っている私は、妹はまだぐっすり眠っているだろうと考えている。そうあってほしいと思っている。警察官がなにを言いにきたのか、私にはすでに見当がついていた。

「あの刑事さんだね。あててみようか」デニー・ドッセスが言う。「また10-54Sが発生した」

「といっても、新しい事件ではありませんよ。ピーター・ゼル事件のことで連絡したんです」

私は、ハンドルの十時十分の位置に手を置いて、ブロードウェイでインパラをのんびりと走らせている。ブロードウェイとストーン通りの角に、ニューハンプシャー州警察のパトカーが停車している。エンジンをかけ、屋根の青いライトをゆっくり回転させ、警官は機関銃を握りしめている。わずかに首をさげ、二本の指を立ててあいさつすると、彼が会釈しかえした。

「ピーター・ゼルって?」

「けさの被害者です」

「ああ、そうか。そういや、きみ、あの日が決まったのを知っているかい? あれが落ちる場所がわかる日だよ。四月九日」

「はい。聞きました」

ドッセスも、マガリーとおなじように、地球の危機に関する情報をすべて知っておきたがる。前回の自殺現場――ゼルのではなく、その一つまえの現場で、ドッセスは、アフリカの角《つの》で起きた戦争について、夢中になって十分間まくしたてた。時間が残っているうちに、大昔からの恨みを晴らしておこうと、エリトリアになだれこんだエチオピア軍の話だ。

「これまでわかったことをお知らせしておいたほうがいいと思ったんです。けさの現場を見てどう思われたかは知っていますが、これは殺人の可能性があると思います。本気で」

ドッセスが「まちがいないのか？」とつぶやいたので、私はそれを青信号と解釈して、事件に対する現時点の見解を披露する。ハロウィンの日、メリマック火災生命保険会社であったできごと。被害者が死んだ夜に彼を連れさった、廃食油で走る赤いピックアップトラック。ベルクナップ・アンド・ローズのベルトに関する推測。

このすべてを、検事補は、一本調子で〝興味深いね〟とつぶやいて受けとめてから、溜息をついて言う。

「書き置きは？」

「いいえ。遺書はありませんでした」

〝ソフィアへ〟のメモのことは話さないことにする。なぜかというと、あれが何だったにしろ、書きかけの遺書ではないというかなりの確信があるからだ――けれども、ドッセスはそうは思わないだろうし、きっと「それみろ、きみは無駄骨を折っているんだ」と言うだろう。いまでも、彼はそう思っているにちがいないのだから。

「きみは、心細い藁にしがみついているんだよ」と、彼は言う。「フェントンに調べさせたりしないよな？」

「じつは、そのつもりです。すでに依頼しました。どうしてですか?」

　少し間を置いて、小さな含み笑いが聞こえた。「いや、べつに理由はない」

「なんですか?」

「いいかい、きみ。立件が可能だと本気できみが思うなら、もちろん私だって調査する。しかし、背景を忘れてはならん。自殺は相次いで起きているじゃないか。きみが説明してくれた被害者のような男、たいして友だちがおらず、支援組織もない人間にとって、流れに身を投じたいというのは、強力な社会的動機になる」

　私は口を閉じ、車の運転をつづけるが、その理由づけが気に入らない。ほかのみんながやっているから、彼もそうしたというのか? 被害者が悪いといわんばかりの口ぶりじゃないか。臆病者、または、流行にまどわされた男、弱い性格。でも、それなら、ピーター・ゼルがほんとうに殺され、マクドナルドまで引きずってこられ、食用肉みたいにトイレに放っておかれたのだとしたら、死者をさらに侮辱することになる。

「では、こうしよう」ドッセスが穏やかに提案する。「手さぐり殺人事件と呼ぼうじゃないか」

「なんとおっしゃいました?」

「あれは自殺だが、きみが手さぐりで殺人事件にしようとしているからな。では、よい一日を」

　スクール通りを走っていくと、YMCAを通りすぎてすぐの道路の南側に、むかし風のアイスクリーム屋がある。雪が降っていようとも、乳製品にしては破格の値段であろうとも、きょうはとても盛況らしい。三十代前半のいかしたカップルが、カラフルなコーンを手にして、ちょうど外に出てきたところだった。女が、親しみやすい警官に向けて、ためらいがちに小さく一度手を振るので、私が手を振りかえすと、男はにこりともせずに、じっと私を見ている。

　人々は、目抜き通りをただなんとなくぶらついている。出勤して、デスクにつき、こんどの月曜まで会社があることを願う。スーパーへ行き、カートを押し、きょうは棚に少しは食品があってほしいと願う。昼休みに恋人と落ちあってアイスクリームを食べる。まあ、わからないこともない。みずから命を絶つ人間がいて、死ぬまでにやりたいことリストを実行しにいく人間がいて、麻薬を奪いあう、またはマガリーがよく言うように〝チンポをさらけだしてうろつきまわる〟人間がいる。

けれども、やりたいことリストのために出かけていった大勢が、失望して戻ってきていた。また、新進の犯罪人と放埒な遊び人は、気づいたときには監獄にいて、恐ろしい孤独に包まれて十月が来るのを待っている。

たしかに、やっていることは違うものの、全員がぎりぎりの限界にある。警察官の目で見ると、いちばんの違いは、雰囲気的なものなので、はっきり説明するのはむずかしい。この街の雰囲気を言いあらわすとしたら、まだ叱られていないけれど、いずれ叱られることがわかっている子どものような感じというか。その子は自分の部屋で待っている。〝パパが帰ってくるまで待ってなさい〟。不機嫌で怒りっぽくて、ぴりぴりしている。どうしていいかわからず、気持ちが乱れ、これから起きることを考えて身震いし、きっかけがあればすぐにでも暴れだしそうだ。腹をたてているのではないけれど、たやすく怒りに変わってしまいそうな不安をかかえている。

それがコンコードだ。ここ以外の世界の雰囲気は知らないが、ここはそんな感じ。

私は、スクール通りにある本署成人犯罪課の自分のデスクに戻って、靴箱のふたを固定しているガムテープを慎重に切り取る。一度しか会っていないナオミ・エデスの声が聞こえてきたのは、これで二度めだ。私を見つめ、腕を組んで立っていた彼女。〝いったいなにをさがしているの？〟

「これだよ」箱のふたをあけて、なかをのぞきながら、私はつぶやく。「私がさがしていたのはこれだ」

ピーター・ゼルの靴箱のなかには、マイアの地球衝突に関するものばかり、新聞や雑誌の記事の切り抜きや、インターネットの記事のプリントアウトなど数百枚がはいっている。いちばん上にある記事を手に取る。カリフォルニア工科大学のパロマ天文台の研究者らが、例外的だが無害であることはほぼ確実な天体を発見し、小惑星センターの〝危険性を秘めた小惑星リスト〟にくわえたという内容の、去年の四月二日付のAPの短信。記者は、〝大きさや組成はどうあれ、発見されたばかりの謎の天体が地球に衝突する確率は、〇・〇〇〇〇四七パーセント、つまり二一二万八〇〇〇分の一と推定される〟と、その記事をそっけなく締めくくっている。その二つの数字をていねいに丸印で囲ったのはゼルだろう。

箱のつぎの切り抜きは、大手情報企業トムソン・ロイターのその二日後の記事だ。〝過去数十年間で最大の天体が発見される〟と見出しにあるが、記事そのものは平凡だし、段落は一つだけで、引用はない。そのなかで、天体——初期のそのころにはまだ、2011GV^{1}の正式名称で呼ばれている——の大きさは、〝直径はおそらく三キロメートルほどで、過去数十年間で発見された天体のなかで最大であろう〟と推定されている。その数字にも、鉛筆で薄く丸してあった。

この残酷なタイムカプセルに興味をそそられて、つぎつぎと記事を読みながら、ピーター・ゼルの身になって過去を追体験する。どの記事でも、数字は丸で囲むか下線が引かれていた。一週ごとに、一月《ひとつき》ごとに、そして積みあげた記事の切り抜きが高くなるにつれて、マイアの大きさ、天空上の角度、赤経と赤緯、衝突の確率の推定値がだんだん大きくなっていく。連邦準備銀行、ヨーロッパ中央銀行、国際通貨基金の必死の緊急行動に関して《フィナンシャル・タイムズ》紙が六月上旬に行なった調査結果の記事では、各通貨に対するドルの価値と、株式価値の損失率を、ゼルは四角できちんと囲んでいた。政治関係の記事もある。連邦議会の議論、緊急事態のための特別法、司法省の組織再編成、連邦預金保険公社の払い戻し。

私は、ゼルを思い浮かべる。毎日夜更けに、安物のキッチンテーブルについてシリアルを食べながら、眼鏡を肘のあたりに置いて、災厄について明らかにされた詳細を一つ一つ熟慮しながら、切り抜きやプリントアウトにシャープペンシルで丸をつけている彼を。

九月三日付の《サイエンティフィック・アメリカン》誌の切り抜きを引っぱりだす。大きな太字の〝なぜ、これまで気づかなかったのか？〟という見出し。私が、そして、いまとなってはだれもが知っているその答えは、非常に特異な楕円軌道をまわっているため、地球から肉眼で見えるほどに2011GV₁が接近するのは七十五年に一度だが、七十五年前は、地球近傍小惑星を発見し、追跡する計画はなかったので、その星が観測されなかったからだ。記事に出てくる〝75〟という数字全部が丸で囲んであった。二億六五〇〇万分の一という数字にも丸がつけてあった。そういった天体が存在するかどうかの確率だが、いまとなっては意味がない。六・五キロメートルにも丸がついている。確定されたマイアの直径だ。

《サイエンティフィック・アメリカン》の記事のその他の部分は、かなり難解だ。天体物理学、近日点と遠日点、軌道平均値と離隔値。読んでいるうちに、頭がくらくらしてきて、目は痛んだが、ゼルが一語漏らさず読んだのは明らかだ。どのページにもびっしりと書きこみがしてある。余白部分に書かれた目のくらむような計算式と、丸で囲ったデータや総計や天文学的数値とが矢印でつないである。

私は、箱のふたをそっと閉めて、窓の外を見た。長く平たいてのひらを箱の上に置いて、箱の側面に黒いマジックペンでしっかりと書かれた数字をまた見つめる。12・375。

頭の奥で――なにかを――また感じるが、その正体はわからない。なにかとだけしか。

「ソフィア・リトルジョンさんはいらっしゃいますか？ 私は、コンコード警察署のヘンリー・パレス刑事です」

しばし間があいてから、丁重ながらうわずった女性の声が聞こえてくる。「私がそうです。でも、行き違いがあったのだと思いますよ。もう、どなたかとお話ししましたから。これは――弟のことでお電話いただいたのでしょう？ さっきお電話くださったんです。わたしも夫も、巡査さんと話しました」

「はい、それはわかっています」

私は警察本部の電話を使っている。自分にわかっていること、それと彼女の声の調子をもとにして像を描き、ソフィア・リトルジョンの人となりを推測している。用心深い。知的職業に従事している。思いやり深い。「マコネル巡査から、悲しい知らせをお伝えしました。こうしてふたたび、あなたをわずらわせてしまって申し訳ないと思っています。さきほど申しましたように、私は刑事なんです。いくつかお尋ねしたいことがありまして」

話しているうちに、喉を詰まらせたような不快な音が耳にはいってくる。部屋の反対側で、マガリーが、プロアイスホッケーチームのボストン・ブルーインズの黒いマフラーを首に巻きつけ、頭の上でねじって輪縄に見せ、「ゲッゲッ」と音をたてている。顔をそむけた私は、座ったまま背中を丸めて、受話器をさらに耳に引き寄せる。

「刑事さんのお気持ちはありがたく思います。でも、ほんとうに、話すことをなにも思いつかないんです。ピーターが自殺した。それは痛ましいことです。弟とわたしはそれほど仲良くはありませんでした」

まずゴンパーズ。つぎにナオミ・エデス。そして実の姉。ピーター・ゼルには、それほど親しくない人間がたくさんいたようだ。

「奥さん、弟さんがあなたに手紙を書く理由があったかどうか、お尋ねしたいのです。あなた宛てのメモのようなものを？」

電話の反対側で、長い沈黙がつづいた。「いいえ」しばらくして、ソフィア・リトルジョンはようやく答える。「いいえ。わかりません」

そのまま、彼女の息の音に耳を澄ませてから、私は訊く。「ほんとうにわかりませんか？」

「ええ。わかりません。ほんとうに。おまわりさん、すみませんけど、いまは、話している時間がないんです」

私は椅子に座ったまま、思いきり身体を前にのりだした。隅のヒーターが金属的なモーター音をたてている。「あしたはどうです？」

「あした？」

「はい。お手間を取らせて申し訳ありませんが、どうしても直接会ってお話ししたいのです」

「わかりました」しばらく黙ってから、彼女はそう答える。「よろしいですよ。朝、自宅においでになれますか？」

「はい」

「早朝でも？　七時四十五分は？」

「いつでもかまいません。七時四十五分でけっこうです。ありがとうございます」

なんの音もしないので、私は受話器を見つめて、相手は電話を切ったのだろうか、それとも、この電話も調子が悪いのかと考える。片手にボウリングバッグをぶらさげたマガリーが、私の髪をくしゃくしゃに乱してから部屋を出ていく。

「弟を大切に思っていました」ソフィア・リトルジョンが突然言いだした。かすれ声だが力強い口調。「かわいい弟でした。私はとても大切にしていました」

「お気持ちはよくわかります」

住所を聞いてから電話を切ったあと、私は座ったまま、窓の外を見つめている。融けかけた雪の混じるみぞれが降りつづいていた。

「よお。おい、パレス？」

アンドレアス刑事が、自分の椅子にどっかり座りこんでいる。刑事部屋のずっと奥の暗がりにひっそり隠れるようにして。彼がそこにいたことすら気づかなかった。

「調子はどうだ、ヘンリー？」彼の声は平板でうつろだ。

「いいよ。そっちは？」私は、さっきのきらめくようなためらいについて、あのぐずぐず長引いた一瞬について思いをめぐらしながら、弟が紙きれに〝ソフィア・リトルジョンへ〟と書いた理由をあれこれ考えているソフィア・リトルジョンの頭のなかにはいりこめたらなあと思っている。

「ぼくは元気だ」アンドレアスは答える。「元気さ」

そして私を見て、ひきつった笑みを浮かべたので、話は終わりかと思ったら、そうではなかった。「言わせてもらうとな」アンドレアスは首を振りながら、私のほうを見てつぶやいている。「おまえがどうやってこなしているのか、ぼくにはわからないね」

「なにをこなすって？」

ところが彼は私を見ているだけで、ほかにはなにも口にしない。部屋の反対側に座っている私に、彼の目の涙が見えたような気がする。大きな水たまりの動かない水。私は目をそらして、また窓の外をながめる。その男になんと声をかけていいかわからない。まったくなにも思いつかない。

4

ひどく耳障りなけたたましい音が、私の部屋いっぱいに広がる。暗がりに激しくあふれだす甲高い音。私は身体を起こして、悲鳴をあげている。ついに来た、覚悟はまだできていないのに。胸で心臓が破裂したのは、ついに来たから。こんなに早くに、もう始まってしまった。

電話だった。身の毛のよだつような甲高い金切り音だと思った音は、ただの電話のベルだった。ベッド代わりに床に置いた薄いマットレスの上で、私は汗をかき、手で胸元をわしづかみにして、身体を震わせている。

癇にさわる電話だ。

「はい。もしもし？」

「ハンク？　いまなにしてる？」

「なにしてるかって？」時計を見る。午前四時四十五分。「寝てる。夢を見てたよ」

「ごめん。ごめんね。でも、助けてほしいの、どうしてもよ、ヘニー」

深く呼吸するうちに、額の汗は冷え、動揺と混乱はいらだちへと急速に姿を変えていく。そういやそうだ。朝の五時に電話をしてくるのは妹だけだし、いまだに、みじめな子ども時代のあだ名で私を呼ぶのも妹だけだ。ヘニー。コメディアンかいかれた小鳥の名前みたい。

「ニコ、いまどこにいる？」私は尋ねる。寝起きのどら声で。「だいじょうぶなのか？」

「うちにいるよ。眠れなくてさ」うちというのは、私たち兄妹が育った、リトルポンド通り沿いの一・五エーカーの土地に建つ赤レンガの農家のことだ。祖父が修復したその家に、ニコはいまでも住んでいる。妹がこんなとんでもない時間に電話をしてきそうな緊急の用件を、私はあれこれ考える。金を貸して。車で送って。飛行機のチケット。食料品。前回は、妹の自転車が〝盗まれた〟件だった。パーティで知りあった友だちの友だちに貸したら、二度と返ってこなかった自転車の話。

「で、どうした？」

「デレクよ。きのう帰ってこなかったの」

私は電話を切って、それをほうり出し、もう一度眠りにつこうとする。

　さっき見ていたのは、高校時代のガールフレンド、アリソン・コークナーの夢だった。

　夢のなかで、アリソンと私は、メイン州ポートランド市中心部のかわいい街並みを、腕を組んでぶらぶら歩き、古本屋のウインドウをのぞきこんでいる。アリソンが私の腕にそっともたれかかると、豪華な花束のようなオーキッド色の巻き毛が、私の頬をくすぐる。アイスクリームをなめて、二人だけしかわからない冗談に笑い、どの映画を見るか相談している。

　たとえ、もう一度深い眠りに落ちたとしても、まったくおなじ夢を見るのはむりだろう。それに、こうなると、もうぐっすりとは眠れない。

　朝の七時四十五分、日光はまぶしく、よく晴れて、外は寒い。いま、病院の周囲に広がる高級住宅地ウエストコンコード地区ピルヒルの、外科医や理事や病院所属の医師らの住む、上品なコロニアル様式の屋敷のあいだを縫うように進んでいる。近ごろは、そういった住宅の多くが、銃でコートをふくらませた民間警備会社の警備員によって巡回警備されている。第三世界の首都が忽然と出現したかのように。とはいえ、セアーポンド通り十四番地に警備員の姿はなく、広い芝地いちめんに降りつもった雪が、目の覚めるような完全な白銀の世界を作りだしていて、玄関までティンバーランドの靴跡をつけるのを申し訳なく思うほどだ。

ところが、ソフィア・リトルジョンはいない。早朝に緊急の出産があって、コンコード病院から呼びだされたという。ソフィアの夫が、急変した事情についてくどくど弁解している。カーキのズボンとタートルネックを着て、香りのいい紅茶のマグカップを手に、玄関前の階段で丁重に私を出迎えてくれた、手入れのいきとどいた金色の顎髭をたくわえた紳士。とくに、ソフィアの助産院の助産婦の大半が退職してしまったいま、予定外の時間に呼びだされることがよくあるんです。

「でも、妻はちがいます。最後まで、妊婦さんのそばで仕事をすると決心していますよ。信じられないかもしれないが、妊婦さんがつぎつぎやってきてね。ところで、ぼくはエリックです。よかったら、なかで話しましょうか?」

それに対して、はいと答えると、彼はいささか驚いたようだ。「あ、ああ……どうぞ」とリビングルームへあとずさりし、はいれと私に手で合図する。じつをいうと、私は、二時間前に起きて身だしなみを整えて、ピーター・ゼルについて話を聞こうと手ぐすね引いて待っていた。ピーターの義理の兄は、なにか知っているにちがいない。リトルジョンは私をなかにいれると、コートを受けとって、フックに掛ける。

「紅茶でもいかがです?」

「けっこうです、ありがとう。長くお時間を取らせるつもりはありません」

「それはよかった、ぼくもあんまり時間がなくてね」と答え、親しみのこもった目くばせをして、それは冗談だとはっきりわからせてきた。「息子を学校まで徒歩で送ってから、九時に病院へ行けばいいんだ」

私には肘掛け椅子を勧めてから、自分も腰をおろし、くつろいだようすで足を組んだ。あけっぴろげで優しそうな顔に、大きく人なつこい口元をしている。この男には、力強いが敵意を感じさせないなにかがある。アニメに出てくる、穏やかに群れを見守るライオンみたいな。

「いまの時期、警察官の勤めはさぞきついでしょうね」

「まあそうですね。病院にお勤めですか？」

「ええ。約九年になります。心のケアセンター長をしています」

「ほう。それはどういうお仕事ですか？」

「つまり」身をのりだして両手を組みあわせたようすからして、リトルジョンはその質問がうれしかったのだろう。「病院にやってくるひとは、たんなる肉体的な治療以上のものを必要としています。患者さんはいうまでもありませんが、家族や友人、それに医師や看護師自身もふくみます」彼のこの演説は、躊躇もよどみもなく、自信に満ち、早口で行なわれている。「そういった必要を満たすことが、ぼくの仕事なんですよ。それらがどんな形で現われようとも。お気づきでしょうが、最近はとても忙しくて」

彼は確固として温かい笑みを浮かべているけれど、〝忙しい〟の言葉が耳に残り、表情豊かな大きな目から、それがうかがえる。疲労だ。夜遅くまで長時間費やして、途方に暮れた人々や恐れおびえた人々、そして病人をなんとか慰めようとしている。

私は目の端で、途中で断ちきられた夢のワンシーンを見ている。私の横に座り、窓の外の雪の積もったハナミズキと黒いヌマミズキをながめている、かわいいアリソン・コークナー。

「でも――」そこでリトルジョンは唐突に咳ばらいし、私が膝にのせている青いノートとペンにわざとらしく目を走らせる。「ピーターのことで来られたんですよね」

「はい、そうです」

私が具体的な質問を一つでもするまえに、リトルジョンが、さっきとおなじ、落ち着いた口調で早口で話しはじめる。彼によると、彼の妻と義弟は、ウエストコンコードの、この家からそう遠くない場所で育った。姉弟の母親は、十二年前にガンで死に、父親は、身体のあちこちが悪いうえ、認知症の初期段階にあるために、プレザントビュー老人施設にはいっている――とてもとても悲しいことだが、神の計画をごぞんじなのは神だけですから。

リトルジョンが言うには、ピーターとソフィアは、子どものときでも、とくべつ仲良しではなかった。姉は社交的で活発だったいっぽう、弟は気が弱く、引っこみ思案で内気だった。いまは二人ともきちんとした仕事につき、ソフィアには家族があるので、姉弟はごくたまにしか会わない。

「もちろん、こんなことになってから、一、二度は連絡しましたけど、反応はなかったですね。義弟は、かなり悪いところにいたんです」

私は顔をあげ、指を一本立てて、怒濤のごとくまくしたてるリトルジョンの話を中断させた。

「〝悪いところ〟とはどういう意味ですか？」

彼は一つ深呼吸する。まるで、これから話そうとしていることを話すのは理にかなっているかどうか検討しているかのように。私は前かがみになり、ノートの上でペンをかまえる。

「つまり、ですね、彼の精神状態は極度に不安定だったといわざるをえません」

私は首をかしげる。「彼はうつ状態でしたか、それとも精神不安定だったのですか？」

「ぼくはなんと言いました？」

「不安定だとおっしゃいましたよ」

「うつ状態だったと言いたかったんです。ちょっと失礼していいかな？」

私の返事も聞かないうちに彼は立ちあがって、部屋の奥へ歩いていく。ていねいに使いこまれた明るいキッチンがよく見えた。壁にずらりと掛けられた鍋類、成績表や学校生活のスナップ写真がアルファベット形のマグネットで貼りつけられた、ぴかぴかの冷蔵庫。

リトルジョンは、階段の登り口で、紺色のリュックサックと、手すりに引っかけてあった子どもサイズのホッケー用スケート靴をまとめて手にしている。「カイル、歯を磨いているのか？」彼は怒鳴った。「出発まであと九分だぞ」

階段の上から響いてきた「わかったよ、パパ」という大声につづいて、ぱたぱたという足音、水の流れる音、ドアがあく音がした。ゼルの棚にあった額縁の写真、ぎこちなく笑う少年。コンコード学区の学校がいまも開校していることは知っている。《モニター》紙で読んだ。熱心な職員、学ぶためだけに学ぶこと。新聞に載った写真でも、教室に生徒は半分もいないのはわかった。せいぜい、四分の一というところ。

リトルジョンが戻ってきて椅子に落ち着き、髪の毛を片手ですいた。膝に、スケート靴を置いている。

「子どもは遊んでいればいいですからね。息子は十歳ですが、マーク・メシエみたいに滑るんですよ。嘘じゃない。いつかNHLのプロ選手になって、ぼくを億万長者にしてくれる」彼は穏やかに微笑む。「パラレルワールドで。どこまで話しました？」

「義理の弟さんの精神状態のことを話していました」

「ああ、そうでした。夏にちょっとしたパーティをしたんですよ。バーベキューをね。ホットドッグとビール。おきまりのやつですよ。もともとピーターは、ものすごく社交的ではなかったし、ものすごく人づきあいがいいわけでもなかったけれど、見るからにふさぎこんでいました。そこにいるのに、いないような。わかってもらえるかな」

リトルジョンは深々と息を吸って、室内を見まわしている。まるで、ピーター・ゼルの霊がこの話を聞いているのではないかと疑っているかのように。「つまりね、じつを言うと、あのあと、カイルに義弟を近づけたくなかったんですよ。もう充分に厳しい状態で――あの子には――」声がうわずったので、彼は咳ばらいする。「失礼」

ペンを走らせ、せっせと頭を働かせながら、私はうなずく。

では、こういうことか？　男がいる。職場では、基本的にだれからも相手にされず、物静かで、うつむきがちで、ハロウィンの衝撃の激昂事件をのぞいて、迫りくる大災難についてなんの反応も見せない男。ところが彼は、小惑星全般に関する膨大な資料を隠し持っており、人前では関心を示さないだけで、内心は異常なまでに気に病んでいた。

そしていま、少なくとも義理の兄によれば、会社の外では、気に病んでいたどころか、完全にまいっていた。動揺していた。最後には、自分で命を絶ちかねないくらいに。

教えてくれよ、ピーター、心の内で私は呼びかける。ほんとうのことを。

「で、その気分は、ふさぎこみは、最近もよくなっていなかったのですね？」

「いいえ。まったく、ないですね。その反対ですよ。いっそう悪化していたな、ほら、一月から。最終判定のあと」

最終判定。トルキン談話の日。一月三日火曜日。『CBSニュース特別報道』。全世界で視聴者は十六億人にのぼった。私はしばらく口を閉じたまま、天井に響くカイルの力強い足音を聞いている。そのあと、まあいいかと心を決めて、胸ポケットから白いノートパッドを取りだし、エリック・リトルジョンに渡す。

「これについてわかることを教えてもらえませんか？」

それを読む彼を見守る。〝ソフィアへ〟。

「どこでこれを？」

「あなたの知るかぎりでは、それはピーター・ゼルの筆跡ですか？」

「ええ。そうだと思います。さっき言ったように——」

「義弟さんのことをそれほど知らなかった」

「そのとおり」

「義弟さんは、死ぬまえに奥様になにか書き残そうとして、気を変えた。なにを書こうとしたと思われますか？」

「うーん、遺書かな、たぶん。遺書を書きかけてやめた」彼は顔をあげ、私の目を見た。「ほかになにがあります？」

「わかりません」ノートをしまいながら立ちあがって、そう答える。「お時間をとっていただいて、たいへんありがとうございました。よろしければ、ソフィアさんに、お話をうかがう時間を決めたいので、またお電話さしあげますとお伝えください」


リトルジョンも、額にしわを寄せながら立ちあがる。

「妻と話す必要がまだあると？」

「はい」

「わかりました」彼はうなずき、溜息をつく。「妻にとっては試練なんですよ。すべてが。でも、かならず伝えますから」

私はインパラに乗りこむが、まだ動きださない。一分ほどたつと、リトルジョンがカイルを連れて出てきて、傷ひとつないバニラのバタークリーム糖衣のように雪が分厚く積もった庭を横ぎっていく。ウインドブレーカーのめくりあげた袖からとがった肘を突きだし、大きすぎるブーツで雪を踏みつける、とぼけた顔の十歳の少年。

ゼルのアパートであの写真を見たとき、ごくふつうの見かけというか、むしろ不細工な子だと思ったことを憶えている。けれどもいま、父親の気持ちになって少年を見ている私は、その意見を訂正する。朝日を浴びて雪のなかを跳びはねる王子。

車を出してそこを離れながら、私はトルキン談話のことを考える。そして、あの晩のピーター・ゼルのようすを想像する。

一月三日火曜日、ゼルは会社から帰宅し、無菌状態の灰色のリビングルームにおさまって、小さなテレビ画面を見つめている。

一月二日、小惑星2011GV$_1$、別名マイアが、ついに太陽の陰から姿を現わし、ふたたび地球から観測できるようになった。ついに、科学者がそれを肉眼ではっきりととらえ、さまざまなデータを入手し、確定できる距離にそれが接近し、光度を増した。データを一元管理するカリフォルニア州パサデナのNASAジェット推進研究所《JPL》に、大量の観測結果が押しよせ、まとめられ、処理された。九月以降、五分五分だった見込みに、最終的な結論がくだされようとしていた——一〇〇パーセントかゼロか。

リビングのソファに座るピーター・ゼルは、小惑星関連の最近の記事の切り抜きを目の前に広げている。科学論文や気がかりな分析結果などすべてがようやく、予測と祈りにまとめられる。イエスかノーに。

放映権の取得競争に勝ったのは、CBSだった。世界は終わろうとしているが、万一終わらなかった場合、今後数年間は、モンスター級の視聴率を自慢できるだろう。結果発表が生中継されるまえに、JPLの膨大な量の数値計算を監督してきた主任エンジニアのレナード・トルキンを特集した番組が放送された。「私が」三週間前、彼はひきつった笑みを浮かべて、ディビッド・レターマンに断言した。「よい知らせをお伝えします」白衣を身につけ、眼鏡をかけ、青白い顔色をした、典型的な政府の雇われ天文学者。

研究所の廊下を歩くトルキン、ホワイトボードで複雑な計算をしているトルキン、コンピューターのまわりで部員たちと話しあうトルキンの映像にあわせて、画面の右下隅にカウントダウンの時計が表示されている。

そして、背が低く太鼓腹のピーター・ゼルは自分のアパートにいて、切り抜いた記事に囲まれ、鼻に眼鏡をのせ、両手を膝に置いて、ひとりきりで静かにテレビを見ている。

切り替わって、生中継の進行役は、スコット・ペリーという報道記者だ。顎は四角く、白髪で、テレビ用にまじめくさった顔をしている。運命を決する会議を終えて、紙製フォルダーのたばを小わきにかかえて部屋から出てきたトルキンが、セル縁の眼鏡をはずし、すすり泣きをはじめるのを、全世界を代表して、ペリーが見つめている。

サマセット食堂方面へゆっくりと車を走らせながら、私は、他人の気持ちになってその記憶を再生しようとする。そのときピーター・ゼルはどう感じていたのか、正確につかもうとする。ペリーは相手に感情移入して身をのりだし、全世界が訊きたがっている、妙にばかばかしい質問を口にする。

「では、博士。私たちにとれる道は?」

レナード・トルキン博士は身を震わせて、いまにも笑いだしそうだ。「とれる道? そんなものはありません」

そのあとトルキンは話しつづける。じっさいには、どうでもいいことをだらだら話している。国際天文学界を代表して、自分がどれほど残念に思っているか、この事象がなぜ予測できなかったのか、あらゆる現実的な想定――小さな天体、短いリードタイム。大きな天体、長いリードタイム――を研究してきたが、このような、並はずれて長い周期の楕円軌道をまわり、太陽にこれほど接近する、信じがたいほど大きな天体の存在を――統計的に見れば、ないに等しいほど、存在する確率の小さな天体があることを予想できなかった。そして、スコット・ペリーはトルキンをただ見つめている。そして、全世界の人々は悲しみに沈み、あるいは理性を失っている。

この瞬間、あいまいな点も、疑問も消え去った。この瞬間から、時間の問題となった。衝突する確率は一〇〇パーセント。十月三日。それ以外の未来はない。大勢の人々が、番組が終わったあともテレビに張りついて、あちこちのケーブル局で、専門家や天文学教授や政治家らが、口ごもったり、涙を流したり、反論しあったりするのを見ていた。国民に向けた大統領演説があると予告されていたので待っていたのだが、結局それが放映されたのは、翌日の正午だった。大勢の人々が電話へ走って、愛するひとに連絡しようとしたものの、回線が混線し、翌一週間は復旧しなかった。また、寒さ厳しい一月にもかかわらず、近隣の住人や見知らぬ他人と慰めあうために、あるいは、破壊行為やささいないたずらなどをするために、人々は街にくりだした——少なくともコンコードでは、その流行はつづき、最高潮に達した大統領誕生記念日には、各所で暴動が起きた。

私はというと、テレビを消して出勤した。刑事になって四週めで、放火事件を担当していた。放送の翌日は、どの警察署にとっても、精神的に疲れるあわただしい一日になるだろうという予感がひしひしとしていたのだが、その予感は現実となった。

それはともかく、問題は、ピーター・ゼルだ。テレビ番組が終了したとき、彼はなにをしたのか？　だれに電話をかけたのか？

事実をざっと見直してみると、平静に見せかけていた顔の奥で、ゼルは、地球滅亡の可能性をずっと苦にしていたと思われる。そして、一月三日の夜、テレビを見て、破滅が確定したことを知ると、落胆を通りこして、激しいうつ状態におちいった。その後およそ三カ月間、不安と恐怖にまみれてよろよろと過ごし、二日前の晩、ベルトで首を吊った。では、私はなぜコンコードを車で走りまわって、だれが彼を殺したのか、つきとめようとしているのか？

私はいま、クリントン通りとサウス通りとダウニング通りという三本の道路が交差する場所にすっぽりとおさまったサマセット食堂の駐車場にいる。朝、ここに押しよせた歩行者や自転車にかき乱された駐車場の雪をじっとながめている。わだちだらけの茶色く汚れた雪を見て、リトルジョン家の前庭の、真っ白な積雪を思いだしている。けさ、ソフィアがほんとうに緊急分娩で呼びだされたのだとしたら、射出機《カタパルト》か瞬間移動機械を使って出ていったのだ。

サマセット食堂にはいってすぐの壁に、元オーナーの故ボブ・ガリキと握手する大統領候補者の写真がずらりと掛けてある。血色の悪いリチャード・ニクソン。壊れたフェンスの一部みたいに手をぎごちなく突きだす、堅苦しすぎて説得力のないジョン・ケリー。骨ばった顔でうれしそうに笑うジョン・マケイン。信じられないほど若く、信じられないほどハンサムな、不運のジョン・F・ケネディ。

厨房のステレオで、ボブ・ディランのアルバム〈ストリート・リーガル〉のどれかの曲がかかっている。つまり、いまのコックはモーリスだから、ランチの味は期待していい。

「好きな場所にすわんなさいよ、ぼくちゃん」コーヒーのはいったガラスポットを手にしたルース-アンが、声をかけながらそばをさっと通りすぎる。しなびてはいるが力強い手が、ポットの黒く太い取っ手をしっかりと握りしめている。高校時代にここに来るようになったころ、ルース-アンのご老体ぶりのことで冗談を言ったものだ。雇われてここに来たのか、それとも、ここにいた彼女のまわりに食堂を建てたのかと。それが十年前のことだ。

私はコーヒーを飲みながら、メニューには目もくれずに、食事中の客たちの顔をこっそりうかがって、各人の目にやどる哀愁と表情に現われた精神的疲労を見くらべる。年老いたカップルは、スープボウルに深くかがみこんだまま、たがいにつぶやきあっている。十九歳くらいに見える女性は、ほうけたような目をして、膝の上で青白い赤ん坊を揺さぶっている。肥えた会社員は、怒りをこめてメニューをにらみつけ、口の端で葉巻を嚙みしめている。

じつに全員が煙草を吸っているため、照明器具という照明器具の下で、よどんだ灰色の煙が渦巻いている。ここはむかし、こんなふうだった。公共の場での喫煙が法律で禁じられる前。高校二年のおちこぼれグループで煙草を吸わないのは私一人だったから、私はその法律に大賛成だった。いまでもその法律は生きているものの、ほとんど無視されているし、現時点の一[C]日の喫[P]煙本数制[D]限政策は、べつのほうを向いている。

私はナイフとフォークをいじくり、コーヒーを飲み、そして考える。

そうだね、ドッセスさん、あなたの言うとおり、大勢が悲しみに沈んでおり、そのうち多くの人が、自分の命を絶つことを選んだ。けれども、責任ある刑事の職にあるものとして、ピーター・ゼルが自殺したのは、その風潮のせいだという論理を認めることはできない。地球は滅亡するという予想が、人々が自殺する理由になりうるとしたら、この食堂に人は来ないはずだ。コンコードはゴーストタウンになるだろう。マイアが殺せる人間は一人も残っていない。すでに私たちはみな、死んでいるだろうから。

「卵三個のオムレツね？」

「全粒粉のトースト」そう言ったあとで、つけくわえる。「ルース‐アン、訊きたいことが一つあるんだけど」

「答えは用意してあるよ」私の注文を書きとめないのは、十一歳のときからおなじものを注文しているからだ。「どうぞお先に」

「この首吊りの街のやりようをどう思う？　自殺のこと。あんたは一度でも――」

ルース‐アンはがみがみ答える。わずらわしそうに。

「ふざけてんの？　ぼくちゃん、あたしはカトリックよ。いいえ。一度もない」

そうだよな、私もそんなことはしないと思う。オムレツが運ばれてきたので、宙をにらみつつ、こんなに煙くなければいいのにと思いながら、それをゆっくりと食べる。

5

コンコード病院の拡張計画が鳴り物入りで発表されたのは、一年半前のことだった。官民が協力して、長期ケア棟を新設し、小児科と産婦人科、そして集中治療室《ICU》のさまざまな個所を改修するという。昨年二月に着工し、春のあいだは順調に進んだが、やがて資金が尽き、工事は遅れがちになり、ついに七月末には完全にストップした。建設途中の迷路のような通路や、高く組まれた足場が放置され、みっともない臨時通路の多くがそのまま残され、だれもがぐるぐる歩きまわって、おたがいにまちがった方向を教えあう。

「死体安置所《モルグ》ですか？」しゃれた赤いベレー帽をかぶった白髪のボランティア案内人が、携帯用の地図を見ている。「えーと……モルグ、モルグ、モルグ、と。あら、ここだわ」クリップボードをかかえた二人の医師が急ぎ足で通りすぎたとき、案内人が地図を差しだしてきた。見ると、ぞんざいに書かれた訂正個所や〝危険！〟マークだらけだ。「そこへ行くには、エレベーターBに乗ります。エレベーターBは……ああ、わからないわ」

わきに垂らした私の両手がひくついている。アリス・フェントンに会うときに避けたいことの一つは、遅刻だ。

「そうだわ。あちらです」

「ありがとうございます」

エレベーターBのボタンの上にテープで留められた黒い常設標識によれば、上は――腫瘍科、特別外科、薬局――下へ行けば、礼拝堂、保護科、モルグとなっている。箱からおりた私は、腕時計をたしかめて、大急ぎで通路を進み、事務室の前を通り、倉庫室を過ぎ、白い十字架のついた小さな黒いドアに差しかかったときに、腫瘍科のことを考える――〝いま、なにが悲惨って、ガンになることだよ〟。

そして、モルグの分厚い金属のドアを押しあけると、ピーター・ゼルがいる。部屋の中央のテーブルに寝かされ、アーチ状に並ぶ各百ワットの解剖用ライトで、ドラマのようにスポットをあてられて。彼のそばで私を待っているのは、ニューハンプシャー州首席検視官だ。私は片手を突きだして、あいさつした。「おはようございます、ドクター・フェントン。失礼、こんにちはでした」

「あなたの死体について聞かせて」

「はい」私は、なにも言えずに、差しだした手を身体の横にそっと戻して、言葉もなく、まぬけみたいにそこに突っ立っている。なぜなら、フェントンが私の前にいて、モルグの白いライトで非情なまでに照らされ、舵柄に手を掛けた船長みたいに、きらめくシルバーのワゴンの端に片手を置いて立っているから。ほかの刑事たちから何度も聞かされてきた、フクロウみたいな期待に満ちた熱心な表情で、かの有名な真ん丸な眼鏡の奥からじっと見つめてくる。

「どうなの？」

「はい」私はまた言う。「では」私は腹を決めて、わかっていることをフェントンに話す。

犯罪現場のこと、高価なベルトのこと、被害者の携帯電話が見つからないこと、遺書がなかったことを詳しく述べる。話しながら、私の目がつい、フェントンと、ワゴンの上の病理学者の道具を行き来する。骨切り用のこぎり、のみとはさみ、貴重な液体の採取用のガラスの小瓶《バイアル》の列。清潔な白い布に並べられた、刃の幅や形もさまざまな解剖用メス一ダース。

フェントンは身動きせずに、黙って私の話を聞いている。私が話しおえて口を閉じても、口をすぼめ、かすかに眉根を寄せて、私を見つめつづける。

「なるほど」ようやく口をひらく。「それなら、わたしたちはどうしてここにいるの？」

「はい？」

フェントンの鋼鉄色の髪は短く切られ、前髪は額で真横にそろえてある。

「不審死なんだと思っていたわ」その目は細められ、いまや光る二つの点だ。「いまの話に、不審死の根拠は含まれていない」

「いや、はい、ちがうんです」私は口ごもってしまう。「根拠はありません、本質的には」

「根拠はありません、本質的には？」フェントンがおうむ返しに言ったその口調によって、なぜか私は、地階の異様に低い天井がやけに気になりだす。私は、天井のライトの列に頭をぶつけないように、少し猫背になっているというのに、身長一六〇センチのフェントンは、軍人のようにまっすぐ背筋を伸ばして立ち、眼鏡の奥から私をにらみつけている。

「共同開催された州議会により、一月に修正されたニューハンプシャー州刑事法第六十二章第六百三十法令によれば」と言いはじめたフェントンに対して、自分もそれを知っていることを、連邦と州と市の議事録を読んで勉強したことを知らせるために、私は力をこめてうなずきながら聞いている。それでも彼女は話しつづける。「その死が自殺の結果であると、現場で合理的に判定されうるときには、首席検視官事務所《OCME》は解剖を行なわない」

「そうですね」「はい」とか「もちろんです」とかぼそぼそつぶやきつづけ、答える機会を待つ。「ドクター・フェントン、殺人の疑いがあると判断したのは私です」

「現場に、あらそった形跡があったの？」

「ありません」

「むりやり連れこまれた形跡は？」

「ありません」

「貴重品がなくなっていた？」

「というか、えーと、その、彼は携帯電話を所持していませんでした。それについては、さっきお話ししたと思います」

「あなたはだれだったかしら？」

「はじめてお目にかかります、正式には。私は、ヘンリー・パレス刑事です。新任です」

「パレス刑事」フェントンは、猛烈な勢いで手袋をはめている。「今シーズンは、わたしの娘のピアノ・リサイタルが十二回あるの。いまこの瞬間、わたしは、そのうちの一回を聴けずにここにいる。来シーズン、娘は何度リサイタルをひらけると思う？」

　なんと答えていいか、私はわからない。全然わからない。だから、ほんのしばらく、ぼんやりとただ立っている。こうこうと照明のともされた部屋で死体に囲まれた、背ばかり高いぼんくら男。

「わかったわよ」アリス・フェントンは、おどしをこめて陽気に答えてから、道具類をのせたワゴンのほうを向く。「正真正銘の殺人だといいけど」

　フェントンがメスを持ちあげる。私は床を見つめながら、ここでの自分の使命は、物音をたてずに、作業が終わるまで待つことだとはっきり認識する――が、それがむずかしい。じつにむずかしい。そして、フェントンは着手し、緻密な作業を徐々に進めていく。私は顔をあげ、ほんのすこし前に出て、作業を見つめる。無機的で寸分の狂いもないあざやかな手さばきの解剖を見学しているうちに、心を奪われてうっとりする。そうして動くフェントンはどの工程もおろそかにせずに丁寧に作品をしあげていく職人だ。

　この世でさまざまなことが進行しているにもかかわらず、不屈の努力はつづけられている。

　フェントンは、黒い革ベルトを慎重に切り離して、ゼルの首からそれをはずし、ベルトの幅と全長を計測する。真鍮のキャリパスで、目の下のあざと、顎の下のひからびた大地のように黄ばんで乾いた皮膚に残るベルトのバックルによるあざの大きさを測る。怒りにまかせて書いたようなかすれたV字形のあざは、両耳に向かって伸びている。フェントンはときどき手を止めて、あらゆるものを写真に撮る。首に巻かれたベルト、ベルトだけ、首だけ。

　つぎに、衣類を切ってはがし、保険会社の男の青白い身体を、湿った布でぬぐう。遺体の腹部と両腕の上をすばやく動く、手袋をはめた指。

「なにをさがしているんですか？」思いきって訊いてみたけれど、無視されたので、また黙りこむ。

　彼女の手のメスが胸部に沈んでいくとき、私はもう一歩前に出る。私はいま、まばゆい光輪のような解剖用の照明を浴びるフェントンのそばに立ち、Y字形に深い切りこみをいれてから、皮膚とその下の肉をはがす作業を、目を丸くして見つめている。フェントンが、心臓の中心部近くの静脈に針を突き刺して、死んだ男の血液を抜き、つづけざまに三本のバイアルを満たしているあいだに、私は大きく身をかがめて、死体をのぞきこむ。そして、ある時点で、自分がほとんど息をしていなかったことに気づく。また、フェントンが一つ一つ作業を進め、各臓器の重さを量り、重さを記録し、頭骨から脳を持ちあげて、それを手のなかでころがすのを見ながら、その感情のない顔がけわしくなるのを、はっと息を飲むのを、あるいは、〝ふうむ〟とつぶやくのを、または、驚いて私をふりむくのを、自分は待っているのだと気づく。

なんであれ、ゼルは自殺ではなく、殺されたことを証明するものを見つけたときに。

そんなことは起きず、ついにフェントンはメスを置いて、きっぱりと言う。「自殺」

私は彼女をじっと見つめる。「たしかですか？」

フェントンは答えない。足早にワゴンに戻り、箱をあけて、はいっていた太いロールからビニール袋を一枚はがしている。

「待ってください、すみません。それはどうですか？」

「どれがどうですって？」自分のなかで絶望がふくらんでいき、頬が熱くなり、自分の声にまじりこんできた、子どものような甲高い悲鳴が聞きとれる。「それ。それはあざですよね？　足首の上の？」

「それなら見たわ、ええ」フェントンは冷ややかに答える。

「どこでついたんでしょうか？」

「わたしたちには永遠にわからない」彼女は動きまわる足を止めず、私のほうを見もしない。感情のない声にあざけりがまじっている。「ただ、ふくらはぎのあざのせいで死んだのでないことはわかるわ」

「でも、ほかにわかっていることはないんですか？死因の決定に関して？」こう言いながら、アリス・フェントンに口答えするなどばかげていると自覚している。けれども、これが正しいはずがない。私は記憶のすみずみをかきまわし、頭に残っているふさわしい教科書のページを必死になってめくっている。「血液は？　毒物検査をするんでしょう？」

「疑わしいものが見つかれば、するでしょうね。針の跡、それを示唆する筋肉萎縮」

「でも、できないと？」

フェントンは、ビニール袋を振ってひらきながら、突き放したように笑っている。「あなたね、州警察の科学捜査研究所のことは知ってる？　ヘイズン通りの？」

「一度も行ったことがありません」

「教えてあげる。そこは、この州で一つしかない科学捜査研究所よ。いま、新しくきた人間がそこをしきっているんだけど、その男が大ばか者でね。十一月に、本来の主任毒物検査官が、プロバンスに人物画の勉強に行ったあと、その助手が、主任毒物検査官となった。その助手の助手だった男よ」

「はあ」

「ほんとに。はあ、よね」フェントンの口元がゆがんで、嫌悪感があらわになった。「検査官はずっとそれをしたかったんでしょうね。あそこは無秩序状態よ。テーブルには依頼票の山ができてる。大混乱」

「はあ」私はまたおなじことを口にして、ピーター・ゼルの遺体の残りに顔を向ける。テーブルの上でぽっかり口をあけている胸腔。私は彼を、というかそれを見ながら、なんと哀れなんだろうと思っている。自殺かいなかにかかわらず、また、どういうふうに死んだにしろ、死んだことにかわりはない。かつて人間だった彼は、もう死んでしまい、二度と生き返らない。そんな当然すぎるほど当然なことを考えている。

つぎに顔をあげたとき、フェントンが私のそばに立っていて、さっきとは少しちがう声を出し、指さして、私の視線をゼルの首に誘導した。

「そこ。なにが見える？」

「なにも」と答えるも、わけがわからない。皮膚ははがされ、軟組織や筋肉、その下の黄ばんだ白い骨が見えている。「なにも見えません」

「そのとおり。だれかが、この男の背後から忍びよって、ロープで、または素手で、あるいは、あなたがこだわっている高価なベルトで喉を締めたのなら、首はぐちゃぐちゃになっているわ。組織が剝離しているだろうし、内出血で血だまりができているでしょうね」

「なるほど」私は言う。そして、うなずく。フェントンは背を向け、ワゴンの作業に戻る。

「彼は窒息死よ。索状物《リガチャー》に、意図的に前のめりになった。気道がふさがれ、そして死んだ」

フェントンは、私の保険会社の男の死体を、それがはいっていた死体袋にしまい、壁に作りつけた冷蔵庫の指定の場所に、その死体をするりと収納する。私は押し黙って、ばかみたいに、そのようすをながめている。もっと話すことがあればいいのにと思いながら。フェントンに出ていってほしくない。

「あなたはどうなんです、ドクター・フェントン？」

「なんですって？」彼女はドアのところで足を止めてふりむく。

「あなたはなぜ、ずっとやりたいと思っていたことをしに、どこかへ行かなかったんですか？」

フェントンは首をかしげて、自分は質問の意味を理解しているのだろうかと疑問に思っているような顔で私を見ている。「これが、私がずっとやりたいと思っていたことなのよ」

「なるほど。わかりました」

フェントンのうしろで、どっしりと重い灰色のドアが弧を描いて閉じると、私は、握りこぶしの指関節で目をこすりながら、つぎはどうする？　と考えている。これからどうする？　と考えている。

少しのあいだ、一人で立っている。そこにあるのは、フェントンのキャスターつきワゴンと、冷蔵庫にしまわれている死体だけ。私は、ゼルの血液がはいったバイアルの一本をワゴンから取り、ブレザーのポケットに滑りこませて、そこを出る。

工事中の廊下をくねくねと進んで、コンコード病院を出る。その時点ですでに長く苦しい一日となっている。そして、私は挫折感と疲労感を感じ、途方に暮れ、今後の行動方針を決めること以外のことをしたくないと思っている。そんなときだからこそ、妹が私の車のそばで待っている。

スキー帽をかぶり、冬用コートを着たニコ・パレスが、インパラの丸まったボンネットに腰かけて足を組んでいる。そこが大きくへこんでいるのはまちがいない。私がそれをすごく嫌がることを知っているから、そうしているのだ。おまけに、フロントガラスの真上に、アメリカン・スピリットの煙草の灰を落としながら。だだっ広い雪原と化した病院の駐車場をとぼとぼ歩いている私に、ニコが片手をあげ、インディアンの女みたいにてのひらを前に向けてあいさつしてくる。そして煙草を吸って、待っている。

「いいかげんにしてよ、ハンク」私が一言でも口にする前に、妹が言う。「メッセージを、そうね、十七回くらい残したのに」

「おれの居場所がどうしてわかった？」

「けさ、なんで電話を切ったの？」

「おれの居場所がどうしてわかった？」

私たちの会話はこんな調子だ。私はジャケットの袖を指先まで引っぱってきて、フロントガラスについた灰を、地面に積もった雪の上に払い落とす。

「署に電話したの。マガリーが、ここにいるって教えてくれた」

「教える必要はなかったんだ。おれは仕事してるんだから」

「助けてほしいの。まじめな話よ」

「ふん、おれだってまじめに働いてる。車の上からおりてもらえませんか？」

　そうはせずに、足を伸ばして、ビーチチェアに寝そべるみたいに、フロントガラスにもたれかかる。妹が着ているのは、祖父ゆずりの分厚い陸軍支給の外套だ。その真鍮のボタンがひっかいた小さな傷跡が、署貸与のインパラについている。

　マガリー刑事がおれの居場所を教えなければ、こんなことにはならなかったのに。

「いやがらせするつもりはないんだけど、どうしていいかわかんなくてさ、それに、せっかく兄貴がデカやってるんだから、助けてもらったっていいよね？」

「まあな」私は腕時計を見る。また降りはじめた。はらはらと、雪のかけらがゆっくりと落ちてくる。

「きのうデレクが帰ってこなかったの。ふん、また夫婦喧嘩でもして、やつはどっかにふけたんだろって思ってるでしょ。けど、そうじゃないのよ、ヘン。喧嘩なんかしなかった。言いあらそいもなんにもしなかった。二人で夕飯を作ってさ。あのひと、これから出かけるって言った。散歩したいって。じゃ行ってくればって、あたしは言った。キッチンを片づけて、大麻《ジョイント》吸って、寝た」

　私は顔をしかめる。妹は、いまは堂々と大麻《ポット》を吸えることを、とても喜んでいるようだ。警察官の兄がそれについてがみがみ説教できないことがうれしいのだ。ニコにとって、それは希望の光なのだと思う。ニコは最後に一口吸ってから、吸いさしを雪に投げる。私はしゃがんで、濡れた煙草の吸殻を指でつまみ、宙に持ちあげる。「環境を大切にしてるんだと思っていたよ」

「いまはあんまり」

　ニコは身体をまわして、また座り、厚みのあるコートの襟を巻きつける。身だしなみに気をつけさえすれ

「出ていったんじゃないよ」と言ったものの、本心は口にしていない。デレクがほんとうに妹を捨てて逃げたのなら、妹にとっては、しばらくぶりの最高の吉事だ。妹夫婦は、トルキン談話後の最初の日曜日、一月八日に結婚した。結婚したカップル数が最高を記録した日だ。その記録は破られることはないだろう。十月二日をのぞいて。

「助けてくれるの、くれないの？」

「言っただろ、むりなんだよ。きょうはだめ。捜査があるからな」

「ねえ、ヘンリー」妹は、のんきそうに見せていた顔をかなぐり捨てると、車から飛びおりて、人差し指で私の胸を突いてくる。「大災難がほんとに起きるとわかってすぐに、あたしは仕事をやめた。言いたいのはね、なんで仕事なんかで時間をつぶすのかってこと」

「おまえは、週に三日、農産物直売所で働いていただけだろう。おれは殺人事件の捜査をしているんだ」

「出ていったんだわ」

「電話した。全員に電話かけたのよ。出てったんだ

「友だちの家に行ったとか」

シャッフルに設定したiPodだけの店も。

ートの地下室に、缶ビール満載のバスタブとレジと、アパ

まはたくさんある。認可を受けた店、無免許店、アパ

パヌーチズとグリーン・マーティニくらいだった。い

以前よりもバーはずっと増えた。一年前はせいぜい、

「そうよ、ヘン」

「全部？」

「全部のバーに電話した」

「飲みにいったんだろ」

ない」

「で、夜中になっても帰ってこない。電話したけど出

まっすぐに伸ばしたような。

もきれいな子だ。母の写真を一度丸めて、それをまた

ば——髪の毛を梳《と》かし、ときどき睡眠をとれば、とて

「へえ、そうですか。悪かったわね。あたしの夫が行方不明なんですけど」

「正確には、彼はおまえの夫ではない」

「ヘンリー」

「戻ってくるさ。わかってるくせに」

「そう？　なんでそうはっきり言えるの？」足を踏みならし、目をぎらつかせ、答えを待たずにたたみかける。「それに、その事件のなにがそんなに大切なの？」

　まあいいかと思って、ゼル事件のことを教えてやる。たったいまモルグから出てきたばかりで、手がかりを追っていることを説明し、警察捜査の真剣さを印象づけようとする。

「ちょっと待って。首吊り？」妹はむっつりと、不機嫌そうに言う。二十一歳、まだ子どもだ。

「たぶん」

「男がマクドナルドで首を吊ったって言ったよね」

「そう見えると言ったんだ」

「それで忙しいから、あたしの夫をさがすために十分も取れないっていうの？　マクドナルドで自殺したとんまのために？　クソまみれのトイレで？」

「ニコ、よすんだ」

「なにを？」

　妹がきたない言葉を使うのは許せない。私は古い人間だ。妹に関しては。

「すまない。でも、人ひとりが死んだ。その方法と理由をさぐるのがおれの仕事なんだ」

「はーん、こっちこそ悪かったわ。人ひとりが行方不明で、しかもそれはあたしの夫。あたしの愛する男なのに？」

　いきなり妹の声がからまったような音がして、ここまでだと負けを悟る。妹が泣いて望めば、私はどんなことでもしてしまう。

「おい、よせニコ、泣くなよ」もう遅い。妹は口をあけて泣きじゃくり、両手の甲で目から涙をしぼりだしている。「泣かないでくれ」

「だって、こんなときなのに」まわりの空を、あいまいに悲しげに手で示す。「ひとりはいやよ、ヘンリー。いまはいや」

肌を刺すような風が、私たちの目の近くに飛ばされてきた雪をはじきながら、駐車場を吹きぬけていく。

「わかった」私は言う。「わかったよ」

そして、私はおそるおそる踏みだして、両腕で妹を包みこむ。妹には数学者の遺伝子が、私には長身の遺伝子が集まっているといって、家族で笑ったものだ。妹の頭のてっぺんから私の顎までゆうに一五センチはある。妹のすすり泣きは、私の胸骨のどこかに吸いこまれていく。

「よしよし、泣くな。大丈夫だから」

妹はあとずさりして私の不器用な抱擁をのがれ、最後のうめき声を嚙みころすと、風をよけて金メッキのライターでアメリカン・スピリットの一本に火をつけ、息を吸いこんで煙草をあかあかと燃やした。コートとおなじく、煙草のブランドとおなじく、そのライターも祖父のおさがりだ。

「じゃ、彼を見つけてくれる？」

「精一杯やるよ、ニコ。それでいいな？ おれにできるのはそれだけだ」妹の口の端から煙草をむしりとり、車の下に投げ捨てる。

「こんにちは。できればソフィア・リトルジョンさんと話したいのですが」

駐車場で、とても強力な電波をキャッチした。

「彼女はいま、患者さんの処置の最中です。どちらさまでしょう？」

「えーと。いえ――じつは――友人の奥さんが……ところで、助産婦さんをなんと呼べばいいんでしょう？ ドクター・リトルジョンと――？」

「いいえ。さんづけで呼びます。リトルジョンさんと」

「そうですか、よかった。私の友人の奥さんが……リトルジョンさんの患者なんです。彼女が産気づいたと聞いて。えーと、けさ早く、でいいのかな？」

「けさですか？」

「ええ。昨夜遅くというか、けさ早くというか。友人が残したメッセージでは、けさ早く、と言ってました。でも、雑音がひどかったから、聞きまちがえたのかも――もしもし？」

「はい、聞いています。まちがいかもしれませんね。ソフィアは助産していませんよ。けさとおっしゃいました？」

「はい」

「ちがいますね。お名前はなんでしたかしら？」

「いいんです。たいしたことじゃないから。いいんです」

本署の休憩室をきびきびと歩いて、角刈り《ブラシカット》三人組のそばを通りすぎる。コークの自販機を取り囲んで、男子学生クラブのように笑っている三人。私はそのうちのだれとも顔見知りでないし、彼らも私を知らない。そして、三人とも、ファーリーとレナード共著の本の内容はおろか、ニューハンプシャー州刑事法も、アメリカ合衆国憲法の一節すら引きあいに出せないことは断言できる。

成人犯罪課で、カルバーソン刑事に、これまでわかったことを説明する。被害者の自宅のようす、〝ソフィアへ〟と書いたメモ、フェントンが出した結論。彼は、両方のてのひらを尖塔のようにあわせて根気よく聞いてから、しばらくはなにも言わずに黙っている。

「なあ、いいか、ヘンリー」彼はぼちぼちと話しはじめるが、それで充分だ。つづきは聞きたくない。

「どう見えるかはわかってます」私は言う。「わかってますよ」

「まあ聞けって。これは、おれの事件じゃないしな」

カルバーソンは少しだけ頭をうしろにそらす。「解決すべきだと思うんなら、捜査すればいいじゃないか」

「そう思ってます。心から」

「それなら、よし」

ほんの少しそこに座ってから、自分のデスクに戻って、受話器を取りあげ、まぬけ野郎デレク・スキーブの捜索を開始する。まず、ニコがかけた先にもう一度電話する。バーと病院。男性拘置所と、新設の男性代用拘置所にかける。メリマック郡保安官事務所にかける。コンコード病院とニューハンプシャー病院の入退院センターと、三つの郡内の私の知っている病院全部にかける。けれども、どこにもいなかった。人相書にマッチする男はいない。

外に出ると、前の広場は、神を信じる人々の大集団にがっちり支配されている。通行人にむかってパンフレットを突きだし、ゴスペルのメロディーにのせて、私たちに残されたのは祈りだけ、祈りは唯一の救済なりとがなりたてている。私はあいまいにうなずいて、歩きつづける。

そして、自分のベッドに身体を横たえているけれども、眠ってはいない。いまは水曜の夜、はじめてピーター・ゼルの生気の抜けた目をのぞきこんだのは火曜の朝だった。つまり、彼が殺されたのは月曜の夜ということになる。だから、彼が殺されてから四十八時間近いだろう。または、すでに四十八時間が過ぎたかもしれない。どちらにしても、付けいるすきはなく、殺人犯の特定と逮捕にはほど遠い。

こうしてベッドに横たわって、天井を見つめながら、わきで拳を握ったりひらいたりしている。やがて、起きあがって、ブラインドをあけ、窓の外をながめると、雲でかすむ暗闇のすきまに、いくつか星が見える。

「とにかくおまえは」私は小声で言い、一本指をたてて空を指さす。「さっさとくたばれ」

第2部

無視できない確率

3月22日木曜日

赤経	19 05 26.5
赤緯	−34 18 33
離隔	79.4
デルタ	3.146 AU

1

「ねえあなた、起きて。起きて - 起きて - 起きて」
「もしもし？」

昨夜、眠りにつく前に、電話線を壁から引き抜いておいたのに、携帯電話の電源を切り忘れて、バイブに設定したままになっていたので、今夜のアリソン・コークナーの楽しい夢に割りこんできたのは、電話のけたたましいベルではなく、風切り音をたてて落ちてきて地球を火の玉にするマイアでもなく、アリソンの柔らかい膝の上でくつろぐネコがのどを鳴らす音へと変身した、ナイトテーブルを小さくカタカタ鳴らす振動だった。

いま、ビクター・フランスが、私に甘くささやきかけている。「目をあけて、あなた。その大きく悲しげな目をぱっちりとあけてよ、お髭のマギー選手」

私は、大きく悲しげな目をぱっちりとあける。外は真っ暗だ。フランスのささやくような声は、薄気味悪く、しつこい。私はまばたきして目を覚まし、カスコー湾に建つ私たちの木造の家のとび色の居間で、美のオーラを放っているアリソンを、最後に一度、ちらりと横目で見る。

「起こしてわりいな、パレス。いや、待て、ちっとも悪くねえな」フランスの声は、いかがわしいくすくす笑いへと変わる。ハイになっているのだ。マリファナか、べつのものか。父が言っていたように、人工衛星とおなじ高みにぶっ飛んでいる。「ほんと、ぜんぜん悪くない」

私はまたあくびをし、首の骨をぽきぽきいわせて、時計を見る。午前三時四十七分。

「刑事さんよ、あんたはぐっすり寝てたかもしれないけどさ、おれはあんまりよく眠れねえんだよな。寝ようとするたびに、こう思うんだ。なあビクター、寝てるあいだ、時間は死んでる。貴重な時間をどぶに捨ててるんだぞって」頼んであった情報のことだなと思いついて、起きあがると、ナイトテーブルの照明のスイッチをさぐり、青いノートとペンをつかむ。情報をつかんだから、電話してきたんだろう。「きちんと追ってるんだよ、家で。びっくりだろ？　大きなポスターに残りの日付が書いてあって、毎日、線でそれを消してく」

フランスのだらだらした話の背後から、電子音楽のアップテンポのリズムと電子ピアノ、わめいたり歌ったりする大勢の声が聞こえる。どこかの倉庫でパーティをしているんだろう。たぶん、街の東にあるシープデイビス通りのあたり。

「教会の降臨節カレンダーみたいにさ。わかるだろ？」そして、ホラー映画でよく聞くナレーターの低い声を真似る。「つまり……破滅までのカレンダー」

彼は甲高い声で笑い、咳きこみ、また笑う。マリファナじゃない。エクスタシーだろうか。それを買う金をどうやって調達したか考えるとぞっとする。合成薬の価格は天井知らずだ。

「私に知らせたいことがあるのか、ビクター？」

「ほう！　パレス！」笑い、咳きこむ。「あんたのそういうとこが好きさ。時間をむだにしないところ」

「なにかつかんだんだな？」

「あーあ、やれやれだ」笑ったあとで、一息ついた彼のようすが、ありありと思い浮かぶ。骨ばった両腕を緊張させてひくつかせながら、からかうように笑う。話がとぎれたとき、受話器から、遠くのベースとドラムの安っぽい音が聞こえてくる。「ああ」ようやく認める。「そうさ。見つけたよ、あんたのピックアップトラック。じつはきのうわかったけど、時間を置いたのさ。寝てるあんたを確実に起こす時間まで待ってたんだよ、なんでかわかるか？」

「私のことが大嫌いだから」

「正解！」大声を出し、きゃっきゃっと笑う。「あんたが大嫌いなんだ！　ペンはあるかい、色男？」

ビクター・フランスによれば、車体の横に国旗が描いてある赤いピックアップトラックを廃食油エンジンに改造したのは、ジェミチという名のクロアチア人整備工だという。マンチェスター通りの丸焼けになったニッサン販売代理店の近くに小さな工場をかまえているらしい。どこのことを言っているのかわからないが、すぐに見つかるだろう。

「感謝するよ」いまの私はすっかり目ざめ、さらさらとペンを走らせている。なんとまあ、こいつはすごいという興奮が渦巻き、ビクター・フランスに対してふつふつと親切心が湧いてくる。「ありがとうな。たいしたもんだ。心から感謝してる。パーティを楽しんでくれ」

「待て、待て、待て。こんどはあんたが話を聞く番だ」

「はい？」胸のなかで心臓が震えている。つぎの段階の捜査のあらましが見えている。一つ一つの情報を、順を追って並べればいい。「なんだ？」

「おれは……あんたに言いたいことがある」ビクターの声から耳障りなうわべの騒がしさが消えて、すっかり静かになってしまった。目の前に立っているかのように、はっきりと彼が見える。倉庫の公衆電話の上で背中を丸めて、一本の指で宙を突いている。「とにかく言いたい。これで終わりだぞ」

「わかった」私は答える。「これで終わりだ」私も本気だ。頼んだものを、彼は持ってきてくれた。喜んで放免してやる。倉庫で踊らせてやる、世界が燃えつきるまで。

「あんたは――」その声が詰まって、涙をこらえているかのようにくぐもる。そしてタフガイは消え、罰しないでくれと懇願する少年が現われる。「約束するか？」

「するよ、ビクター」私は言う。「約束する」

「よし、っていうのはな、そのトラックの持ち主も知ってんだ」

ところで、あの夢の意味はわかっている。私だってばかじゃない。自分の謎すら解けない刑事に、斬新なアイデアは浮かばない。

ここのところ私が見ていた夢、高校時代の恋人が出てくる夢は、煎じつめれば、じつは高校時代の恋人の夢ではない。アリソン・コークナーや、破れた恋や、一緒に建てていたかもしれないメイン州の三LDKの大切な小さな家とはまったくべつの方向へ来てしまったという夢ではない。私は、白い杭垣や日曜版のクロスワードや温かいお茶を夢見てはいない。

夢に、小惑星は出てこない。夢のなかで、人生はつづいている。白い杭垣があろうとなかろうと、単純明快でしあわせな人生が。ふつうの人生が。つづいている。

アリソン・コークナーの夢を見ているとき、私は、死なないことを夢見ている。

な？ 謎は解けただろ？ 私は納得する。

「ドッセスさん、確認事項がいくつかと、お知らせしたいことがあるんです――この事件、首吊り事件ですが、足がつきました。ほんとうです」

「ママ？ ママかい？」

「はあ？ ちがいます――パレス刑事です」

一瞬間があいて、低い含み笑い。「わかっているよ、きみ。ちょっとからかっただけだ」

「ああ。でしょうね」

新聞紙をめくる音がしたとき、デニー・ドッセスのコーヒーカップから立ちのぼる湯気の苦味を嗅いだ気がする。「そういや、エルサレムのことを聞いたかね？」

「いいえ」

「それはそれは。聞きたいかい？」

「いいえ、いまは。それより、この事件ですよ、ドッセスさん」

「すまんが、どの事件のことか教えてくれんか？」

コーヒーを飲み、新聞紙をめくりながら、彼は私をからかい、私は、キッチンのテーブルに置いた青いノートのページを、中三本の指でトントン叩いている。けさの四時にひらいたのとおなじページに、生きている保険会社の男が最後に会った人物の氏名と住所が書いてある。

「ゼル事件です。きのうの朝見つかった首吊り」

「ああ、あれか。手さぐり殺人事件だな。自殺だが、きみが手さぐりで――」

「そうです。でも、聞いてください。車両について、強力な手がかりを得ました」

「なんの車両かね、きみ？」

叩く指のリズムが速くなる。ラッタッタ。しゃんと、しろよ、ドッセス。

「きのうお話しした車両です。廃食油で走る赤いピックアップトラック。それに乗っている被害者が、最後に目撃されています」

また長い沈黙。ドッセスは私を狂わせようとしている。

「もしもし？　ドッセスさん？」

「ふむ、わかった、きみは車両について手がかりをつかんだ」

「そうです。首吊り以外の可能性が少しでも浮上すれば、連絡しろとおっしゃいましたので」

「そんなこと言ったか？」

「ええ。で、これがそうだと思います。可能性は浮上したと思います。きょうの午前中に男の話を聞いて、もしもなにか見つかれば、そちらへうかがって、令状を取りたいんですけど」私の声はだんだん小さくなっていく。「ドッセスさん？」

彼は咳ばらいする。「パレス刑事？　いまの主任刑事はだれかね？」

「はい？」

ノートの上で指を丸め、その手をかまえたまま、私は待つ。ボウボッグ通り七十七番地。ボウボッグは、街の南、市境を越えてすぐの住宅地。

「成人犯罪課だよ。責任者は？」

「えーと、だれもいないんじゃないかな。厳密にいえば、オードラー署長。スタッセン主任刑事は、十一月末に、したいことリストに出かけたと思います。私が二階にあがる前に。後任は決まっていません」

「なるほど。そうか。決まっていないとな。よくわかったよ、相棒。事件を追いたいのなら、どこまでも追いたまえ」

2

「ピーティーは死んでない」

「死んだんです」

「ついこないだ、一緒に出かけたんだ。二日前。火曜の夜だったと思う」

「いいえ、ちがいます」

「ちがわないと思うぞ」

「じっさいには、月曜日だったんです」

私は、家の横側にもたせかけた金属製の繰りだしはしごの下にいる。こけら板のとんがり屋根のある、ずんぐりした形の家だ。私は両手を口元にあて、頭をうしろに反らせて、ちらちら飛んでくる雪のなかで大声を張りあげている。はしごの上にいるのは、J・T・トゥーサンという、失業中の建設作業員にして石切り工の、雲つくばかりの大男だ。頑丈なつくりの薄茶色のワークブーツを、最上部の金属の横桟にかけ、そうとう大きな腹を、屋根から張りだした雨どいにあててバランスを取っている。彼の顔は、青いスエットシャツのフードに隠されて、まだはっきりとは見えない。

私に向けられた右下四分の一だけ。

「月曜日の晩、あなたは、勤め先に彼を迎えにいきましたね」

トゥーサンは「へえ、そう?」と言ったのだろうが、くぐもったはっきりしない音になって出てきた。「へえわお?」

「はい、そうです。あなたの、側面にアメリカ国旗のついた赤いピックアップトラックで。そこにあるのは、あなたのトラックですね?」

私が私道を指さすと、トゥーサンはうなずき、体重を雨どいにかける。はしごの基部が小さく震える。

「火曜の朝、遺体が発見されました」

「そうか」屋根の上で、彼は言う。「なんてこった。首吊り？」

「そう思われますね。どうか、はしごからおりてきてもらえませんか？」

　なんとも見苦しい家だ。空き地にほったらかしにされた、石けん箱で作った子ども用のレースカーの胴体みたいに、木造の家はくずれかかり、でこぼこしている。前庭に、オークの古木が一本生えていて、逮捕されでもしたように、曲がった枝が空に向かって手を突きだしている。横のほうに犬小屋がひとつある。敷地の境界線に沿って植えられたイバラの低木は手入れされておらず、ぼうぼうに茂っている。トゥーサンは、不安を覚えるほどはしごを前後に揺らしながらおりてきて、フードつきスエットシャツと頑丈なワークブーツといういでたちで立つ。ごつい手から屋根修理用の工具をぶらさげて、私の頭からつま先までじろじろながめている。二人とも、白い息を吐いている。

　みんなが言っていたとおりだった。たしかに大男だが、長身で固太り、フットボールをやっていたようながっちりした体形だ。巨体のなかに鋼鉄の芯が一本通っていて、過去には走ったり跳んだりできたのだろう。必要なときにはタックルも。花崗岩のかたまりみたいな頭。突きだした細長い顎、広い額、硬くてむらのある肉。まるで、でたらめに浸食されたような。

「私はヘンリー・パレス刑事、警察官です」

「まじかよ」そう言うと、私に向かって大きく一歩を踏みだし、二度鋭く叫んで手を叩いたので、私ははっとしてあとずさりしながら、肩吊りのホルスターに手を伸ばす。

　ちがう。犬。犬を呼んだのだ。トゥーサンはしゃがみこみ、犬は駆けまわっている。白い毛がところどころカールしているみすぼらしい犬は、プードルの一種だろうか。

「ほら、フーディーニ」両腕を広げて、声をかける。「ほら、おいで」

フーディーニが、トゥーサンの肉厚のてのひらに小さな顔をこすりつける。私が緊張をとこうとして深呼吸していると、大男はかがんだまま、おもしろがって私のほうを見あげる。彼にはわかる。彼には――私の心が見える。私にはそれがわかる。

室内は、不快でどんよりしている。黄色い漆喰の壁は黒ずみ、飾られているのは実用品だけ。時計、カレンダー、キッチンの戸口にボルトで留めた栓抜き。小ぶりの暖炉には、輸入ビールの空き瓶が詰まっている――安いブランドでも、アルコール《A》・タバコ《T》・火器局《F》の規制がかかって六本パックで二十一ドル九十九セントするし、闇市場ではずっと高値がついている時代には、高級品だ。そばを歩いているときに、ローリングロックの瓶が一本、ゴミの山から飛びだしてきて、居間の硬材の床をころがる。

「それで」私は、青いノートとペンを引っぱりだしながら言う。「ピーター・ゼルとはどういう知りあいですか？」

トゥーサンは煙草に火をつけ、ゆっくりと吸いこんでから答える。「小学校から」

「小学校？」

「ブロークングラウンド。この通りをずっと行ったとこ。カーティスビル通りの」彼は、屋根修理用の工具を道具箱に投げいれ、道具箱を、使い古したソファの下へ蹴りこむ。「よければ座ってくれな」

「いや、けっこうです」

トゥーサンも腰をおろさない。騒々しい足音をたて、ドラゴンみたいに顔のまえで煙を渦巻かせながら、私の横を過ぎてキッチンへはいっていく。

暖炉の上の棚に、ニューハンプシャー州会議事堂の模型が置いてある。高さ一五センチほどで、驚くほど精巧に作られている。石造りの白いファサード、金ぴかのドーム、そのてっぺんから見おろす小さなワシ。

「気に入ったかい？」ハイネケンの瓶の首をつかんで、居間に戻ってきたトゥーサンからそう話しかけられて、私は唐突に模型を下に置く。「うちの親父が作ったんだ」

「芸術家だったんですか？」

「もう死んだ」彼がぱちりとドームをあけると、なかは灰皿になっている。「でも、ああ、芸術家だ。いろいろやってたけど」

彼は、議事堂のドームの内側に灰を落とし、私を見ている。

「では」私は言う。「小学校で」

「そう」

トゥーサンの話では、ピーター・ゼルとは、二年生から六年生まで親友だったという。二人とも、みんなから好かれていなかった。トゥーサンは、子ども無料朝食会の朝食を食べて、毎日おなじ安っぽい服を着ていた貧乏な子だった。ゼルは裕福だったけれど、痛ましいほど不器用で、傷つきやすく、餌食として生まれてきたような子だった。そして変人二人は仲良くなり、ゼル家のあかぬけた地下室でピンポンしたり、自転車で病院のまわりの丘を走りまわったり、いま私たちがいるこの家でダンジョンズ&ドラゴンズをプレイしたりした。夏には、ステート通りを三キロほど走って、刑務所のさらに向こうにある採石場へ行き、パンツ一丁になって水に飛びこみ、冷たい水におたがいの頭を突っこみあった。

「まあ」笑みを浮かべ、ビールを味わいながら、トゥーサンは話を締めくくる。「子どもがやりそうなことだよな」

私はうなずき、ペンを走らせながら、子どものときの保険会社の男のイメージに心を奪われている。青白い未熟な肉体とビン底眼鏡、池の縁にていねいにたたまれた衣類。のちに、悲観から逃れられない臆病な保険計理士になる運命の少年。

J・Tとピーターはおそらく必然的に疎遠になった。思春期が到来し、トゥーサンはたくましいふつうの若者に成長して、ピッチフォーク・レコード店でメタリカのCDを万引きし、ビールをこっそり飲み、マールボロの赤箱を吸いはじめたというのに、ゼルは、自信のない頑《かたく》なな変人という自分の性格にがんじがらめになったままだった。高校へはいるころには、二人は、廊下ですれちがうときに、たがいにうなずく程度のつきあいになっていた。やがて、トゥーサンは中退し、ピーターは卒業して大学に進み、それからなんの音沙汰もないまま、二十年がたった。

私はこのすべてを書きとる。トゥーサンはビールを飲みおえて、暖炉の山に空き瓶をほうりこむ。壁板のつぎめに隙間があるにちがいない。というのは、話がとぎれて静かになると、ひゅーとうなるような音がするのだ。家のまわりを吹きすさぶ風が、さらに勢いを強めて、隙間を通りぬけようとしているみたいに。

「そしたら、おれに電話をかけてきやがった。青天のへきれきさ。昼メシでも食おうってね」

私は、ペンをかちかちいわせて、ペン先を出したりひっこめたりする。三度。

「どうしてでしょう?」

「さあね」

「いつですか?」

「さあね。七月だったかな? いや。あれは、クビになってすぐだったから、六月だ。このくそ大騒ぎがはじまってから、おれのことを考えていたんだとさ」

彼は片方の人差し指を伸ばして、窓の外の空に向けた。このくそ大騒ぎ。私の携帯電話が鳴ったので、それをちらりと見る。ニコだ。親指でスイッチを切る。

「それで、本当のところ、あなたとゼルさんはなにをしたんですか? 二人で?」

「おんなじことさ」

「ダンジョンズ&ドラゴンズをプレイしたと?」

彼は私を見て、鼻を鳴らし、椅子のなかで尻を動かす。「わかったよ。ちがうことだ。ビールを飲んだ。ドライブした。射撃練習をした」

私は待っている。風がうなった。トゥーサンはつぎの煙草に火をつけて、つぎの質問を予想して先に答える。「ウィンチェスターのライフル三挺だ、おまわりさん。戸棚のなか。弾は抜いてある。三挺ともおれのだし、それを証明できる」

「しっかり鍵をかけてあるといいんですが」

銃泥棒がはびこっている。盗んだ銃をしまいこむ人々がいれば、そういう人々に天文学的価格で売るために銃を盗む人々がいる。

「おれの銃に手出しはさせない」彼は、荒々しい声で口早に言い、まるで私が盗むことを考えていたかのように、鋭いまなざしを向けてくる。

私は話を進める。月曜の夜、つまりゼルの人生最後の夜のことを訊くと、トゥーサンは肩をすくめる。

「仕事が終わるころ迎えにいった」

「何時に?」

「さあね」彼は答える。そのとき私は感づく。私のことがしだいに気に入らなくなってきて、追いはらう機会をうかがっていることを。この男がピーターを殺したかどうかはわからないが、その気になれば、私など叩き殺せるという印象は捨てきれない。いとも簡単に、ほんの三、四発で、原始人が鹿を殺すように。「仕事が終わってから」

トゥーサンによれば、二人で少しドライブしてから、SF『淡い輝きのかなた』シリーズの新作を見に、レッドリバー館へ行った。少しビールを飲み、映画を見て、家まで歩いて帰るというピーターと別れた。

「映画館でだれか見かけましたか?」

「そこのスタッフくらいかな」

トゥーサンは、二本めの煙草の最後の命を吸いこんでから、議事堂の天井で火をもみ消す。フーディーニが、突きだしたピンクの舌先で、口の端についたビスケットの最後のかけらをさぐりあてながら、ぶらぶら歩いてきて、ご主人様の広々とした脚に小さな頭をこすりつける。

「この犬を撃ち殺すしかないだろうな」だしぬけに、トゥーサンがぼんやりと、そっけなく口にしてから、立ちあがる。「最後には」

「なんのことです?」

「怖がりの子猫なんだよ、こいつは」その行為の可否を問うているかのように、そのときの気持ちを想像しているかのように、トゥーサンは首をかしげて、犬を見おろしている。「こいつが、火で焼かれるとか、凍えるとか、溺れるとかして死ぬことを思うと耐えられない。たぶんその前に、おれが撃ってやる」

私は、そこを出る心の準備をととのえている。いつでも出ていける。

「トゥーサンさん、最後に一つだけ。あざに気づきましたか? ゼルさんの右目の下の?」

「階段から落ちたと言ってたな」

「それを信じましたか?」

彼はくすっと笑い、犬の細長い頭をかきむしる。

「彼以外の人間がそう言ったなら、信じなかっただろう。やばい男の恋人にちょっかいでも出したんだろうってね。でも、ピートのことだからな。きっと階段から落ちたのさ」

「そうですね」私は相槌を打ったものの、落ちなかったにきまってると考えている。

トゥーサンはフーディーニの頭を両手で包みこみ、たがいに見つめあう。私にその未来が見える。恐ろしい苦悩に満ちたその瞬間が。持ちあがる二七〇口径銃、疑うことを知らない犬、銃声、ジ・エンド。

彼は犬から目をそらし、私に背を向けて、呪縛を解く。

「ほかになにかありますか、警察のお方？」

　父のお気に入りのジョークの一つは、仕事はなんですかと訊かれたときに、哲学王と答えることだった。大まじめでそう答えるのだ。テンプル・パレスの特徴は、そのしつこさにある。当然ながら、そう尋ねた人物は、うつろな表情を返してくる――床屋やカクテルパーティの客、あるいは私の友人の親たち。そして私は、すっかり恥ずかしくなって、地面を見つめる――すると父は言うのだ。「どうした？」てのひらを広げて、必死になって弁解する。「なんだというんだ？　私は真剣だぞ」

　じっさいには、父は、セントアンセルム大学で英文学を教えていた。チョーサーやシェイクスピアやダン。家ではいつも、引用や暗喩を口走り、文学から得られる知恵を口の端でつぶやき、わが家のいろんなできごとや日常会話のときに、抽象的な解説をまじえて意見を述べた。

　そういったセリフの大半は、ずっとむかしに忘れてしまったけれど、心に残っているものが一つある。

　私がめそめそ泣きながら帰宅したときのこと。バート・フィップスという子に、ブランコから突き落とされたのだ。美しくて現実的で有能な母のペグは、サンドイッチをいれるビニール袋に氷を三個いれて、怪我したおでこにあててくれた。そのとき父は、緑のリノリウムのカウンターに寄りかかって、バートというやつが、そんなことをした理由を考えていた。

　鼻をすすりながら、私は言う。「だって、いやなやつだからだよ」

「そうだな、でもちがう！」父は高らかに宣言し、眼鏡をキッチンの照明にかざして、ナプキンでレンズをみがく。「シェイクスピアは言っているぞ、ヘン、すべての行動には動機があるってな」

私は父をじっと見ながら、氷の重みで垂れさがったサンドイッチ袋を、額の傷にあてている。

「わかるか、息子よ？　だれかがなにかをする。なにをしたにしろ、それには理由があるんだ。行動は動機とは切り離せない、芸術においても人生においても」

「なにを言ってるの、あなた」そう声をかけた母が、しゃがんで私の瞳孔をじっとうかがい、脳震盪の可能性を捨て去った。「いじめっこはいじめっこよ」

「まあ、そうだな」父は答え、私の頭をなでて、キッチンからぶらりと出ていく。「しかし、いかにして彼はいじめっこになるのか？」

それを聞いて母は目玉をぐるりとまわし、私の傷ついたおでこにキスをしてから立ちあがる。五歳のニコは、部屋の片隅で、レゴで数階建ての宮殿を制作中。片持ち梁の屋根をそっとおろしている。

テンプル・パレス教授は、私たち人類が追いこまれた不幸な事態を見るまで生きてはいなかった。母もだ。


もっとも信頼のおける科学的予測によれば、約六カ月強以内に、地球人口の少なくとも半数が、激変する地球環境の影響を受けて死亡する。ヒロシマ級原爆千個分にほぼ匹敵する十メガトンの爆発が起きて、地面に巨大なクレーターをこしらえ、マグニチュードで測りきれないような大地震を連続で誘発し、その振動が海にはねかえって、そびえたつほど高い津波を発生させる。

そのあと、粉塵と暗闇が訪れて、地球全体で気温が二〇度ほど一気にさがる。農産物も家畜も日光もない。生き残った人々は、ゆっくりと凍え死ぬのを待つだけ。

パレス教授、あんたの青いノートに答えを書いてくれよ。行動に動機がつきものなら、こういった情報すべて、この耐えがたい内的要因はなんのため？

J・T・トゥーサンのことを考えろ。失業中の石切り工のこと。

死亡時刻のアリバイは証明できない。自宅で本を読んでいた、と本人は言っている。

通常であれば、つぎに注目するのは動機である。二人が一緒に過ごした時間のことを考えてみよう。あの最後の夜、彼らは『淡い輝きのかなた』を見にいって、映画館でビールを飲んで酔っぱらった。一人の女をめぐって、もしくは、小学生時代のうろおぼえの悪口を引っぱりだされて、かっとなった。

この仮説の第一の問題点は、ピーター・ゼルの殺害方法と辻褄があわないことだ。酒を飲んで長い夜を過ごしたあげくの殺人、女または口論が原因の殺人となると、バットかナイフか二七〇口径ウィンチェスター銃などの凶器が使われるものだ。ところがじっさいには、被害者は喉を締められている。遺体は移され、現場を慎重に細工して、自殺に見せかけてある。

だが、第二の、そしてずっと大きな問題点は、動機そのものを、せまりくる人類滅亡という背景に照らして見直さなければならないことだ。

人々はあらゆる行動に出るが、その動機を特定するのは、困難または不可能な場合が多い。ここ数カ月間、世間でさまざまなできごとが目撃されてきた。人肉食、狂喜の乱交パーティ、ちまたにあふれる慈善や親切な行為、社会主義革命の試み、宗教改革の試み、キリストの再臨をふくむ集団狂騒、大教主ことムハンマドの義理の息子アリの再来、剣とベルトをつけて空から降りてきた星座のオリオン。

ロケット船を建造する人々、ツリーハウスを作る人々、複数の妻をめとる人々、公共の場所で無差別に発砲する人々、自分に火をつける人々、仕事をやめて砂漠に小屋を建て、そのなかに座って祈る医師がいれば、医師になるために勉強する人々がいる。

こうしたことは、私の知るかぎり、コンコードでは一つも起きていない。とはいえ、誠実な刑事は、動機という謎に新たな光をあて、いまの奇異な状況にあてはめて見直さなければならない。警察捜査の観点から見ると、世界の終わりはすべてを変える。

ブリーブンズを過ぎてすぐにアルビン通りにはいったところで、タイヤが凍結した路面を踏んでしまい、車が大きく右に引っぱられる。あわてて左に戻そうとするが、反応しない。手の下でハンドルが無意味に回転するだけだ。それを右に左にとまわす私の耳に、タイヤチェーンがリムにあたる耳障りな金属音が聞こえてくる。

「おい、しっかりしろ」私は声をかけるが、シャフトとの接続が切れたかのように、ハンドルはくるくるまわるだけ。そのあいだも、車体は、だれかに思いきり引っぱたかれた巨大なホッケーパックとなって、道路わきの溝へ向かって猛烈な勢いで滑っていく。

「しっかりしろ」私はまた呼びかける。「がんばれ」胃が飛びだしそうだ。空気入れのポンプみたいに何度もブレーキを踏むが、なんの効果もない。それどころか、車の尻が前に滑ってきて、フロントと横に並び、道路の進行方向に対してインパラの鼻先がほぼ垂直になる。そのあと、後輪が浮くのが感じられ、同時に前輪が前へ滑ったと思うと、バウンドして溝を飛びこえ、常緑樹の太い頑丈な幹に激突し、後頭部をヘッドレストで強打。

そのあと、すべての音がやむ。不意に訪れた完全な静寂。私の息。遠くで響く冬鳥の鳴き声。敗北感に満ちた小さなエンジン音。

かちかちいう音がゆっくりと意識にはいってきて、少し遅れて、それが歯の鳴る音だと気づく。両手も震えているし、両膝は、マリオネットの脚のようにがくがくしている。

ぶつかった衝撃で、たくさんの雪が木から振りおとされた。いまでも疑似嵐は続いていて、軽やかな粉雪が少しずつ落ち、ひびのはいったフロントガラスにほこりのように積もっていく。

私は姿勢を変え、呼吸をして、容疑者を身体検査するように自分の身体をぱたぱたはたくが、なんともない。怪我はない。

車のボンネットのど真ん中に、大きなへこみが一つできている。巨人が勢いをつけて、一度思いきり蹴とばしたかのように。

タイヤのチェーンははずれていた。四本とも。漁師の網のようにでたらめに広がって、タイヤのまわりになんとなくかたまっている。

「なんとまあ」私は声に出して言う。

彼が殺したとは思えない。トゥーサン。私はチェーンを集めて、トランクに乱雑にしまう。

私は、彼が殺人犯だとは思っていない。それが正解だとは思わない。

警察署には全部で五ヵ所の階段があるが、地下へおりられるのは、そのうちの二ヵ所だけだ。一つは、駐車場にある雑な作りのコンクリート階段。容疑者に手錠をかけ、後部座席に乗せて連行してきて、顔写真撮影用カメラや指紋採取インク、留置場、泥酔者保護室ともども地下にある手続き室に直行する。最近の泥酔者保護室はいつも満員だ。地下のそれ以外の場所へ行くには、正面北西側の階段を使う。キーパッドでIDバッジをひらひらさせて少し待ち、ドアがかちりとあいてから、フランク・ウィレンツ巡査の狭苦しい支配領域へおりていく。

「これはこれは、天井知らずの刑事」ウィレンツは言って、親しみをこめて敬礼するふりをする。「顔色が悪いぞ」

「木にぶつかったんだ。おれは元気だよ」

「木はどうなんだ?」

「名前を一つ調べてもらえないかな?」

「この帽子、いいだろ?」

「ウィレンツ、たのむよ」

コンコード警察署《CPD》記録課の管理技術者の職場は、もとは証拠保管室だった一二〇×一二〇センチの檻のなかだ。デスクの上に、コミック本と甘い菓子の袋が散乱している。檻の網に並べて引っかけたフックに、大リーグの野球帽がずらりとかけてある。いま、ウィレンツの頭にめかした角度でのっているのは、そのうちの一つ、真っ赤なフィリーズのレプリカの帽子だ。

「答えてからだ、パレス」

「その帽子はとてもいいね、ウィレンツ巡査」

「口先だけで言ってるな」

「さあ、調べてほしい名前が一つある」

「ここには大リーグの全チームの帽子がある。知ってたか？」

「前に聞いたことがあったと思う。知ってるよ」

なんといっても、ウィレンツの手元には、現時点でこの建物で唯一、常時接続している高速インターネットがある。そして私の知るかぎり、それは当郡で唯一の常時接続している高速インターネットである。金メッキされた司法省《DOJ》法執行機関用ルーターとの接続を許可されたCPDの一台のコンピューター。つまり、全国規模で犯罪者の履歴を調べるためにFBIのサーバーに接続したいなら、その前に、ウィレンツの帽子コレクションを賛美しなければならない。

「いつか自分の子どもにやるつもりで集めてきたんだが、子どもを持てないことがはっきりしたから、自分で楽しむことにした」まじめくさった顔が、すきっ歯が見える満面の笑みに変わる。「おれは、わりと楽天的なほうだからな。なにか用か？」

「うん。名前を一つ調べてもらいたいんだ」

「ああ、そう言ってたな」

ウィレンツは、氏名とボウボッグの住所を入力し、DOJのログイン画面のボックスにチェックを入れていく。デスクのそばに立つ私は、タイプする彼を見守りながら、檻の横を指でとんとん叩いて考えにふける。

「ウィレンツ？」

「なんだ？」

「自殺したりしないだろ？」

「しない」キーボードを打ち、リンクをクリックしながら、彼は即座に応える。「でも、白状すると、考えたことはある。古代ローマ人はな、こう考えてたんだ、それは自分にできるもっとも勇気ある行為だとね。暴君へのつらあてとして。キケロ。セネカ。偉人たち」そして、一本の指をゆっくりと動かし、喉をかききって見せる。

「暴君なんていないけど」

「いや、いるよ。空から降ってくるファシストが」コンピューターから顔をそむけて、お菓子の山からキットカットミニを選びだす。「でも、おれはしないだろうな。なぜだと思う？」

「なぜ？」

「じつは……おれは……」もとの姿勢に戻って、最後のキーを押す。「……意気地なしだから」

相手がウィレンツだと、冗談で言っているのかどうかよくわからないのだが、冗談ではないと思う。ともかく、コンピューター画面上に整然と並ぶデータの大きなかたまりに注意を向ける。

「ふうむ、友よ」チョコレートの包み紙をあけながら、ウィレンツが言う。「このデータからすると、神も驚く清廉潔白なボーイスカウトだぞ」

「なんだって？」

J・T・トゥーサン氏は、一つの犯罪も犯したことがない、というか、少なくとも一度もつかまったことがないことが判明する。

マイア出現の前もあとも、コンコード警察をはじめとして、ニューハンプシャー州やその他州警察、郡または現地当局者に逮捕されたことはない。連邦刑務所に服役した経験もなし、FBIにも司法省にも記録はなかった。国際犯罪なし、軍関連の犯罪なし。一度、ホワイト山脈にあるウォータービルバレーという小さな町でバイクを違法駐車し、違反チケットを切られたようだが、すぐに罰金を支払っている。

「じゃあ、前科なし？」私が訊くと、ウィレンツはうなずく。

「なし。ただし、ルイジアナ州でだれかを撃っていれば別だ。ニューオーリンズは、ネットワークから除外されてる」ウィレンツは立ちあがると、伸びをし、丸めた包装紙をデスクの山にほうりこむ。「そこへ行こうかなって考えないでもない。自由奔放に過ごすんだ。ありとあらゆるセックスが体験できるって聞いてる」

私は、J・T・トゥーサンの犯罪歴をプリントアウトした、というより、犯罪歴のなさをプリントアウトした一枚の紙を手に、階段をあがる。かりに、彼が人々を殺し、ファストフード店のトイレに吊るしてまわっているような男だとすれば、ごく最近、そうすることにしたということだ。

上へあがってデスクについた私は、また受話器を取って、ソフィア・リトルジョンをつかまえようとする。そしてまたもや、コンコード助産婦協会の受付係の人あたりのよい快活な口調を相手にすることになった。いいえ、リトルジョンさんは出かけています。いいえ、どこへ行ったかはわかりません。いいえ、いつ戻るかはわかりません。

「コンコード警察のパレス刑事に電話をくれと伝えてもらえますか？」私は言ってから、反射的につけくわえる。「友だちとして話したいんですと言ってください。力になりたいと思っていると伝えてください」

受付係は一瞬言葉に詰まってから、こう口にする。「よーくわかりました」言葉の最初を引きのばしたのは、私がなんの話をしているのか実はわかっていないからだろう。そんな彼女を責められない。というのは、私も、なんの話をしているのか、自分でもさっぱりわからないからだ。頭にあてていたティッシュをはずして、ゴミ箱に捨てる。J・T・トゥーサンの前科のない記録を見つめながら、彼の家、犬、屋根、庭の芝生のことを考えていると、落ち着かない気持ちと不満がこみあげてくる。そして、きのうの朝、自分でタイヤのチェーンを念入りに締めて、ゆるみがないか確認したという事実。習慣的に一週間に一度確認している。

「おい、パレス、こっちに来て、見てみろよ」

アンドレアスが自分のコンピューターを見つめている。「ダイアルアップで見てるんですか?」

「ちがう。ハードドライブだ。前回オンラインになったときにダウンロードしといた」

「へえ」私は言う。「いいですよ、じゃあ……」そのときには、もう手遅れだ。部屋を横ぎって彼のデスクへ歩いてきた私は、そばに立つ。彼は片手で私の肘をつかみ、べつの手で画面を指さした。

「見ろよ」アンドレアス刑事は息づかいも荒く、私に言う。「一緒に見てくれ」

「アンドレアス刑事、勘弁してくださいよ。捜査があるんです」

「知ってる、でも見ろよ、ハンク」

「それなら前に見ました」

見ていない人間はいない。CBSテレビでトルキン談話の特集番組が放送された数日後、NASAのジェット推進研究所は、現状の理解をうながす短篇動画を公開した。関連する天体が太陽のまわりをまわるようすを描いた、粗い画素の簡単なアニメーションだ。地球、金星、火星、そしてもちろん、花形役者であるわれらが2011GV$_1$。惑星と悪名高い小惑星が、さまざまな速度で各自の楕円軌道をまわるじっさいの二週間の状況が、ひとコマずつ進んでいく。

「まあ、ちょっとだけ」アンドレアスは、少し力をゆるめたものの、手を放そうとはせず、デスクにさらに身を乗りだす。顔が上気している。水族館の水槽を見

「すごい」私はぼそりとつぶやく。「見せてくれてありがとう」さっき彼に言ったように、一度見たことがある。

「おい、待てよ」

　アンドレアスが、衝突の二、三秒前、2：39・14の時間表示までスクロールバーを戻して、ふたたび再生する。各天体をふたコマ分前進させてから、また一時停止させる。「そこ。見たか？」

「なにを？」

　彼はもう一度巻き戻して再生する。私は、ピーター・ゼルのことを考えている。彼がこれを見ているところを——彼はこの動画を、きっと何十回と見たはずだ。アンドレアスがやっているように、ひとコマずつ見たかもしれない。私の肘から手を放したアンドレアスは、ほとんど顔をモニターの液晶画面に近づけていって、鼻をくっつけている。

「ここ。小惑星がほんの少しだけ左に動いた。ボース

つめる子どものように、目を丸くして、圧倒された表情で、くいいるように画面を見つめるアンドレアス。

　そんな彼の背後に立っている私は、われしらず、非道な軌道上を動くマイアに見入っている。その動画には、美術館で展示されている芸術映画のような、奇妙な魔力がある。あざやかな色彩、動きの反復、単純な動き、愛らしさ。軌道のはずれを、2011GV$_1$はゆっくりと、宙を這うように整然と進んでいる。独自の軌道上を進む地球よりもずっとのろのろと。ところが、最後の数秒で、時計の秒針が四から六へといきなり落ちたように、マイアは速度をあげる。ケプラーの第二の法則に几帳面にしたがい、小惑星は、最後の二《ふた》月《つき》で数百万キロを一気に進み、予想もしていなかった地球に追いついて……バン！

　動画は、最後のひとコマ、十月三日、衝突の日で静止している。バン！　それを見たら、胃が飛びだしそうになったので、私は目をそむける。

ナーを読んでいれば――ボースナーを読んだことあるか？」

「ない」

「ハンク、おまえってやつは」彼はふりむいて、狂っているのは私だといわんばかりの目で見てから、また画面に顔を戻す。「ブロガーだよ。いや、前はそうだった。いまはこのニュースレターをやってるからな。きのうの夜、フェニックスにいる友だちから電話があって、全部解説してくれた。もう一度動画を見て、それをここで……」彼は、2・39・14で〝一時停止〟をクリックする。「止めろと言われたよ。見ろよ。いいな？　わかった？」彼は再生し、また止め、ふたたび再生する。「ボースナーの指摘だよ、これが。この動画を見くらべると」

「アンドレアス」

「ほかの動画と見くらべると、いくらか差がある」

「アンドレアス刑事、だれも動画を細工してはいない」

「ちがうんだ、動画じゃない。もちろん、だれも動画を細工してなんかない」彼はまた首を伸ばしてまわし、目を細めて私を見る。そのとき、彼の息に、一瞬、たぶんウォッカの気配を嗅ぎとって、私は一歩さがる。「動画じゃないんだ、パレス、天体位置表だよ」

「アンドレアス刑事」私は、彼のコンピューターを壁から引きはがして、部屋の向こうへ投げ捨てたいという強い衝動をこらえている。

解決しなければならない殺人事件があるっていうのに。男が一人死んだんだ。

「ほら――そこ――見えるか」彼は言っている。「ここで横に逸れてから、またもとに戻っているだろ？　アポーフィスや1979XBとくらべればわかる。ひょっとして――えーと――ミスがあった、数学的な計算で初歩的なミスがあったんじゃないかというのがボースナーの理論なんだ。そもそもの発見から、まったくの予想外だったということを、肝に銘じておかなければならない。七十五年周期の軌道なんて、測れないだろ？」どんどん早口になってくる。言葉がつぎつぎとあふれてきて、重なりあう。「だからボースナーはJPLに連絡しようとした、国防総省《DOD》に連絡しようとした、彼らにそのことを説明しようとした――なのに、拒絶された。無視されたんだよ、パレス。見向きもされなかった！」

「アンドレアス刑事」私は決意を固めて声をかける。そして、コンピューターを叩きつぶすかわりに、彼の横で身をかがめ、饐《す》えた酒と絶望の汗のにおいを嗅いで、鼻にしわを寄せながら、モニターを消す。

彼が頭をあげた。目を大きく見ひらいている。「パレス？」

「アンドレアス刑事、興味を持てるような事件の捜査はしていないんですか？」

彼はとまどって、目をぱちぱちさせている。事件という言葉が、遠いむかしに知っていた外国語の単語みたいに。

「事件？」

「そうですよ。事件」

私たちはたがいを見あう。部屋の隅で、ヒーターが小さく音をたてている。そこへ、カルバーソンがはいってくる。

「やあやあ、パレス刑事」彼が戸口に立っている。三つ揃いのスーツ、ウィンザーノット、なごむような笑顔。「まさに、さがしていた男」

私はほっとしてアンドレアスから顔をそむけ、彼は私から顔をそらして、またスイッチをいじり、モニターをつけようとしている。カルバーソンが私に向けて、小さな黄色い紙を持った手を振っている。「順調にやってるか、若造？」

「はい。木にぶつかったけど。なにがあったんです？」

「あの若者を見つけたぞ」

「どの若者？」

「おまえがさがしていた若者だよ」

きのう、私が、貴重な時間を費やして、妹のろくでなしの亭主をむなしくさがしていたとき、部屋の向こうにいたカルバーソンが、そのようすに興味を持ったらしい。カルバーソンみずから動くことにして、いくつか電話をかけ、すると、私には手が届きそうにない敏腕捜査官の彼は、目当てのものを見つけたというわけだ。神のご加護を。

「カルバーソン刑事、なんと言っていいかわかりません」

「気にするな」彼はまだにやついている。「知ってるだろうが、おれは難問を解くのが好きなんだ。それに、おれに感謝しすぎる前に、戦果を見てはどうだ」

といって、私のてのひらに小さな紙きれを滑りこませてくる。それを読んで、私はうめき声をあげる。ほんの短時間、いたずらっぽく笑うカルバーソンと二人でそこに立っている。アンドレアスは、自分のデスクで自分の動画を見て、汗まみれの手をもみあわせている。

「幸運を祈るよ、パレス刑事」私の肩をぽんと叩いて、カルバーソンが言う。「楽しいぞ」

彼はまちがっている。

アンドレアスは。

おなじく、ボースナーとやらも。ブロガーだかパンフレット発行者だかなにか知らないが、人々をぬか喜びさせただけのアリゾナのまぬけ。

そういう人間はたくさんいるが、全員がまちがっている。それに、私が腹だたしいのは、アンドレアスには責任があることだ。彼には仕事がある。市民は、彼を頼りにしている。私をあてにしているのとおなじく。

それなのに、その数時間後、帰宅する前に、彼のデ私は動画をまた再生して、いま一度、小惑星の動きに見入る。弧を描いて進んできて、ホームストレッチにはいるとがむしゃらに速度をあげ、やがて……バン！

スクで足を止め、ジェット推進研究所作成の動画をまた見てしまう。私は前かがみになり、じっさいには背中を丸めて乗りだして、じっとにらみつける。アニメーションに、基本データのまちがいを確実に示唆するような逸脱はないし、止まったり動いたりもない。マイアは、コース上でよろめきも、ふらつきもしていない。とにかくずっと、明瞭に前進している。それは、寸分の狂いもなく、刻々と迫っている。私が生まれるはるか前から進みつづけている。

私は科学を理解しているとはいえないけれど、理解している人々は大勢いる。アレシボやゴールドストーンなど数多くの天文台があり、百万人を超えるアマチュア天文愛好家が、天を動くあれを追っている。

ピーター・ゼル。彼は科学を理解していた。それを研究していた。小さなアパートメントで静かに座って、未曽有の事態の専門的データを読みとり、メモをとり、要点に下線を引いた。

一方に州会議事堂の尖塔が、べつの方角にアウトバック・ステーキハウスの広告板がいまも見えている。しかし、ここは別世界だ。有刺鉄線のフェンス、窓のないレンガの平屋の建物、白い矢印と黄色い矢印と石柱で標示されたアスファルトの引きこみ車線。警備塔、暗号めいた頭文字で惑わす緑色の案内表示。さらに多くの兵士。さらに多くの機関銃。

IPSS法には、いわゆる黒塗り項目が多数含まれていることが知られている。概して、軍のさまざまな部門に関連すると思われる秘密条項だ。黒塗り項目の具体的な内容は不明である——おそらくは、法律の起草者、上下院合同軍事委員会、関係する軍事部門の司令官および高官、実務部門のそれぞれの担当者らをのぞいて。

とはいえ、アメリカ軍が広範にわたって組織改造され、その法的権限と人員が拡大されたことはだれでも知っている。または、少なくとも法執行機関の全員は知っている。

3

「通ってください」

兵士の顎は真四角で、両目は鋭く陰気だ。大きなヘルメットの突きでた縁に、ニューハンプシャー州軍のロゴである民兵が描かれている。その下の冷ややかで無表情な顔。彼は、銃の先を振って、前進しろと私に合図する。M‐16セミオートマチックライフルだろうか。私は車を進める。けさ、タイヤにチェーンをまた装着して、つなぎめを三度確認し、たるみをしっかりと引き締めた。署の整備係のトム・ハルバートンは、へこみはあっても問題なく走るよと言ったが、いまのところ、彼は正しい。コンコード中心部から一キロと離れていないので、ほぼそう確信している。そういう事情があるので、風の吹きすさぶ薄暗い金曜日の朝、殺人事件の捜査にどっぷりと浸かっている私にとっては、いまはいちばん避けたい場所であるニューハンプシャー州軍基地内を、シボレー・インパラを走らせていく。

ありがとうよ、ニコ。恩に着るぜ。

午前十時四十三分、刑務所に到着してインパラからおりる。ずんぐりした窓のないコンクリートの建物の平たい屋根の上で、アンテナが小さくまとまって立っている。カルバーソンのおかげで、そして、カルバーソンの知りあいのおかげで、五分間をもらえた。きっかり十時四十五分開始だ。

緑色の迷彩ズボンをはいた、魅力のないいかめしい女性予備役士官が、私の身分証を無言で三十秒にらみつけてから、一度うなずき、短い廊下を歩いていって、大きな金属のドアまで案内してくれた。そのど真ん中に正方形のプレクシグラスの小窓がある。

「ありがとう」私が言うと、彼女はなにからなり、廊下を戻っていく。

小窓をのぞくと、そこにいる。デレク・スキーブ。監房の床の真ん中に座って足を組み、ゆっくりと馬鹿ていねいに息をしている。

瞑想しているのか。なんだ、こいつは。

私は拳を握って、小窓を叩く。

「スキーブ。おい」コツコツ。「デレク」

少し待つ。また叩く。

「おい」もっと大きく、もっととげとげしく。「デレク」

スキーブは目を閉じたまま、一本の指を立てる。電話中のクリニックの受付係みたいに。私の頬に、激しい怒りがわきあがる。これまでだ、もう帰るぞ。こんな自分のことしか眼中にないまぬけ男など、マイアが来るまで、軍刑務所内でチャクラを一列に並べてればいいんだ。では、ふりむいて、ドアの奥の女たらしに

〝いろいろ世話になったな〟と声をかけ、ニコに電話して、あいにくのニュースを伝え、ピーター・ゼルを殺した犯人さがしの仕事に戻ろう。

けれども、私はニコという人間を知っているし、なにより自分を知っている。妹に私の気持ちをぶちまけて、また明日ここへ戻ってくるのは目に見えている。

だから、もう一度小窓を叩く。そしてようやく、四人が脚をほどいて立ちあがる。スキーブは、前身ごろにNHNGとステンシルされた褐色のジャンプスーツ姿だ。からみあったロープのような長髪にまったくそぐわない。白人のくせにドレッドヘアというばかばかしい髪型をしているせいで、自転車便の配達員みたいだ――じっさい、以前彼は配達員をしていた。多くの仕事とおなじく、短命に終わったが。数日分の綿ぼこりが、彼の頬と顎に積もっている。

「ヘンリー」うれしそうに笑いながら、声をかけてくる。「調子はどうだい、兄貴?」

「デレク、どういうことなんだ?」

自分には関係ないとでもいうように、スキーブはぼんやりと肩をすくめる。

「見たとおりさ。軍産複合体の客だよ」

彼は監房を見まわす。つるつるしたコンクリートの壁、片隅にボルトで固定された実用一点張りの薄い寝台、べつの片隅に小ぶりの金属製便器。

私は前かがみになって、小窓に顔を押しつける。

「もっと詳しく教えてくれないか?」

「いいよ。でも、あんたと話してどうなんの? おれは憲兵隊に逮捕されたんだ」

「ああ、デレク。それはわかってる。なんの容疑で?」

「連邦保有地で四輪バギーを走らせたからだと思うけど」

「それが容疑? それとも、それが容疑だときみが思っているのか?」

「それが容疑だとおれが思ってるんだと思う」彼はにやにや笑っている。物理的に可能なら、引っぱたいているところだ。ほんとうに。

私は小窓から離れ、深呼吸をして心を落ち着けてから、腕時計を見る。十時四十八分。

「デレク。きみはじっさいに、なんらかの理由で、基地でバギーを走らせたのか？」

「憶えてない」

憶えていないだと？　いまもにやにや笑いながら、そこに立っている彼を、私は見つめる。ばかのふりをしているのか、ほんとうにばかなのか、その境界線は、ある種の人間にとってはごく細い。

「デレク、いまのおれは警察官じゃない。きみの味方だ」そこで言葉を止め、また話しだす。「おれはニコの味方だ。彼女の兄だし、妹を大切にしている。そして、妹はきみを愛している。だから、きみを助けるためにここに来た。最初から、なにがあったかを正確に話してくれ」

「そうだね、ハンク」私を哀れんでいるみたいな言い方だ。私の訴えが子どもじみているとでもいうかのように。あやすみたいに。「おれだって、できればそうしたいと本気で思ってるんだよ」

「そうしたいと思ってる？」

これは狂気だ。狂気の沙汰だ。

「いつ召喚される？」

「知らない」

「弁護士はいるのか？」

「知らない」

「どういう意味だ、知らないって？」腕時計を見る。あと三十秒。デスクの予備役兵の足音が響いてくる。私を呼びにこようとしている。軍というのは、予定表どおりに進めたがるものだ。

「デレク、きみの力になりたいから、苦労してここに来たんだぞ」

「わかってる、どうもご親切に。でも、言っておくと、おれが頼んだわけじゃない」

「そのとおり、でもニコから頼まれたんだ。妹はきみのことを心配している」

「だろうな。彼女はすばらしい人だよね？」

「そろそろです」

番兵だ。私は、ドアの穴に向かって早口で話しかける。「デレク、事情を話せないなら、おれにできることはない」

一瞬、デレクの気どったにやけ笑いが大きくなり、親切にも目をうるませる。そのあと、ゆっくりと寝台のほうへ歩いていって、組んだ手に頭をのせ、大の字に寝ころんだ。

「あんたの言ってることはよくわかるよ、ヘンリー。けど、話さないって約束したんだ」

そこまでだ。時間切れ。

ロックランド通りの民家から、ペナクックへ行く途中にあるリトルポンド通りの農家に引っ越したのは、私が十二歳、ニコがまだ六つのときだった。四十年間の銀行経営から隠退したばかりだった祖父のナサニエル・パレスは、幅広い趣味の持ち主だった。列車の模型作り、射撃、石壁の建設。思春期になるころには、読書好きで一人でいるのが好きだった私は、それらのことに全然関心がなかったのに、祖父にむりやりやらせられた。孤独で不安いっぱいだったニコは、そのすべてに強い興味をいだいていたけれど、断固として無視された。祖父は、第二次世界大戦時代の飛行機のプラモデルのセットを持っていた。私たち三人は地下室におり、祖父は、いやがる私に一時間ほど説教をつづけ、私が機体の両側に翼をきちんと取りつけるまで、解放してくれなかった。いっぽう、機械に強いニコは部屋の片隅に座り、小さな飛行機の灰色の部品をいくつか握って、自分の番を待っていた。最初はわくわくして、しだいにそわそわして、最後には涙を流して。

あれは春だったと思う。引っ越してきて祖父と住むようになってからわりとすぐだった。そこに住んでいた年月は、そういう調子で過ぎていった。妹と私にとっては、浮き沈みの多い日々。

「だったら、もう一度行って」

「だめだ」

「なんで？　カルバーソンに面会の手配を頼めば？　月曜とかに？」

「ニコ」

「ヘンリー」

「ニコ」私は身をかがめ、助手席に置いてスピーカーホンにしてある電話に向かって、少しわめいている。おまけに、携帯電話どうしなので、しょっちゅう電波がとぎれて、話がきれぎれになる。「聞いてくれ」

妹は聞こうとしない。

「兄さんはなにか勘違いしたのよ。彼だって変になることはあるから」

「そうだな」

いま私は、メイン通りのすぐ東、メリマック川の両岸の数ブロックを占めていたキャピトル・ショッピングセンターの焼け跡の横に広がる空き地に車を停めている。大統領誕生記念日に暴動が起きたときに、ここに残っていた最後の店舗が焼けて、いまあるのは、酔っぱらいとホームレスで満員のテント数張りだけだ。ボーイスカウトのリーダーだったシェパードさんは、角刈り《ブラシカット》連中に浮浪罪で逮捕されるまで、ここで暮らしていた。

「ニコ、元気なのか？　ちゃんと食べてるかい？」

「元気よ。私にはわかるの」妹は元気とはいえない。デレクがいなくなってから、煙草を吸うほかはなにもしていなかったような、やつれてしわがれた声だ。「看守の前で、なにも言いたくなかっただけよ」

「いいや」私は答える。「ちがうんだよ、ニコ」いらいらする。私があそこにはいるのはいとも簡単だったこと、デレク・スキーブを監視している看守などほとんどいなかったことを妹に説明する。

「ほんと？」

「女が一人。予備役兵だ。軍基地で車を乗りまわした若造のことなんか興味ないんだよ」

「じゃあ、彼を出してよ」

「魔法の杖がないからむりだ」

スキーブの無神経な頑固さとおなじくらい腹だたしいニコの現実否定は、生まれつきの性格なのだ。小さいころから、妹は神秘的なものが好きで、妖精や奇跡を固く信じていた。そして、彼女の非現実的な小さな魂は、魔法を必要としていた。私たち兄妹が孤児となった直後、妹は、その現実を認めることができず、また、認めようとしなかった。私はものすごく腹がたって家を飛びだし、また戻ってきて、こう怒鳴った。

「二人は死んだ、死んだんだ！　まる。それだけの話。死んだ、死んだ、死-死-死んだ！　いいね？　歴然としてる！」

父の通夜の席だったから、家は、知人や善意の他人でいっぱいだった。ニコは小さなバラ色の唇をすぼめ、私を見つめかえした。歴然という言葉は、六歳の子どもの理解をはるかに超えていたが、にもかかわらず、私の口調の厳しさはまちがいようがなかった。哀れな兄妹をじっと見守る会葬者。

そして、現在、これまでとは時代が変わっても、ニコの現実を見ない力は不動だ。私は話題を変えようとする。

「ニコ、おまえは数学が得意だろ。12・375という数字はなにを意味する？」

「なにを意味する、ってどういう意味？」

「わからないんだ。それが、πとかの——」

「ちがうよ、ヘンリー、関係ない」妹はすばやく答えて、咳こむ。「で、つぎはどうする？」

「ニコ、いいかげんにしろ。話を聞いてないのか？　相手は軍だぞ。全然ちがうルールで動いてるんだ。あそこからどうやって彼を出せばいいか、おれにはてんでわからない」

　ホームレスが一人、テントからよろめくように出てきたので、私は二本の指を立てて小さく振る。彼の名はチャールズ・テイラー、一緒に高校に通った仲だ。

「あれが空から落ちてくんのよ」ニコは言う。「あたしたちの頭の上に落ちてくんの。そのときに、一人でここにいたくない」

「おれたちの頭の上に落ちてくるわけじゃない」

「えっ？」

「みんなそう言うけど、それは――そんな考えは傲慢だよ。そういうものなんだから」私はほとほとうんざりしている。このすべてに。だからここで話を止めるべきなのに、それができない。「二つの天体は、別個に宇宙を動いているが、軌道が重なりあっている。そして今回、その二つは、おなじ時間におなじ場所にいあわせる。〝おれたちの頭の上に落ちてくる〟わけじゃないんだよ、いいか？　〝おれたちに向かって飛んでくる〟わけじゃない。そういうものなんだよ。わかった？」

　突然、信じがたいほどの、不気味なほどの静けさを感じて、自分は大声でわめいていたのだと気づく。

「ニコ？　悪かった。ニコ？」

するとそのとき、妹が電話に戻る。小さく平板な声。

「彼が恋しい、それだけなの」

「わかってる」

「もういいわ」

「待てよ」

「あたしのことは心配いらない。事件を解決してきて」

　妹は電話を切り、私は車のなかに座り、殴られたかのように胸を震わせている。

バン、バン！

SFシリーズの『淡い輝きのかなた』は、クリスマス以降、大ヒット映画なみに、毎週、三十分の新作が公開されている。ここコンコードでは、個人経営の映画館、レッドリバー館で上映されている。銀河間を飛行する宇宙戦艦〈ジョン・アダムズ〉を中心とする物語だ。艦長のアメリー・チェノウェス提督を演じるクリスティン・ダラスという美人女優が、脚本と演出も担当している。〈ジョン・アダムズ〉は、二一四五年ごろに、かなたの宇宙に到達する予定だ。もちろん、その物語の奥からは、なんとかしてだれかが生き残り、繁栄し、宇宙で人類が復活するというテーマが、頭部を一撃されるかのごとく雄弁に伝わってくる。

二、三週間前の三月の第一月曜日に、私は、ニコとデレクと一緒に見にいった。あんまり好きにはなれなかった。

あのおなじ日の夜、ピーターはあそこにいたのだろうか？　一人だったかもしれないし、J・T・トゥーサンと一緒だったかもしれない。

いたにちがいない。

「カルバーソン刑事？」

「なんだ？」

「インパラのチェーンの信頼性はどれくらいでしょう？」

「信頼性はどれくらいかって？　なんのことだ？」

「タイヤのチェーンですよ。車の。うまくできてるでしょう？　ふつうは、はずれませんよね？」

新聞に読みふけるカルバーソンは肩をすくめる。

「たぶんな」

私は自分のデスクについて、自分の椅子に座り、目の前に青いノートを何冊かきっちりと四角に並べ、妹のことを忘れよう、自分の生活に集中しようと努力している。事件の捜査がある。男が一人死んだ。

「あれはすぐれものなんだぜ」マガリーが彼のデスクで声をあげるが、身をのりだしたときに、椅子の前側の脚が床を叩き、その音で、彼の意見発表は中断する。ワークスのパストラミ・サンドイッチを用意し、ピクニック用敷毛布みたいに、腹の上でナプキンを広げている。「よっぽどのことがないかぎりはずれない。留め方をまちがえないかぎりはな。どうした？　スリップしたか？」

「そうなんです。きのうの午後。木にぶつかってしまって」

マガリーがサンドイッチにかぶりつく。カルバーソンは「ひどいな」とつぶやくが、事故ではなく、新聞記事に対して。アンドレアスのデスクはからっぽ。部屋の窓に取りつけてある暖房器がガタンと音をたて、暖気を吐きだす。外の窓枠に積もる新雪が、ゆっくりと高さを増している。

「あれの留め金は小さくて複雑だし、ゆるみがないようにしないといけない」マガリーがにやりと笑う。顎にマスタードがついている。「慎重にやるべきだったな」

「たしかに。でも、かなり前から自分でやっていたんですよ。巡回任務を一冬《ひとふゆ》やりました」

「ああ、けど、去年の冬、車の点検と修理も自分でやったか？」

「していません」

そうして話しているあいだに、カルバーソンは新聞を置いて、窓の外をながめはじめる。私は立ちあがって、うろうろと歩きだす。「だれでも簡単にはずせますよね？　その気になれば」

マガリーが鼻を鳴らして、大きく嚙みちぎったサンドイッチを飲みこむ。「ここの車庫で？」

「いいえ、外で。どこかに駐車しているときに」

「じゃあ、だれかが――」彼は私を見つめ、声を落としし、まじめな顔をこしらえる。「おまえを殺そうとしていると言いたいのか？」

「いや——その——まあそういうことです」

「チェーンの留め金をはずして？」マガリーが大声で笑ったら、口からパストラミのかたまりが飛びだしてナプキンで跳ね、デスクに落ちた。「こう言っちゃなんだが、きみはスパイ映画に出演中？」

「いいえ」

「じゃ、きみは大統領か？」

「いいえ」

大統領の暗殺未遂事件が何度か起きている。ここ三カ月の国内の混乱状態を示すできごとの一つだ——だから、そんな冗談が出る。

カルバーソンを見ると、まだうわのそらで、ふぶく雪にじっと目を向けている。

「あのな、悪気はないんだが」マガリーは言う。「だれも、おまえを殺そうとはしてないと思うぞ。おまえのことなんか、だれも気にしちゃいない」

「そうですね」

「おまえに逆らうものはいない。みんな、どうだっていいんだからな」

いきなりカルバーソンが立ちあがって、新聞をゴミ箱に投げいれる。

「どうした？」首を伸ばして、マガリーが訊く。

「パキスタン。あれを核攻撃したいんだとさ」

「なにを核攻撃する？」

「マイア。声明文らしきものを出した。卓越した誇り高き国民の生存を、西側帝国主義者の手にゆだねるわけにはいかないとかなんとか」

「パキスタンだと？」マガリーが言う。「うそだろ？イランこそ、核攻撃するかどうかで悩んでるくだらん連中だと思っていたがな」

「ちがうんだ、イランにはウランはあるが、ミサイルはない。発射できないんだよ」

「パキスタンは発射できるのか？」

「ミサイルがある」

私は、タイヤのチェーンのことを考えている。身体の下で回転する路面のゆらぎを感じ、衝突したときの震動と音を思いだしている。

カルバーソンが首を振る。「で、国務省はこう言ってる。要するに、おまえらがそれを核攻撃するなら、その前におまえを核攻撃してやるって」

「そりゃいい」

「私は、チェーンの留め金を確認したことをはっきり憶えているんです」私が言うと、二人がこっちを見る。

「月曜の朝いちばんに」

「くどいぞ、パレス」

「でも、ちょっと待って。私が殺人犯だと想像してみてください。事件を捜査している刑事がいて、その刑事が、彼が」——私は言葉を切り、少し顔が赤くなっていることを意識する——「自分に迫りつつある。だから、私はその刑事に死んでほしい」

「なるほど」とマガリーが言うので、私は一瞬、彼が真剣に聞いてくれていたようだと思うが、やがて彼はサンドイッチを置き、まじめくさった顔をして、ゆっくりと立ちあがる。「それとも、幽霊だったのかも」

「ああ、そうですか」

「いや、本気で言ってる」マガリーが近づいてくる。息は、ピクルスのようなにおいがする。「首を吊って死んだ男の幽霊なんだ。おまえが殺人事件にしたがるから、彼は迷惑してる。おまえを怖がらせて捜査をあきらめさせようとしてるんだ」

「もういいですよ、マガリー刑事。私は、幽霊のしわざだとは思いません」

カルバーソンが、ゴミ箱から《タイムズ》を引っぱりだして、また読んでいる。

「そうだな、おまえの言うとおりだ」デスクと昼食に戻りながら、マガリーは言う。「たぶんチェーンを留め忘れたのさ」

父のもう一つのお気に入りのジョークは、マンチェスター郊外にあるセントアンセルム大学に勤めているのに、通勤に半時間もかかるコンコードになぜ住んでいるのかと訊かれたときの答えだった。父は大げさに驚いたふりをして、ただこう言う。「だって、コンコードだから!」それだけで説明は充分だとでもいうように。ここがロンドンかパリみたいに。

不満だらけの十代の反抗期真っ最中のニコと私のあいだで——ニコのその時代は永遠に続いているが——それはお気に入りのジョークとなった。午後九時以降にまともなステーキを食わせる店がないのはなぜ？ ニューイングランド地方の都市で、いちばん最後までスターバックスができなかったのはなぜ？

だって、コンコードだから！

じつは、両親がここに住んでいた本当の理由は、母の仕事のためだった。コンコード警察署の受付係をしていた母は、ロビーの防弾ガラスの向こう側に座って、訪問者を案内し、酔っぱらいや浮浪者や性道徳違反者らの文句に静かに耳を傾け、刑事が引退するときにはかならず、セミオートマチック拳銃を模したケーキを注文した。

給料は父の半分ほどだっただろうが、夫となるテンプル・パレスと出会う前からその仕事についていた母は、コンコードに住みつづけるという条件で結婚した。

父は〝だってコンコードだから！〟とおどけるように言っていたけれど、じつは、住む場所なんて気にしていなかった。父は、母のことが好きで好きでたまらなかった。だから、母がいるところならどこでもよかったのだ。

金曜日の夜更け、真夜中近い。灰色に渦巻く雲の奥で、星がぼんやりと光っている。私は裏のポーチに腰をおろして、私の住むテラスハウスのすぐ横にある、以前は農地だった空き地をながめている。

　そして、私はニコに誠実に接したと、自分に言いきかせている。私にできることはもうない。でも、残念ながら、妹の言うとおりだ。私は妹を大切に思っているから、一人ぼっちで死なせたくない。そもそも、妹には死んでほしくないが、それは私にはどうしようもないことだ。

　営業時間をとっくに過ぎているが、とにかく家にはいって、受話器を取りあげ、ダイアルする。だれか出るだろう。夜間や週末に閉まるようなたぐいの事務所ではないし、小惑星が接近する時代にはいって、いっそう仕事に追われているはずだ。

「もしもし」落ち着いた男性の声が答える。

「どうも、こんばんは」私は天井を仰ぎみて、深呼吸を一つする。「アリソン・コークナーさんをお願いします」


　土曜の朝、ジョギングに出て、自分で開発した変なルートを通って八キロ走る。ホワイトパークまであがって、そこからメイン通りへ行き、ロッキングハム通りを戻る。額から汗が流れおち、粉雪とまじりあう。スリップ事故のせいで片足をすこし引きずり、胸がつかえている感じがするが、屋外の空気を吸いながら走るのは気持ちがいい。

　いいだろう。タイヤのチェーン一本を留め忘れることはあるかもしれない。まあ、それならわかる。急いでいるし、気になることがある。一本は留めそこねたかもしれない。でも、四本とも？

　家に戻って、携帯電話の電源をいれると、アンテナが二本立っていて、そのうえ、ソフィア・リトルジョンから着信があったことがわかる。

「ああ、しまった」私は、ボイスメールを再生するボタンを押す。外へ出ていたのは四十五分から一時間ほど。今週、携帯電話の電源を切ったのは、これがはじめてだ。海賊版マクドナルドのトイレでピーター・ゼルの遺体を見てから、はじめてだった。

〝かけなおすのが遅くなってしまってごめんなさい〟リトルジョンのメッセージがはじまる。淡々として落ち着いた声。私は、首筋に電話機をはさんで、青いノートをひらき、ペン先を出した。〝でも、お話しすることがほんとうにないんです〟

それにつづいて彼女は話しだす。水曜日の朝、自宅で彼女の夫が話したことをそのまま繰り返すだけの四分間のメッセージ。自分と弟は親密ではなかった。弟は、小惑星のことをひどく気に病み、これまで以上に内にこもり、すべてに無関心になった。自殺を決断したことにはもちろん落胆しているが、驚いてはいない。

〝ですから、刑事さん、ご尽力には感謝しています。気にかけていただいて〟そこで声が止まって、二、三秒そのままだったので、メッセージが終わったのかと思ったが、うしろから励ますような――あの目鼻だちのととのった夫エリックの――ささやきが聞こえて、また彼女が言う。〝弟は幸せではありませんでした。刑事さん、私が弟を大切に思っていたことを、あなたに知ってほしかった。不幸な子でした、だから自殺したのよ。どうか、もう電話しないでください〟

ピーッ。メッセージ終了。

私は腰をおろし、キッチンのカウンターの反りかえったタイルを、指でリズミカルに叩いている。激しい運動をしてかいた額の汗が、乾いて冷えてきた。ソフィア・リトルジョンは、メッセージで、書きかけの遺書のことには触れていなかった。遺書だとしての話だが――〝ソフィアへ〟。でも、夫のエリックには話してあるから、夫から聞いたと考えてまちがいない。

ソフィアに固定電話でかけなおす。自宅に、そのあと携帯電話に、そして職場に、もう一度自宅に。電話に出ないのは、私の自宅の電話番号を知らないからかもしれない。だから、携帯電話で、またその全部にかける。ただし、二度めの電話の途中でアンテナがすべて消え、電波は届かなくなり、電話機はただのプラスチックと化す。そして私は、役たたずのそれを部屋の向こうに投げ捨てる。

人々の目にそれを見ることはできない。この天候では。冬用の帽子が目深に引きおろされ、顔は、みぞれの積もった歩道にうつむけられている。ただし、足どりからそれがわかる。力なく引きずる足。乗りきれそうにない人を言いあてられる。自殺候補者が一人。あそこに一人。この男は乗りこえられないだろう。あの女性、顔をあげて、顎を高く持ちあげている女性。彼女は耐え、最善を尽くし、だれかに、あるいはなにかに祈り、最後のそのときまで生き抜くだろう。

旧オフィスビルの壁に落書き。〝うそ、うそ、全部うそ〟

独身男ひとりの土曜夜の夕食会のために、私はサマセット食堂へ向かって歩いている。まわり道して、メイン通りのマクドナルドのそばを行く。目につくのは、からっぽの駐車場と、列をなしてはいっていっては湯気をたてる紙袋を持って出てくる歩行者たちだ。建物側面に置かれた黒いダンプスター大型ゴミ箱からゴミがあふれ、裏口の一部をふさいでいる。私はほんのいっときそこに立ちすくみ、自分が殺人犯だったらと想像する。車はある――廃食油エンジン車、または、タンク半分ほどのガソリンをなんとか手にいれた。トランクに死体がはいっている。

あたりをうろついて、深夜になるのを辛抱強く待つ。零時か一時。夕飯どきのずいぶんあとだが、酒場から引きあげてきた連中が押しよせる前。店は無人に近い。

薄暗い駐車場をそれとなく見まわしてから、トランクをあけて、友人を引っぱりだす。自分に寄りかからせて、たがいをささえあう酔っぱらいの二人組みたいに歩く。立ちはだかるダンプスターを過ぎ、裏口からはいって、短い廊下を進んで男子用トイレへ。留め金をスライドさせてロックする。私は自分のベルトをはずし……

サマセット食堂へ着くと、ルース－アンが会釈して、コーヒーをついでくれる。厨房でボブ・ディランがかかっていて、モーリスが「ヘイゼル」にあわせて大声で歌っている。私はメニューを押しやり、自分のまわりに青いノートの囲いを築く。これまでに得た事実を列挙する。そして、もう一度。

ピーター・ゼルは、五日前に死んだ。

彼は、保険会社で働いていた。

彼は、数学が大好きだった。

彼は、接近してくる小惑星のことばかり考え、それに関する資料を集め、動きを追い、できるかぎりの知識を得た。資料を、〝12・375〟と記した箱に集めた。私にはまだわからない理由で。

彼の顔。右目の下にあざがあった。

彼は、家族と親しくなかった。

彼には、J・T・トゥーサンという男の友人が一人だけいたらしい。子どものころの仲よしだった。なんらかの理由で、また連絡を取った。

私は、料理を前にしたまま一時間ほど座っている。ノートを読み、また読み返し、ひとりごとをつぶやき、そばのテーブルからゆっくりと漂ってくる煙草の煙を手ではらう。あるとき、厨房から白いエプロン姿のモーリスが出てきて、両手を腰にあて、とがめるような厳しい表情で、私の皿を見おろす。

「なにか気に入らないのか、ヘンリー？　卵からテントウムシが出てきたとか？」

「腹が減ってないんだろうな。気を悪くしないでくれ」

「そうじゃなくて、食べ物を粗末にしたくないんだよ」というモーリスの声に、甲高いくすくす笑いがまじってきて、おちが来る予感がして、私は顔をあげる。

「でも、まだ世界の終わりじゃないぞ！」モーリスは笑いこけ、ふらふらと厨房へ戻っていく。

私は財布を出し、勘定の十ドル札三枚と、チップ用にきっかり千ドルをゆっくりと数える。サマセット食堂は、統制価格にしたがわなければ閉店するしかない。だから私はいつも、テーブルの上で埋めあわせようとする。

そのあと、青いノートをまとめて、ブレザーのポケットに押しこむ。

要するに、私はなにも知らない。

4

「ねえ、パレス？」

「ん？」私はまばたきして、咳ばらいし、鼻をすする。

「だれ？」

目で時計をさがす。五時四十二分。日曜の朝。ビクター・フランス式で暮らすべしと、世界がさだめたかのようだ。さっさと起きて動け、ぐずぐずしているひまはない、と。〝破滅までのカレンダー〟

「パレス刑事、トリッシュ・マコネルよ。起こしてごめんなさい」

「いいんだ」私はあくびをして、手足をかいた。「どうした？」

数日、マコネル巡査と話をしていなかった。ここ

「それが――こんな時間にほんとうにすみません。でも、被害者の電話機を見つけました」

それから十分後、マコネルは私の家にいて――小さな街だし、車は走っていない――キッチンのぐらつくテーブルについている。私たちのどちらかが、コーヒーのマグカップをあげさげするたびに揺れるテーブル。

「犯罪現場が目に浮かんできてしかたないの」帽子から靴まで、きちんと制服を身につけたマコネルは言う。グレイの細いストライプが一本はいった青いスラックス。集中して引き締まった表情。語るべき話のある女。

「考えるのをやめられない」

「ああ」私は静かに言う。「おれもさ」

「あそこのすべてが、なんとなく、ずれているような気がするの。言ってる意味わかる?」

「わかる」

「とくに、携帯電話がなかったこと。だれでも携帯電話を持っている。いつでも。いまでも。でしょ?」

「そうだな」デニー・ドッセスの妻をのぞいて。

「だから」マコネルは言葉を切り、一本の指を立ててドラマチックな効果をかもしだす。ちゃめっけある笑みが、口の両端を引きあげはじめた。「二日前の晩、第七区の深夜勤務のときに、はっと思いついたの。だれかが、あの男の携帯電話を盗んだんだって」

私は取り澄ましてうなずき、もちろん私もその可能性を考えたが、もっと上のレベル、つまり刑事にしか思いつかない理由でその可能性を捨てたのだという印象をあたえようとする。その間ずっと、心中で自分を叱りつけている。電話のことをすっかり忘れていた自分を。「殺人犯が携帯電話を持ちさったというのか?」

「ちがうわ、ハンク。刑事」マコネルが首を振ると、固く結んだポニーテイルが左右に揺れる。「財布はあった、と言ったわよね。財布とキーは。金めあての殺しなら、全部とっていくはずよ」

「となると、携帯電話がほしくて殺したのかもしれない。そこにはいっているデータめあてで。電話番号。写真? なんらかの情報」

「そうは思わない」

私は立ちあがって、マグカップをカウンターに運ぶ。そのせいでテーブルが揺れる。

「わたしはこう考えたの。殺人犯ではなくて、現場にいたべつの人間だと。マクドナルドにいただれかが、死んだ男のポケットから携帯電話をかっぱらったのよ」

「重大犯罪だぞ。死体からものを盗むのは」

「ええ。でも、リスクを考慮したうえでのことよ」

カウンターで、ミスター・コーヒーのコーヒーメーカーのサーバーから中身をマグにあけていた私は視線をあげる。「なんだって?」

「わたしは一般市民だとしましょう。ホームレスでもないし、一文なしでもない。だって、平日の朝にレストランにいるんだから」

「わかった」

「仕事はあるけど、つまらない。携帯電話を、金属処理屋かカドミウム収集屋に質入れできれば、かなり稼げる。一、二カ月暮らしていける分、ひょっとして最後まで働かずにすむかも。つまり、それは報酬なの。かなりの報酬を得られる見込みはかなり高い」

「なるほど、そうだな」マコネルの話の進め方が好きだ。

「だからわたしは、マクドナルドにいる。警察が向かっている。わたしの計算では、つかまる確率は一〇パーセント」

「警官が現場に押しよせるのに? 二五パーセントだろ」

「その一人はマイケルソンよ。一八パーセント」

「一四だな」

彼女は笑い、私も笑っているが、私は自分の父親とシェイクスピアとJ・T・トゥーサンのことを考えている。新時代の枠で見直すべき動機について。「でも、つかまったら、罪状認否手続もないし、人身保護令状もないから、監獄で死を迎える確率は一〇〇パーセント」

「そうはいっても、わたしは若い」本人になりきって、マコネルは言う。「それに自信満々。勝算はあると考えてる」

「わかった、降参だ」コーヒーにミルクをいれてかきまぜながら、私は言う。「電話を盗んだのはだれ？」

「あの子よ。カウンターにいた若者」

すぐさま彼を思いだす。マコネルのいう若者。あぶらぎった髪の毛、上へはねあげたバイザー、にきびのあと、憎らしい上司と憎らしい警官とを見くらべていた若い男。あのにやにや笑いがなにより物語っていた。

〝おまえらより、おれのほうが上手《うわて》だったろ？〟

「あの野郎」私は言う。「あんちくしょうめ」

マコネルは顔を輝かせている。警察へはいったのは去年の二月だから——だれかが斧の柄をつかんで、その斧を世間に叩きつけたときには、警察官となって四カ月がたっていた。

「無線で、持ち場を離れることを当直本部に知らせて——だれも気にしてないんだけどね——マクドナルドへ直行した。ドアからはいっていくと、若者はわたしの顔を見るなり、走って逃げだした。カウンターを飛びこえて、外へ出て、雪が降る駐車場を横ぎって。私としては、きょうはやめてよねって感じ。きょうはやめて」

私は笑う。「きょうはやめて」

「だから、銃を抜いて、追いかける」

「そんなことしないだろ」

「するわよ」

すごい。マコネル巡査は、身長はおよそ一五五センチ、体重四八キロ、二十八歳、二人の子を持つシングルマザーだ。その彼女がいまは立ちあがり、身ぶりをまじえて、うちのキッチンを歩きまわっている。

「彼は小さな公園に走りこんだ。漫画に出てくる鳥のロードランナーみたいに一目散に走って、砂利やぬかるみなんかをざくざく進んでいくの。わたしは叫んだわ。〝警察だ、警察！ 止まれ、ブタ野郎！〟」

「〝止まれ、ブタ野郎〟なんて叫ばないだろ」

「それが、叫ぶの。だってパレス、いましかないじゃない？ 犯罪者を追って走って〝止まれ、ブタ野郎〟と叫ぶ最後のチャンスよ」

　マコネルは若者に手錠をかけ、ウエスト通りの公園のぐちゃぐちゃにかき乱された雪にまみれて、男をねばり強く脅し、白状させる。男が携帯電話機を質入れした先は、ビバリー・マーケルという青い髪の女性がいとなむ、郡庁舎横の、板を打ちつけた保釈保証人事務所のそばにある廃品回収屋だった。マーケルは金《きん》を買いあさり、金貨や地金をためこんでいて、副業として質屋をやっている。マコネルがそこへ行ったときには、すでに電話機はコンラッドという肥満の変人に売られていた。コンラッドは、人類を救出するための宇宙船団がアンドロメダ銀河からやってくると信じていて、宇宙人とコンタクトをとるために必要なので、携帯電話のリチウムイオン電池を集めているという。コンラッドを訪ねたマコネルが、自分は宇宙からではなく、警察署からやってきたと納得させると、彼はしぶしぶ電話機を手渡した――信じられないことに、まだ生きている電話を。

　私が感謝をこめて長々と口笛を鳴らし、ひとしきり拍手して、このドラマチックな結末をたたえているあいだに、マコネルは戦利品を取りだして、テーブルの真ん中に滑らせてくる。つやつやと輝く、薄っぺらい黒のスマートフォン。私のと、ブランドも型もおなじだ。だから、それは私が所有する電話機だという錯覚におちいり、どうしてピーター・ゼルが、ヘンリー・

パレス刑事の携帯電話を持って死んだのかと、一瞬わけがわからなくなる。

「マコネル巡査」私は電話機をすくいあげて、てのひらで、ひんやりとした平たい重みを感じる。ゼルの内臓、たとえば腎臓か脳の一部を手にのせているような気になる。「これこそ、警察捜査が結実した証《あかし》なんだな」

マコネルはうつむいて自分の手を見つめてから、また顔をあげて私を見る。これで話は終わりだ。私たちは、安らかな朝の静けさに包まれて座っている。小さな白いキッチンにあるたった一つの窓枠のなかの二人の人間。低く垂れこめた湿気を帯びた灰色の雲の外へ、自分の存在を知らしめようともがく太陽。ここから見える景色はなかなかよかった。とくに、朝いちばんの風景は。こぢんまりした冬の松林、その奥の農地、雪にくっきりと残る、踊るような鹿の足跡。

「きみは優秀な刑事になるだろうね、マコネル巡査」

「そうね」彼女は言い、ぱっと笑みを浮かべて、コーヒーを飲み干す。「自分でもそう思います」

電話機の電源をいれてホーム画面に現われたのは、スケートリンクでホッケー用の大きなマスクを顔につけ、肘を両横に突きだして滑っている、ピーター・ゼルの甥カイル・リトルジョンの写真だった。

子どもはさぞかし怖い思いをしているにちがいない。目を閉じてその思いを封じてから、まばたきして退ける。問題に集中しろ。よけいなことを考えるな。

最初に注目したのは、この三カ月間の〝発信履歴〟に二度現われた、ソフィア・リトルジョンと表示された電話番号だ。先週日曜日の午前九時四十五分に一度、通話時間は十二秒。それだけの時間があれば、ピーターはメッセージを残せただろうし、あるいは、たとえば、電話に出たソフィアが弟の声に気づき、電話を切ったかもしれない。二度めの十三秒間の通話は、彼が死ぬ月曜日の午前十一時半。

私は青いノートを出してきて、こうした事実とそれに対する感想を書きとめる。鉛筆がさらさらと動き、けさ二度めにセットしたコーヒーメーカーがごぼごぼ音をたてている。

つぎに注目したのは、やはりこの三ヵ月間に、〝JTT〟と登録された番号と七回通話していることだった。ほとんどの通話は月曜日の午後だから、その晩『淡い輝きのかなた』を見にいくための打ちあわせだろう。最後の通話は、今週月曜日の一時十五分に着信し、一分四十秒間つづいている。

興味深い――興味深い――非常に興味深い。きみのおかげだよ、マコネル巡査。

三つめのことに気づいた瞬間、私の心臓がばくばくしだす。電話機を手にテーブルについたまま、コーヒーメーカーの熱心なお知らせ音を無視し、画面に目を釘づけにして、飛ぶような速さで頭のなかをぐるぐる回転させている。死んだ日の夜十時に、氏名の登録のない番号と二十二秒間通話していたのだ。

その前日の夜、きっかり十時に、四十二秒間の通話。

もう一度発信履歴を見る。私は画面上で、ますます速く指をすべらせる。毎晩、おなじ番号。十時。発信。一分以内の通話。毎晩欠かさず。

ピーター・ゼルの電話はうちでも使える。私のとおなじく、アンテナが二本立っている。謎の番号にかけると、二度の呼びだしベルのあと、だれかが出た。

「もしもし？」

かすみのなかから、うろたえたようなささやきが聞こえてくる――それはそうだろう。死人の携帯電話から、毎日電話がかかってくるわけではない。

だが、私にはその声がすぐにわかる。

「エデスさん？　コンコード警察署のヘンリー・パレス刑事です。もう一度お話しする必要があるようですね」

　彼女は早いが、私はもっと早い。待っている私に気づいて、エデスさんがこっちにやってくる。彼女がボックス席に滑りこんできたときに、礼儀正しかった亡き父のしぐさを真似て、私は少し腰を浮かせる。そして、すっかり腰をおろす前に、来てくれたことに対して礼を述べ、ピーター・ゼルとその死を取り巻く状況について、知っていることをすべて話してほしいと伝える。

「まあ、刑事さんたら」つややかな分厚いメニューを手に取りながら、彼女は穏やかに言う。「時間をむだにしないのね」

「ええ、そうです」

　そこで私は、知っていることを全部話してほしいむねを、タフガイぶりを全開にして、まじめくさった演説をもう一度繰り返す。彼女は前に嘘をついた、隠しごとをした、けれども、そうした行為は二度と許されないことを、明確に伝えようとする。ナオミ・エデスは、両方の眉毛を持ちあげて私を見返してくる。ダークレッドの口紅、黒く大きな目。カーブした白い頭。

「では、わたしがそうしなければどうなるの？」メニューを見ながら、彼女は訊く。動揺していない。「すべてを話さなければ、という意味よ」

「あなたは重要参考人なんですよ、エデスさん」けさ、使わずにすめばいいがと思いながら、このセリフを何度か練習した。「いま手元にある情報、すなわち、あなたの電話番号が、被害者の電話に登録されているという事実と……」

　もっと練習するべきだった。情け容赦のない男のふりなら、ビクター・フランス相手のほうがずっと簡単だ。「前回お話ししたときに、あなたがその情報を明かさなかったという事実は、あなたを連行する理由となります」

「わたしを連行する？」

「留置するのです。州法にしたがって。連邦法でも。ニューハンプシャー州修正刑事法第——」私は、テーブルの中央に置かれた容器から砂糖の小袋を引き抜く。「第何項かは調べておきます」

「いいわ」と重々しくうなずく。「わかりました」彼女はにっこり笑い、私は息を吐くが、彼女の話はつづく。「どのくらい留置されるの？」

「それは……」私はうつむき、そっぽを向く。砂糖の小袋に向かって、気の滅入る答えを伝える。「終わりまでずっと」

「では、こういうことね。いますぐすべてを話さなければ、あなたはわたしを暗い地下牢へ連れていき、マイアが衝突して闇のなかで世界を焼きつくすまで、そこに閉じこめる。パレス刑事、そういうこと？」

　私は無言でうなずき、顔をあげると、彼女はまだ微笑んでいる。

「どうかしらね、刑事さん、あなたはそんなことはしないと思うけど」

「なぜです？」

「わたしにちょっとのぼせていると思うからよ」

　そう言われて、私はなんと答えていいかわからない。ほんとうにわからないのに、私の両手は、砂糖の小袋の端の波形をくちゃくちゃにしている。ルース-アンがやってきて、私にコーヒーをつぎ、エデスさんの砂糖ぬきのアイスティーという注文を受ける。私がテーブルにこしらえた砂糖の小山をじろりとにらんでから、キッチンに戻っていく。

「エデスさん、月曜日の朝、あなたはピーター・ゼルとはそれほど親しくないと言いました。それは事実でないことが判明しています」

　彼女は唇をすぼめて、息を吐く。

「それ以外の話題からはじめません？」彼女は言う。

「わたしがどうして坊主頭なのか、不思議に思わないの？」

「いいえ」私は青いノートのページをひらいて、読みあげる。「〝パレス刑事……あなたは、ゴンパーズさんの役員補佐でいらっしゃいますか？〟 〝エデスさん……やめてよ。秘書です〟」

「全部書きとめたの？」彼女はナイフやスプーン一式の包みをあけて、うわのそらでフォークをいじっている。

「〝パレス刑事……被害者のことをよく知っていましたか？〟 〝エデスさん……正直言って、彼がここにいなくたって、それに気づいたかどうか自信はないわ。さっきも話したけど、彼とはそんなに親しくなかったから〟」

私はノートを置いて、テーブルに身体をのりだし、やさしい親みたいに彼女の手からフォークを取りあげる。「エデスさん、そんなに親しくなかったのなら、彼はなぜ、毎晩あなたに電話をかけてきたのですか？」

彼女が、私の手からフォークを取り戻す。「どうして、わたしが坊主頭にしている理由を訊きたくないの？ ガンだと思ってるの？」

「いえ、思っていませんよ」私は口髭をひっかく。「思うに、あなたのまつげの長さとカールからして、あなたの髪の毛は、とても長くて豊かなんでしょう。世界は終わろうとしているのだから、時間と手間をかけて手入れする意味はもうないと考えたのだと思う。セットしたり梳《と》かしたり、女性がやるようなことを」

彼女は私を見ながら、てのひらで頭をこする。「さすがだわ、パレス刑事」

「それはどうも」私はうなずく。「ピーター・ゼルの話ですが」

「注文が先よ」

「エデスさん」

彼女は両手をあげ、てのひらを上向けて求めてくる。「お願いだから」

「いいだろう。先にオーダーしよう」

私にはわかっているからだ。彼女は話すつもりだと。なにを隠しているにしろ、それを打ちあける気になっている。それが感じられる。あとは時間の問題だ。強烈な興奮がわきあがってくる。小さく震動する甘い予感が肋骨を震わせる。デートに行って、おやすみのキスの――ひょっとするとキス以上の予感が確実になり――あとは時間の問題というときみたいに。

エデスがBLTサンドイッチを注文すると、ルース‐アンは応じる。「いいの選んだね、お嬢さん」私が、卵三個のオムレツと全粒粉のトーストにするというと、ルース‐アンは、卵のほかにもいろんな料理があるよとそっけなく指摘してくる。

「これで」私は言う。「オーダーはすんだ」

「あと一分。あなたのことを聞かせて。好きな歌手は？」

「ボブ・ディラン」

「好きな本は？」

私はコーヒーを一口飲む。「いまはギボンを読んでる。『ローマ帝国衰亡史』」

「あっそう。でも、好きな本は？」

「『ウォッチメン』。八〇年代に流行ったコミックだよ」

「知ってる」

「ピーター・ゼルが、毎晩午後十時きっかりにあなたに電話をしていた理由は？」

「彼の時計が動いていることを確認するため」

「まじめに訊いてるんだ」

「彼は、モルヒネ常用者だったの」

「ええっ？」

首をまわして窓の外をながめている彼女の横顔を、私は見つめている。びっくり仰天だ。ピーター・ゼルはインディアンの酋長だったとか、ソ連軍の将軍だったと聞かされたのとおなじくらい。

「モルヒネ常用者？」
「そう。モルヒネだと思う。麻薬の一種だったのはたしかよ。でも、いまはちがう――もうちがう――まあ当然よね、死んだんだから――そうじゃなくて――」そこで口をつぐむ。よどみなさが彼女を見捨てていった。彼女は首を振り、ゆっくりした口調で言う。「去年のある時期、彼はなにかの依存症だったんだけど、そのあとやめたの」

彼女は話しつづけている。私は話を聞きながら、一語一句をノートに書いていく。私の意識の物見高い部分が片隅へ引っこんで、この新情報――〝モルヒネ常用者、麻薬の一種、ある時期〟――に食いつき、それを嚙みくだき、髄を味わい、どう消化すべきか考えている。それが事実かどうか考えている。

「あなたはわかっているかもしれないけど、ゼルは派手な生活をするタイプじゃなかった。アルコールに無縁。麻薬に無縁。煙草さえ無縁。なにもやってなかった」

「そうだね」ピーターは、ダンジョンズ&ドラゴンズをプレイしていた。ピーターは、朝食のシリアルをABC順に並べていた。保険数理のデータで表を作って分析していた。

「だけど、去年の夏にいろんなことがあって、それを変えたくなったんだと思う」と言って、沈んだ笑みを浮かべた。「新しい生活様式を選択した。ところで、この話はあとになってピーターから聞いたの。最初のころの事情を、わたしは知らなかった」

私は、〝去年の夏〟と〝生活様式を選択〟と書く。疑問が、私の口元にわきあがってきたけれど、それを抑えて黙りこみ、じっと座って、ようやく話しはじめた彼女につづけさせる。

「でね、違法物質に手を出してみたものの、彼にはあわなかったみたい。それか、最初は順調だったのに、だんだんあわなくなったのか。そういうことってあるわよね？」

承知しているというように私はうなずいたが、私が知っていることは全部、警察訓練資料と映画の受け売りだ。私自身は、ピーターと同類である。ビール一本くらいはたまに飲むこともある。マリファナは吸わないし、煙草も吸わない、ウイスキーは飲まない。それが私の生活。友人たちが駐車場で紫色の陶製の水ギセルでマリファナを吸ってから、くすくす笑いながらこの食堂のボックス席に——いまいるこのボックス席に滑りこんでくるのを、ペーパーバック版『エンダーのゲーム』を読みながら待っている、いずれは警察官となる十六歳の痩せた少年。どうしてかはわからない。ただ、全然興味が持てなかった。

料理が届いたので、エデスは話を中断して、サンドイッチの解体にとりかかり、皿の上に三つの小山を築いた。こっちに野菜、そっちにパン、いちばん端にベーコン。私は内心、興奮にうち震えている。上から落ちてくるパズルの新しいコマのことを考えている。それらを理解して、落ちてくるブロックを一つずつ動かし、ふさわしい場所にはめこもうとしている。むかしのテレビゲームみたいに。

小惑星。靴箱。

モルヒネ。

J・T・トゥーサン。

12・375。じゅうにてんさんななごの何なんだ？

目を離すなよ、ヘンリー、私は自分に言いきかせる。耳を澄ましていろ。あとを追え。「十月になってから、ピーターは使用をやめた」エデスは大きな目を閉じ、頭をそらして話している。

「理由は？」

「知らない」

「そうか」

「でも、苦しんでた」

「禁断症状だな」

「そう。で、それを隠そうとしてた。で、失敗」

私は書いている。このすべてを発生した時間順に並べようとしている。あのご立派なゴンパーズが、ジン浸りのせいと不安感からくる大声で説明してくれた、われを忘れたピーターが職場で女の子を怒鳴りつけた事件。小惑星のコスチューム。ハロウィンの夜。

エデスはまだ話している。「モルヒネをやめるのは簡単じゃないわ、というより、ほとんど不可能よ。だから、よければ手を貸しましょうかって申しでたの。少し家にいたほうがいい、手伝ってあげるからって」

「ははあ……」

ゴンパーズは言っていた。〝一週間？　二週間かな？　ずっと来ないのかと思っていたら、そのうち会社に出てきて、なんの説明もなく、またいつもとおなじ〟

「わたしはただ、毎日仕事に行くついでに、彼のようすを見にいっただけ。昼休みのときもあったわ。必要なものはすべて足りてるか確認して、きれいな毛布とかスープとか持っていったり。彼に頼れる身寄りはいなかった。友だちもいないし」

感謝祭をつぎの週にひかえたころ、ピーターは起きだして、足元をふらつかせてはいたものの、保険のデータの仕事に復帰する準備をしていた、と彼女は話す。

「だから、毎晩電話を？」

「えっと、夜をどうしのぐかが、むずかしいのよ。彼はひとりものだったし。毎晩、彼から電話をくれることになった。そうすれば、わたしには彼が無事だとわかるし、彼は彼で、自分の電話を待っている人がいると思えるでしょ」

「毎晩？」

「むかし犬を飼っていたんだけど、そっちのほうがずっと手がかかったわ」

そのことを考えながら、私は、もっと本当らしく聞こえればいいのにと思っている。

「ではなぜ、さほど親しい間柄でなかったと言ったんだ？」

「親しくなかったから。去年の秋まで、こんなことになるまでは、口をきいたこともなかった」

「なのに、そんな男のためにどうしてこんな手間をかける？」

「その必要があったから」彼女はうつむいて、顔をそむける。「彼は苦しんでいたわ」

「そうだけど、ものすごく時間と手間がかかることだよ。とくにいまは」

「ええ、そのとおり」彼女は、顔をそむけるのをやめて、いまは私を見つめている。ただの親切心でやったことがそれほど不自然だと思うならはねつけてみろといどむかのように、目をきらきら光らせて。「とくにいまは」

「あざについては？」

「目の下の？　知らない。二週間前は、階段から落ちたって言ってた」

「それを信じたのか？」

彼女は肩をすくめる。「さっきも言ったけど……」

「それほど親しくなかったから、だね」

「そう」

このとき私は、テーブルの向こうに手を伸ばして、彼女の両手を握りたい、そして、なにも心配することはないよ、大丈夫だよと言ってやりたいという、奇妙な衝動を強く感じている。でも、そんなことができるわけない。心配ごとはあるのだから。大丈夫だよと言えないのは、大丈夫じゃないから、そしてもう一つ訊きたいことがあるから。

「ナオミ」私が呼びかけると、はじめてファーストネームで呼ばれたことにすぐに気づいた彼女は、目にからかうような光を浮かべた。「あの朝、あそこでなにをしていたのかな？」

目の光は消え、顔はこわばり、青ざめる。訊かなければよかった。ただの二人の人間としてここに座り、デザートを注文できればよかったのに。

「彼が話したことがあるの。夜の電話で。十二月ごろ。彼は薬をやめた。やめたのはたしかだと思う。でも彼はまだ――文句なしに幸せとはいかなかった。そんなこと言うなら、だれもいないよね。心から幸せな人なんて。そんなわけないもの」

「そうだね。それで、彼はマクドナルドのことを話したんだね？」

彼女はうなずく。「そう。彼は言ったの。あそこ知ってる？って。もし自殺するなら、あそこだろうな。あそこをさがしてみてって」私はなにも言わないでいる。食堂のどこかで、スプーンがコーヒーカップにあたる音がする。ほかの客たちの陰気な会話。「そういうこと。出勤してこなかったから、わたしはすぐにマクドナルドへ行った。わたしにはわかってた。彼があそこにいるのはわかってた」

厨房のモーリスのラジオから、〈ミスター・タンブリン・マン〉のイントロのコードが流れてくる。

「ねえ」ナオミが言う。「これ、ディランじゃない？あなたが好きなやつ？」

「ちがう。おれが好きなのは、七〇年代のディランと、一九九〇年代以降のディランだけ」

「へんなの」

私は肩をすくめる。私たちはしばらく聴いている。曲が流れていく。彼女はトマトをかじる。

「わたしのまつげなのね？」

「そう」

おそらく事実ではないだろう。

この女性が私をだましていて、私にはまだわからない理由で、私をまちがった方向に誘導しているのはほぼ確実だ。

これまでにわかった事実と照らしあわせると、ピーター・ゼルが、習慣性のある薬物をやっていたというのは――その薬をさがして購入する努力はいうまでもなく、品薄と目の飛びでるような価格、そして、マイア後に改正された刑事法により、購入しただけで厳格な処罰を受けることを考えると――百万に一の見込みしかないように思う。ただ、たとえ百万分の一の確率だとしても、起きないわけではない。それとも可能性はまったくないのか？　だれもがそう言った。テレビ対談に出ていた統計学者、議会で証言した科学者、説明しようとした全員、道理にかなった解釈を見いだそうと必死になっていた全員が。たしかに確率としては、ほぼありえない。統計学的な確率はゼロに近い。しかし、発生の確率がいくらゼロに近くても、その事象が一度起きてしまえば、確率など無意味になる。

とはいえ、彼女が嘘をついているとは思わない。その根拠は自分でもよくわからない。私は目を閉じて、話しかけてくる彼女を思い浮かべる。大きな黒い目は、落ち着いていて悲しげだ。その目を両手に落とし、ぴたりと閉じられた口元は動かない。なぜ彼女が率直に話したのか、私はある突拍子もない理由を思いつく。

ピーター・ゼルとモルヒネのことが、頭のなかの楕円軌道をゆっくりとまわりながら、おなじようにそこをまわっているその他の新事実を追いこしていく。マクドナルドを自殺場所として考えていたゼル。だからどうだというのだ、パレス刑事？　彼を殺した犯人が遺体を捨てた場所が、偶然にもそこだったのでは？　その確率はどれくらいだろう？

いまは雪の質が変わって、大きなぼたん雪がゆっくりと落ちてくる。一個ずつぽたぽた落ちてきて、駐車場の吹きだまりに重みをくわえていく。

「どうかしたの、ハンク坊？」ルース＝アンが声をかけ、私がテーブルに置いた百ドル札のかたまりに目もやらずに、エプロンのポケットに滑りこませる。

「べつに」私はゆっくりと首を振って、窓から駐車場をながめ、最後の一口を飲もうとコーヒーカップを持ちあげる。「おれは、この時代向きの人間じゃないような気がする」

「そうかしら？　この時代向きなのはあんただけだと思うけど」

朝の四時に目がさめる。掛け時計と砂時計とルーレット盤が出てくるちんぷんかんぷんの夢から目ざめると、もう眠れない。はっと悟ったからだ。ひとつにまとまった。なにかをつかんだ。

ブレザーとズボンを身につけ、コーヒーメーカーをセットし、署支給のセミオートマチック拳銃をホルスターに差しこむ。

頭のなかで言葉がぐるぐるまわっている。細長い楕円軌道をゆっくりと。〝確率はどれくらいだろう？〟

一日がはじまれば、やることはたくさんある。ウィレンツに電話すること。ヘイズン通りへ行くこと。

私は月を見あげる。丸く、明るく、冷たい月。そして夜明けを待つ。

5

「ちょっといいですか？　おはようございます。サンプルを分析してほしいんですが」

「いいよ。ま、それがおれたちの仕事だからね。ちょっと待ってくれるかな」

「すぐに分析してもらいたいんです」

「ちょっと待てと言っただろ？」

これが、フェントンが言っていた助手の助手だ。現在、ヘイズン通りの州立研究所を取りしきっている人物。若くて、だらしなくて、仕事に遅刻してきた彼は、人生で一度も警察官を見たことがないような目つきで私を見ている。自分のデスクへよろよろと歩いてきて、並べてあるオレンジ色のプラスチックの椅子をあいまいに手で示すが、私はことわる。

「いますぐしてほしいんだ」

「おい、あんた。ちょっと待てって」

彼は、底に油がしみたドーナッツの袋をつかんでいる。目は充血し、無精ひげを生やしたままで、二日酔いらしい。

「はい？」

「いま来たばかりなんだよ。まだ朝の十時だろ」

「十時四十五分。こっちは九時から待っている」

「そうかい、ま、世界は終わりかけてるんでね」

「そうだ」私は言う。「そう聞いている」

今夜で、ピーター・ゼルが殺されてからちょうど一週間になる。私はようやく糸口をつかんだ。コマ一つ。思いつき一つ。私は両手で毒物学者のデスクをとんとんと叩いている。彼が口をあけて息を吸い、キャスターつき椅子にどっかりと腰をおろしたので、私はサンプルをデスクに置く。ピーター・ゼルの心臓から抜き取った黒ずんだ赤い血のバイアルだ。けさ、うちのフリーザーから出して、弁当用の断熱箱に入れてきた。

「おい見ろよ、タッグがついていない」役人は、青白いハロゲンライトにバイアルをかざしている。「ラベルが貼ってないし、日付もない。チョコレートシロップかもしれないだろ」

「それはない」

「そりゃそうだが、手続きがちがうよ、おまわりさん」

「世界は終わりかけてるんでね」私が言うと、彼は私を見る。渋い顔で。

「ラベルが貼ってないとだめなんだ、だれの依頼かわからないだろ。だれの依頼？」

「フェントン」

「マジで？」

彼はバイアルをおろして、縁の赤い目を私に向けて細める。頭をかいたら、ふけがデスクに落ちた。

「そうです」私は答える。「ドクターから、ここは混乱状態だと聞いた。依頼したサンプルがいつも迷子になるって」

私は危うい立場にいる。それは自覚している。しかたがない。相手の男は私を見ている。少しびくついているようだ。そのとき、私は、自分が拳を握りしめ、歯をくいしばっていることに気づく。この血液にモルヒネが含まれているかどうか、どうしても知りたい。ナオミ・エデスの話がほんとうかどうか知りたい。ほんとうだとは思うが、事実を知る必要がある。

「たのむよ、相棒」私は落ち着いた声で言う。「このサンプルを分析してくれ。すぐに」

「兄弟よ」眼鏡をかけて顎髭をはやした中年の男が声をかけてくる。さまざまな可能性をああでもないこうでもないと検討して、事実を自分なりの時系列で並べながら、駐車場ビルを出てスクール通りを渡り、署に向かって歩いているときだ。「よき知らせを聞いたかな?」

「はい」私は答えて、礼儀正しく笑みを浮かべる。「もちろんです。ありがとう」

刑事部屋へ行って、これまでわかったことを同僚に話し、行動計画を決めなければならない。だが、その前に、ウィレンツの事務室に寄って、けさ八時四十五分に電話で頼んでおいた検索の結果をもらわないとならない。なのに、顎髭の信仰深い男は一歩もゆずらない。顔をあげると、けさの彼らはグループでやってきている。黒く長いコートを着て、四方八方に笑みをふりまき、ぼろぼろのチラシを振りまわす宗教集団。

「恐れるな」不器量な女が、目の前にやってきて言う。ややは内斜視で、にっこりした歯に赤い口紅がついている。女三人と男二人の全員が似たような服装をして、一種の恍惚とした笑みを浮かべて顔を輝かせ、手袋をはめた手で薄いチラシをつかんでいる。

「どうも」私は言うが、もう笑みは浮かべていない。「どうもありがとう」

ユダヤ人ではない。ユダヤ人なら帽子をかぶっている。エホバの証人でもない。エホバの証人なら、チラシ類を高くかかげて、無言で立っている。相手がだれであれ、私の対応はいつもおなじだ。足元をひたすら見つめたまま、足を動かして立ち去る。

「恐れるな」さっきの女がまた言うと、その背後で、ほかの連中がざっと半円形に並んで、ホッケーのゴールのように私の行く手をはばんだ。足を一歩引こうとして、私はあやうくつまずきそうになる。

「恐れてはいない、ほんとに。でも、ありがとう」

「真実は、あなたが拒絶できるものではない」女はつぶやきながら、チラシを手に押しつけてくる。憑かれたような女の目を避けるためにうつむくと、赤色で縁どった太字が目に飛びこんでくる。〝ただ祈ろう〟。一枚めのいちばん上にそう書いてあり、いちばん下にもおなじ文句が書いてある。〃ただ祈ろう〃。

「読んで」べつの女が言う。レモン色のスカーフを銀色の飾りピンで留めた、肉づきのよい小柄なアフリカ系アメリカ人だ。どこを向いても、はためくワイシャツ生地と、喜びに満ちた笑みがある。私はチラシをひらいて、黒丸のついたポイントだけをざっと読んだ。

〃人間の無知が十二人の祈りで癒せるならば、人類の悲劇的結末は百万人の祈りによって撤回されうる〃

その前提は認められないものの、とりあえず先を読んでみる。充分な数の人間が、自身の邪悪さを捨て、神の慈愛のこもった光を浴びてひざまずけば、火の玉は軌道をそれ、なにごともなく地平線のかなたに飛び去るだろう、とチラシは主張している。なかなかいい考えだ。とにかく私は刑事部屋へ行きたい。チラシを折り、歯に口紅をつけた内斜視の最初の女にそれを返す。

「けっこうです」

「持っていって」女はやさしくきっぱりと言い、ほかの連中が「読んで！」と口をそろえて言う。

「お訊きしたいんですが」と、スカーフをしたアフリカ系女性が言う。「あなたは信仰の厚い人ですか？」

「いいえ。両親はそうだったけど」

「お二人に神の祝福を。ご両親はいまどちらに？」

「死んだ」私は言う。「殺されたんだ。では、失礼する」

「ほっといてやれよ、ジャッカルどもめ」とどろくような声がしたので、私は顔をあげる。救世主のマガリー刑事だ。ふたのあいたビール瓶を片手に持ち、葉巻を歯で嚙みしめている。「だれかに祈りたいなら、『アルマゲドン』のブルース・ウィリスに祈ってやれよ」マガリーは私に向かって敬礼し、中指を立てて、熱狂的信者にそれを振った。

「罪人よ、あざ笑うがいい、だが、邪悪はいずれ罰せられる」歯に口紅をつけた聖人は、マガリーに向かってそう言いながらあとずさりしていく。口をあけたハンドバッグから一枚のチラシがひらひらと歩道に落ちた。「お若い人よ、あなたに暗闇が訪れる」

「そうかい、シスター」マガリーは私にサム・アダムズの瓶を手渡し、両手でメガホンをこしらえてわめく。「あんたにもな」

「パーセントだった」

「なにが？」

「あの数字」私は言う。「12・375パーセント」

私は、ピーター・ゼルの靴箱をフットボールみたいに脇にかかえて、せかせかと行きつ戻りつしている。数字はすべて丸で囲まれ、二重に下線を引かれた、小惑星の記事で満杯の箱。同僚たちにそれを見せて、わかったこと、わかったと思うことを説明する。マガリーは、椅子をうしろへ傾けて座り、眉間にしわを寄せて、朝のビールの空き瓶を両方のてのひらでころがしている。ぱりっとした銀色のスーツを着こなしたカルバーソンは、彼のデスクで物思いに沈んで、マグカップのコーヒーを飲んでいる。アンドレアスは、薄暗い定位置で頭をさげ、目を閉じて、眠りこけている。これがいまの成人犯罪課。

「マイアが最初に現われたときから、それがはじめて見つかって観測されはじめてすぐから、ピーターはそのニュースを追ってきた」

「ピーターってのは、おまえの首吊り男か？」

「被害者ですよ」

私はまずAP通信の四月二日付の記事を手に取る。衝突の確率は、二一二万八〇〇〇分の一と結論づけたその記事を、カルバーソンに渡す。

「そのつぎがこれ。数日後です」私は、角の折れたプリントアウトの切り抜きを取りだして、読みはじめる。

「"直径は六・二五キロメートル以上と推定されるので、そうとう大きな天体と思われるが、スペースガード協会の天文学者らの計算によると、地球と衝突する確率は、かぎりなくゼロに近い――アリゾナ大学天文物理学教授であるキャシー・ゴールドストーン博士は、無視できる確率の範囲をわずかに超えていると語っている〟そして、ゼルさんは、その数字――六・二五――にも下線を引いています」

私は、そのつぎ、またつぎと記事の切り抜きを出していく。ゼルが追っていたのは、マイアの軌道や密度や組成などの数字だけではなかった。箱には、小惑星の接近とともに変化する社会を描いた記事もはいっている。新しい法律、経済的動向、そしてゼルはそれらの数字も見守り、紙の裏で計算して――長く連なるデータ、感嘆符――情報を追加している。

「ちくしょうめ」カルバーソンが不意に口走る。

「なにがちくしょうめなんだ?」マガリーが訊く。

「どうした?」

「ですから――これは――」私が言いはじめると、カルバーソンが結論を話す。よどみなく、正確に。「地球規模の大災害で死ぬ確率のほうが、麻薬関連の事故で死ぬリスクより高いと考えられる」

「そう」私は言う。「そうなんです。それ」

「それって何だよ?」マガリーがうなる。

「パレスの首吊り男は、リスクを天秤にかけていたんだ」

私は笑みを浮かべ、カルバーソンはそんな私に、賛成だというようにうなずく。箱のふたを戻す。いまは十一時三十分だ。勤務の交代時間なので、少し離れた休憩室のドアから、大学友愛クラブのような巡回警官たちの騒ぐ声が聞こえてくる。警棒を持った若い角刈《ブラシカ》り《ット》連中。彼らは音をたてて動きまわり、口汚くののしりあい、細い缶にはいった栄養ドリンクを飲み、防弾チョッキを巻きつけている。外に出て、略奪者に拳銃をつきつけ、泥酔者保護室を満員にする準備をしている。

「これが私の仮説です。ごく早い時期に、ゼルは、衝突の確率が、数学的にはじきだしたある数値を超えたら、危険で違法なことに手を出そうと決めた。やってみたいことはあったけれど、危険が大きすぎてできなかった。それまでは」

六月上旬、決めてあった限界値を超えたので、ゼルは、旧友のJ・T・トゥーサンの家へ行く。あるものを入手する方法を知っているトゥーサンとともに、二人で人工衛星の高みに舞いあがる。

しかし、その後――十月下旬――ゼルの身体によくない反応が出たか、気が変わったか、それとも麻薬が尽きた。そして禁断症状が起こる。

ここまで話したとき、マガリーがゆっくりと、いやみったらしく片手をあげる。数学の教師をいじめてやろうとする、ひどくひねくれた中学生みたいに。

「えーと、もしもし、パレス刑事？　ちょっといいですか？　この悲しい物語は、この男は自殺ではなく他殺だという主張とどうつながるのかな？」

「まだ、わかりません。でも、私はそれを突きとめたいと思っています」

「よし。いいぞ！」マガリーは手を叩いて、デスクから飛びおりる。「じゃあ、そのトゥーサンとやらの家へ行って、やつをひっ捕らえようぜ」

私は、カルバーソンからマガリーに顔を向ける。心臓の鼓動がやや速まった。「それでいいんでしょうか？」

「ああ、いいと思うぞ」じっさい、その場面を想像してうれしそうにしている。私はマコネルのことを思いだす。この時代の哲学的命題を。「私はあと何回、〝止まれ、ブタ野郎〟と叫ぶのだろう？」

「でも、相当な理由がありません」私は反論し、またカルバーソンに顔を戻して、私の反論に対する反論を期待する。「もちろんあるさ」と言ってくれるのを待つが、彼は自分の場所で、じっと考えこんでいる。

「相当な理由がないだと？」マガリーは鼻を鳴らす。「とんでもない、おまえにゃちゃんとあるぜ。その男は、規制物質を調達し、それを分配している。自動的に監獄行きだ。ＩＰＳＳ第九章を素通りできない――だろ、やり手刑事？ やつは、警察官に嘘をついた。おなじことよ――はなたれ章、そこなし章違反」

「まあ、彼はそういうことをやっていたとは思います。確証はない」私はカルバーソンに訴える。課でただ一人の大人に。「令状をとれませんか？ 家宅捜索とか？」

「令状？」マガリーは両手を上に投げだして、部屋じゅうに、神々に、静かなアンドレアス刑事に訴える。アンドレアスはデスクの上のものを見つめられるくらいわずかに目をあけていた。

「待てよ、おい、あれはどうだ？ 彼の車は、廃食油《ＷＶＯ》で走るんだろ？ 彼はそれを認めたんだったな？ ＷＶＯを？」

「ああ。だから？」

「だから、だと？」マガリーは両手をばんざいするようにあげ、口を思いきり横に伸ばしてにやついている。「ついこないだ、新しく三つの条項が、第十八章に追加された。自然資源の管理と不足に関して」と言うと、ひょいとデスクに近づいて、黒い表紙にアメリカ国旗のステッカーを貼った新品の分厚いバインダーをすくいあげる。「刷りあがったばかりだぜ、相棒《ミス・アミーゴス》たちよ。おまえの男はたぶん、ディーゼルにポテトフライの揚げ油を飲ませてるんだから、悪臭をふりまくその車は、迷惑条例違反だな」

私は首を振る。「制定されたばかりの法律で、過去の違反を取り締まることはできません」

「ほほう、さすがはネス捜査官、なんとご立派なことで」マガリーは両方の中指を立て、おまけに舌を突きだして、私を愚弄する。

「もう一つ問題があるぞ」カルバーソンだ。彼がなに

・トゥーサン。別名ルースター・トゥーサン。別名マーカス・キルロイ。別名トゥーツ・コリグ。所持。配布を意図した所持。配布を意図した所持。所持。軽犯罪法違反。所持。

〝ああ、いろいろやってたけど〟。私は、検索結果を読んでいるカルバーソンをじっと見つめる。ロジャー

父親について語ったときの言い方がなにか引っかかったことを思いだした。〝芸術家だったんですか？〟

私は、ここに来る途中でウィレンツからもらったプリントアウトを見せる。トゥーサンの父親に関する検索結果だ。きのうのメモを読み返していて、J・Tが

「なんとも鋭い質問です、カルバーソン刑事」私は言って、笑みを浮かべる。「これを見て」

じっさいは、少しわくわくしている。「きのう、トゥーサンの記録は、非の打ちどころのないほどきれいだと、きみは言った。勤勉な男。労働者だと。ゼルがずっと彼とつきあっていたのだとしたら、その男のことが心に浮かんだのだとしたら、麻薬がほしくなったときに彼の家へ行ったのはなぜなんだろうな？」

を言う気か、私にはわかっている。私は身がまえる。

つまり、ピーター・ゼルが、規制物質の入手を決心したときに――衝突の確率が、彼にそれを決心させたとき――旧友のことを思いだしたのは、旧友の父親が麻薬密売人だったからなのだ。

ようやくカルバーソンはうなずいて、ゆっくりと椅子から立ちあがる。マガリーは椅子からぴょんと飛びあがる。私の心臓は駆け足している。

「よし、では」カルバーソンが言う。「行こう」

私はうなずく。わずかな間があいて、私たち三人は同時にドアへと動きだす。きびきびと行動する警察官三人。肩吊りのホルスターを確認し、コートをはおる。期待感と喜びが強烈にほとばしり、私の全身を駆けめぐる。恐怖を感じるほどだ。これこそ、私が人生で夢見た瞬間。大地をしっかりと踏みしめる両脚を感じ、

体内をめぐりだしたアドレナリンを感じている。すっかり準備をととのえた三人の刑事。

　マガリーが、ドアへ向かう途中、アンドレアスのそばで足を止める――「行くだろ、色男？」――だが、成人犯罪課の刑事の最後の一人はどこへも行く気はない。肘のそばにコーヒーが半分はいったカップを置き、ぼさぼさの頭をして、椅子に座ったまま硬直し、デスクに置いたぼろぼろのチラシを見つめている。〝ただ祈ろう〟

「行こうぜ、相棒」マガリーがうながして、しわくちゃのチラシをつかみあげる。「新人と一緒に、くそ野郎をつかまえに行こうぜ」

「行こう」カルバーソンが声をかけ、私も言う。「行きましょう」

　アンドレアスは一センチほど首をまわして、なにごとかつぶやく。

「なんです？」私は訊く。

「彼らが正しかったらどうする？」アンドレアスが言う。「この――この――」彼はチラシを手で示すが、私はそれ以上がまんできない。

「正しくない」と言って、片手で彼の肩をしっかりつかむ。「いまは、そのことを考えないようにしましょう」

「考えないようにする？」目を丸くして、哀れな声でアンドレアスが言う。「考えないようにするだと？」

　私が横にさっと手を振って、アンドレアスのデスクのコーヒーカップをなぎ倒すと、冷えた茶色の液体がどっと流れだして、チラシにかかり、そのあと灰皿や書類やコンピューターのキーボードに押しよせた。

「おい」彼は驚いてデスクから飛びのき、くるりと身体をまわす。「なにをする」

「いま私がなにをしてるかわかりますか？」テーブルの端に向かって流れていく泥のような液体を見ながら、私は言う。「こう考えてる。ああ、いけない！ コーヒーが床にこぼれてしまう！　困った！　それについて話しあいをつづけよう！」

そのときコーヒーが、デスクの横から滝となって落ち、アンドレアスの靴にはねかかり、デスクの下に溜まる。

「ほら見て」私は言う。「どのみち、床にこぼれた」

すべてが、このあいだとおなじだ。

犬小屋、イバラの茂み、オークの木、屋根の縁に立てかけたはしご。心配そうにはしごの脚のあいだをくぐり抜ける、白い小犬のフーディーニ。そして巨体のJ・T・トゥーサンは、おなじ茶色の作業ズボンと黒いブーツをはいて、屋根の上で身をかがめてこけら板をなおしている。私道の砂利を踏む音に気づいた彼が顔をあげたその一瞬、ある印象が私の脳裏に刻みつけられる。ハンターの到着に仰天した、ねぐらでひっそりと生きる動物。

私は最初に車からおり、背筋を伸ばして、スーツの上着のすそを引っぱり、片手で冬のまぶしい日光をさえぎりながら、べつの手のてのひらを正面に向けて持ちあげてあいさつする。

「おはようございます、トゥーサンさん」私は呼びかける。「二、三お訊きしたいことがあって来ました」

「なにを？」彼は身体を起こしてバランスを取り、屋根の上で背を伸ばして立つ。まうしろから差す太陽が、この世のものとは思えない薄い灰色の光輪で彼を包んでいる。背後で車のドアがバタンと閉まって、マガリーとカルバーソンがおりてくると、トゥーサンは逃げ腰になり、屋根を一歩あがってよろめく。

彼は両手をあげて身体を安定させている。そのとき、マガリーの「銃だ！」という叫びが聞こえたので、私はふりむいて言う。「なにを——ちがう」ちがうからだ。「あれは屋根修理の道具！」

それなのに、マガリーとカルバーソンはそれぞれ、署支給のシグ・ザウエルP229をかまえている。

「動くな、くそバカ野郎」マガリーはわめくが、トゥーサンは動かずにおれない。こけら板葺きの屋根の上でブーツが滑るため、目を見ひらいて両手を動かし、必死になって手がかりをつかもうとしている。マガリーはまだ叫んでいる——私も叫んでいる。「ちがう、ちがう、やめろ——だめだ」頭を左右に激しく振っているのは、彼に死んでほしくないからだ。彼の話が聞きたい。

トゥーサンはきびすを返して、屋根の上のほうへ逃げようとしている。マガリーが発砲し、煙突の側面からレンガの小片が飛びちった。すると、向きを変えたトゥーサンが、屋根から芝生へ落ちてくる。

「犬の糞みたいなにおいがする家だな」

「重要な件に集中しましょう、マガリー刑事」

「わかった。だが、事実だろ？　ここはくさい」

「マガリー刑事、静かに」

J・T・トゥーサンがなにか言いかけたのか、うめいただけかは知らないが、マガリーに黙れと言われるので、彼は口を閉じている。居間の床のきたないカーペットの上に巨体の腹を押しつけてうつぶせになり、落ちるときに屋根にぶつけた額から血を流しながら、敷物に顔をうずめている。マガリーは、その背中に座って、葉巻を吸っている。カルバーソンは、マントルピースのそばにいる。私はうろうろと歩きまわっている。その二人は待っている。主導権は私にある。

「よし。では——では、はじめよう」口をひらくと、身体が長々と震える。アドレナリンの最後の一滴を、そして、発砲と、その後、ぬかるんだ雪のなかを突進したあとの興奮をはらいのけるように。

落ち着け、パレス。気を楽にして。

「トゥーサンさん、前回お話をうかがったとき、ピーター・ゼルとの関係について、あなたは細かい点をいくつか省略されたようですね」

「だとさ」マガリーがぞんざいに言い、尻をずらしたので、全体重がトゥーサンの腰のへこみにかかる。

「ばかたれめ」

「マガリー刑事」私はつぶやく。容疑者の前なので、〝おてやわらかに〟とはっきり口にすることなくそれをにおわせたい。彼は私に向かって、目玉をぐるりとまわして見せる。

「おれたちはハイになってた」トゥーサンが言う。

「そういうことだ。おれたちは酔ってたんだよ。おれとピーティーで、何度かハイになった」

「何度か」私は繰り返す。

「ああ、これでいいだろ？」

私はうなずく。ゆっくりと。「では、J・T、なぜ私に嘘をついた？」

「なんでおまえに嘘をつきたかって？」マガリーが、私をにらみつけて言う。「おまえが警察官だからさ、うすのろ」

マントルピースのそばで、カルバーソンがおもしろがっているような声を出す。J・Tと二人きりで話したかった。相手が私だけだったら、彼もほんとうのことを話せただろう。ふつうに会話する二人。

トゥーサンが私に顔を向ける。マガリーの体重で押さえつけられているから、身体は動かせない。「ここに来るってことは、あんたは、やつは殺されたと思ってる」

「彼は自殺したと私は言った」

「そうだけど、あんたは嘘をついた。だれも、自殺を捜査したりしないよ。とくにいまは」

カルバーソンがまたおもしろがっているような声を出したので、見ると、顔をしかめている。〝鋭い指摘だ〟。マガリーがとんとんと葉巻を叩いて、容疑者宅の敷物に太い灰を落とす。

トゥーサンは二人を無視して私だけを見つめ、話しつづける。「殺人犯をさがしに来たあんたに、ピートとおれは、ずばり錠剤《ピル》を飲んでたんだぜと話したら、彼を殺したのはおれだとあんたは決めつけるだろう。ちがうか？」

「そうともかぎらない」

　私は考えている。ピルのこと。ピルを口にほうりこむこと。カラフルな小さなカプセル、汗ばんだてのひらではがれる光沢のあるコーティング。想像しようとする。私の保険会社勤めの男を。乱用と常用の醜悪な細部を。

「J・T」私は呼びかける。

「いいんだ」彼は答える。「どうせもう死んだも同然だ。おれは終わった」

「わかってるじゃねえか」マガリーが陽気に言い、黙っていてくれることを私は願う。

　なぜなら、私はトゥーサンを信じているからだ。彼の話を。私の一部は、彼を心から信じている。彼が嘘をついたのは、ビクター・フランスが貴重な時間を割いて、マンチェスター通りあたりをこそこそうろつき、私が求めた情報を入手したのとおなじ理由だ——いまは、どんな罪も重大犯罪だ。刑の宣告はすべて、死刑となる。トゥーサンが、ピーター・ゼルとのほんとうの関係を話していたら、彼は刑務所へいれられ、二度と出られなかっただろう。とはいえ、彼がゼルを殺したと推測する根拠は、依然としてない。

「マガリー刑事。放してやってくれますか」

「なんだと？」マガリーがきつい声で言う。「絶対にやだね」

　反射的に私たち二人はカルバーソンを見る。三人ともおなじ階級なのだが、カルバーソンは唯一の成熟したおとなだから。カルバーソンがかすかにうなずく。マガリーは怖い顔をして、ジャングルの地面から立ちあがるゴリラのように、しゃがんだ姿勢から立ちあがり、ぼろぼろのソファへ歩いていきながら、わざとらしくトゥーサンの指を踏みつける。トゥーサンが両膝をつき、苦労して身体を起こしているとき、カルバーソンがつぶやく。「やりすぎだ」私も膝をついて、トゥーサンの目をのぞきこみ、私の母が出していたような、なだめるような、感じよいやさしい声を出す。

「もっと話してくれ」

長い沈黙。「こいつは――」マガリーが言いはじめるが、私が容疑者から目を離さずに片手をあげると、マガリーは口を閉じる。

「お願いします、トゥーサンさん」私は穏やかに言う。

「真実を知りたいだけなんだ」

「おれは殺していない」

「それはわかってる」本気だ。この瞬間も、彼の目をじっと見ている私は、この男がゼルを殺したとは思っていない。「ほんとうのことを知りたいだけだ。あなたはピルと言った。そのピルをどこで手にいれたんです？」

「おれじゃない」トゥーサンが、とまどったように私を見ている。「ピーターが持ってきたんだよ」

「なんだって？」

「誓ってほんとうだ」信じかねている私を見て、彼はつけくわえる。私たちは床に膝をついて、たがいに向かいあっている。狂信的な信者二人のように。悔い改めた二人組。

「大まじめだぞ」トゥーサンは言う。「やつは、ピル二壜を持ってうちにやってきた。モルヒネ硫酸塩のMSコンチン錠。一錠六〇ミリグラムが、一壜に百錠はいってる。安全に効果的に麻薬を摂取したいってやつは言った」

「彼がそう言ったのか？」マガリーが鼻を鳴らして言う。安楽椅子にゆったりと座って、銃でトゥーサンにねらいをつけている。

「そうだ」

「おれを見ろ」私は言う。「そのあとどうなった？」

「いいとも、でも、おれにも半分くれよと言った」彼は顔をあげ、あたりを見まわす。その目は細められ、不安と抵抗と誇りで光っている。「ふん、おれはどうすればよかったんだ？　これまでずっと働きづめだった——高校を出てから、毎日働いた。おやじはクズだったから、ああいう人間になりたくなくて」

　そう話すJ・T・トゥーサンは、巨体に力をこめ、全身を震わせている。

「そしたら、寝耳に水のこの騒ぎだ。小惑星が飛んでくるってんで、だれもなにも建てなくなって、採石場は閉鎖されて仕事はなくなり、将来も消えて、死ぬのを待つほかにすることがなくなった。その二日後に、ピーター・ゼルが、ひと握りのモルヒネを持ってやってくる。あんたならどうする？」

　私は彼を見る。膝をついたまま巨体を震わせ、大きな頭を敷物のほうに垂らしている。マントルピースのそばにいるカルバーソンを見たら、悲しそうに頭を振っている。甲高いハミングが小さく聞こえてきたので、ソファのマガリーを見やると、膝に銃をのせて、バイオリンを弾くまねをしている。

「わかったよ、J・T」私は答える。「そのあと、どうした？」

　J・T・トゥーサンにとっては、ピーターに安全で効果的にモルヒネ硫酸塩を摂取させてやるのは、むずかしいことではなかった。薬の持続性成分の裏をかくこと、そして、摂取量を制限し、誤って過剰に摂取するリスクを最小にするために計量することだけだ。彼は父親がさまざまな種類のピルでそれをするところを何万回と見てきた。ワックスをこすり落とし、錠剤をつぶし、分量をはかって、舌の下へいれる。薬を飲みつくすと、ピーターはまた持ってきた。

「どこで手にいれたか、彼は話さなかったのか？」

「一度も」一瞬——半秒の——ためらいに気づいて、私は彼の目をのぞきこむ。「ほんとだよ。そうだな、これが十月くらいまで続いた。どこで手に入れたにしろ、彼はそれを全部使いきったんだ」十月以降も二人のつきあいは続き、『淡い輝きのかなた』がはじまると、仕事のあとで一緒に見たり、ときにはビールを飲みにいくようになった。私は、これらの情報について考え、新しく判明した多くの点を考慮して、真実を見抜こうとしている。

「で、先週月曜の夜は？」

「はあ？」

「月曜の夜になにがあった？」

「言っただろ。映画を見にいって、ビールをがぶ飲みして、おれは先に帰ってきた」

「それだけ？」私はやさしく言う。愛情がこもっているかのように。「それで全部か？」

沈黙。彼は私を見ている。なにか言おうとしている。石壁のように固い表情の奥でうごめいている彼の心が見える。もう一点、話したがっている。


「マガリー刑事」私は言う。「違法廃食油エンジン使用の刑は？」

「死刑」マガリーが答えると、トゥーサンの目が大きく見ひらかれる。私は首を振る。「よしてくださいよ」私は言う。「まじめに」

カルバーソンが口を出す。「裁量」

「なるほど」私は言いながら、トゥーサンに目を戻す。「そうか。では、あなたを連行します。こうせざるをえないんだ。エンジン改造の罪で二週間」私は立ちあがって、手を差しだし、彼を引っぱって立たせる。「一月《ひとつき》かもしれない。のんびりできるぞ」

そこでマガリーが口を出す。「それとも、いまここで撃ち殺してもいい」

「マガリー――」マガリーをたしなめてもらおうと、私は一瞬J・T・トゥーサンから目を離してカルバーソンを見る。ふたたびJ・Tに向きなおる前に、ロケットみたいに突進してきた彼の頭が、そり並みに重い体重ごと私の胸にぶつかってきた。私はうしろ向きに倒れ、マガリーは立ちあがり、カルバーソンは銃を抜こうとしている。トゥーサンの大きな手が、ニューハンプシャー州会議事堂の模型をつかんでいる。いまはカルバーソンも銃をかまえているが、撃ちはしない。マガリーも撃たない。トゥーサンが私の上にのしかかっているからだ。彼は悪意に満ちた金色の尖塔を下に向けて、私の目にまっすぐうちおろす。目の前が真っ暗になる。

「ちくしょうめ」マガリーの声がする。トゥーサンが私から離れたと思うと、ドアへ向かって走る大きな音がして、私は叫ぶ。「やめろ」顔から血が噴きだしたので、私は両手で目の上を押さえる。「撃つな！」と叫んだが、遅かった。二人が発砲し、目の見えない私のそばを熱い突風となってつぎつぎ弾が飛んでいき、トゥーサンが悲鳴をあげて倒れる音を聞く。

フーディーニが、キッチン横のドアから狂ったように吠えている。悲しみと驚きをこめて吠え、うなっている。

〃えーと、もしもし、パレス刑事？　ちょっといいですか？　この悲しい物語は、この男は自殺ではなく他殺だという主張とどうつながるのかな？〃

痛みにもだえながら病室で横たわっているとき、ぽっかりとくりぬかれた脳みその空洞部分で、その言葉が容赦なく響いている。あそこへ行く前、署で話していたときに、マガリーが皮肉をこめて口にした疑問。

J・T・トゥーサンは死んだ。マガリーに三度撃たれ、カルバーソンに一度撃たれ、コンコード病院へ運ばれたときには、すでに冷たくなっていた。

顔に痛みが走る。激痛だ。トゥーサンが私を灰皿で襲ってから逃げようとしたのは、友人のピーターを殺したからかもしれないが、私はそうは思っていない。

彼が私を襲ったのは、たんに怖かったからだと思う。

家に警察官が三人もいて、マガリーはよけいなことを言い、私はちがうことをトゥーサンに言おうとしたものの、万一にも違法エンジン使用などというばかげた理由で連行されたら、十月三日まで監獄に閉じこめられて終わりだとトゥーサンは考えた。そしてピーターとおなじく、計算したうえで危険に賭けて、負けた。

マガリーに三度撃たれ、カルバーソンに一度撃たれた彼は、もうこの世にいない。

「あと五ミリ上だったら、眼球はつぶれていましたよ」ブロンドを高い位置でポニーテイルにし、スニーカーをはき、白衣の袖をまくりあげた若い女性医師が言う。

「はい」

医師は、私の右目にかぶせた分厚いガーゼを外科用テープで留める。

「眼窩床骨折ですね。頬が少ししびれてくるでしょう」

「はい」

「軽度から重度の複視も」

「はい」

「複視というのは、ものが二重に見えることをいいます」

「ほう」

このあいだじゅう、私の頭のなかで、あの疑問がまだぐるぐるまわっている。〝この悲しい物語は、この男は自殺ではなく他殺だという主張とどうつながるのかな？〟

あいにくながら、その答えがわかったように思う。わからなければよかったのにと思うが、わかってしまった。

医師はいちいち謝っている。経験不足な自分のこと、切れているのに取り替えていない救急治療室の電球のこと、全体的に苦痛緩和剤が不足していること。九歳の少女のように見える医師は、正式には、専門医学実習をまだ修了していない。私は、べつにいいですよと答える、わかってますよと。彼女の名前は、スーザン・ウィルトン。

「ウィルトン先生」私は呼びかける。医師は、私の頬の内外で絹糸を引っぱっているけれど、縫っているのが私の頬ではなく、彼女の頬であるかのように、糸を引くたびに顔をしかめている。「ウィルトン先生、あなたなら自殺しますか?」

「いいえ」彼女は答える。「そうね――ひょっとすると。死ぬまでずっとみじめな生活を送ることになるとわかっているなら。でも、しません。わたしは自分の人生が好きなの。かりにわたしが、すでに本当に悲惨な人生を送っているだれかべつの人間だとしたら――もしもの話ですよ――そのときは、それを待つ理由なんかないじゃない? って思うかも」

「そうですね」私は言う。「そうですね」ウィルトン医師が傷を縫合するあいだ、私は顔を動かさずにいる。

あと一つ謎が残っている。トゥーサンが事実を話したのだとしたら――私は事実だと思っているが――そして、ピーターがピルの供給源だとしたら、どこでそれを手にいれたのだろう?

それが、最後の謎だ。そして私は、その謎を解く方法も知っていると感じている。

ソフィア・リトルジョンは、驚くほど弟とよく似ている。ドアと側柱のすきまから、チェーンの下から私を見つめるその顔さえも。小さな顎と大きな鼻と秀でた額、古臭い眼鏡までおなじだ。髪の毛も短くてボーイッシュで、あちこちから毛が突きだしている。彼みたいに。

「はい?」彼女は私をじっと見つめ、私は彼女をじっと見つめている。そのとき、初対面だったことと、私自身の外見を思いだす。ウィルトン医師がテープで目の上に貼ってくれた分厚いガーゼ、そこから放射状に広がる茶色とピンクに腫れあがった打ち身。

「ヘンリー・パレス刑事です、コンコード警察署から来ました」私は名乗る。「残念ながら——」が、ドアはすでに閉じられている。そのとき、チェーンがはずれる控えめな金属音がして、ふたたびドアがあく。

「はい」この日が来てしまったとでもいうように、この日がいつか来るとわかっていたかのように、彼女は静かにうなずく。「どうぞ」

彼女は私のコートを受けとって、前回来たときに座った、ふくらみすぎの青い安楽椅子を手で示す。私はノートを取りだす。夫は留守だ、遅くまで働いている、最近は、夫婦のどちらかがいつも遅くまで働いている、と彼女は説明する。エリック・リトルジョンがごくまれに行なっていた宗派を特定しない礼拝式が、いまは毎晩行なわれており、病院の職員が大勢参加するため、地下にある礼拝堂ではなく、階上の講堂が使われている。ソフィアは話すためだけに話している。それは明らかだ。あの話題を避けるための最後のあがき。生前のピーター・ゼルの目はこんなふうだったにちがいない、と私は考えている。几帳面で、分析的で、慎重で、少し悲しげ。

私は微笑んで、座ったまま尻をずらす。彼女の声がしだいに小さくなって、質問の機会が訪れる。質問というよりは意見の表明に近い。「あなたは、彼に処方箋用紙を渡しましたね」

彼女はうつむいて、繊細で小さなペイズリーが無限につづく敷物の柄を見つめてから、また顔をあげて私を見る。「弟が盗んだんです」

「ははあ」私は言う。「なるほど」

顔を怪我して病院へ行き、疑問について考えはじめてから一時間ほどたったころ、その可能性を思いついた。まだ確信はなかった。友人になったウィルトン医師に尋ねると、彼女は調べてくれた。助産婦は、薬を処方できるのか？

できる。

「もっと早くにお話しするべきでした。すみません」

彼女は静かに口にする。

居間から外に出る観音開きのガラス扉の向こう側に、カイルともう一人の子どもが見える。二人とも防寒着とブーツを身につけて、投光照明で照らされた別世界のように明るい裏庭で、望遠鏡であそんでいる。衝突の確率がまだ一桁だった去年の春、天文学が流行し、突然だれもが、惑星の名前やその軌道や惑星間の距離に興味を持った。九・一一以降、だれもが、アフガニスタンの州名や、シーア派とスンニ派のちがいを知ったように。カイルともう一人は、夕方の月明かりに照らされながら、望遠鏡を剣代わりに使ってたがいに爵位をさずけあい、ひざまずき、くすくす笑っている。

「あれは六月でした。六月上旬」ソフィアが話しはじめたので、私は顔をそちらに戻す。「思いがけずピーターから電話があって、昼食を一緒に食べないかと誘ってくれたんです。私はいいわねと答えて」

「あなたの事務室で食べたんですね」

「はい、そうです」

二人は食べながら、近況を報告しあい、姉弟として楽しく会話した。子どものときに見た映画のこと、両親のこと、おとなになることについて話した。

「どこにでもあるような話です。家族のこととか」

「ええ、わかります」

「ほんとうに楽しかった。だから、弟のたくらみを知ったときには、とても傷つきました。仲のいいきょうだいだったとはいえません。ピーターとわたしは。なんの脈絡もなくわたしに電話してくるはずがないのよね。この狂気が終わったら、わたしたちは友だちになれるのかしらと思ったことを憶えています。ふつうのきょうだいみたいに」

彼女は手を持ちあげて、目から涙をはらう。

「あのとき、確率はまだとても低かった。〝これが全部終わったら"と、まだ思える時期だったんです」

　私は根気よく待っている。ひらいた青いノートを膝にのせて、バランスを取っている。

「それはそうと、わたしはほとんど処方箋を書きません。わたしたちの療法はおおむね、自然治癒力を重視したものですし、薬を使うとすれば出産時です。妊娠期間に処方箋は書きません」

　というわけで、事務室のデスクの右上ひきだしにはいっていた束から処方箋用紙一冊が消えていることにソフィア・リトルジョンが気づいたのは、数週間が過ぎたころだった。いろいろ考えあわせて、再会して楽しくランチしたときに気弱な弟がそれを盗んだのだと思いあたったときには、それからさらに数週間がたっていた。この話の途中で彼女は口を閉じ、天井を見あげて、自分を責めるように頭を振る。私は、まちがった一歩を踏みだした瞬間——破滅的な決断をくだした瞬間——マイア衝突の確率が一二・三七五パーセントを超えたとき——の、保険会社勤めのおとなしい男ピーターを思い描く。姉が、トイレなどちょっとした用をすませに事務室から出ていったときに、勇気をふりしぼって——神経をとがらせ、額から眼鏡の下へ、玉のような汗をつたい落としながら——椅子から身体を持ちあげ、デスクのいちばん上のひきだしをあけて……

　外で、カイルと友だちが笑いこけている。私は、ソフィアから目をそらさない。

「そして十月に、あなたはそれを知った」

「そうです」彼女は、ちらりと目をあげたものの、私がなぜそれを知っているのかとまでは考えない。「ひどく腹がたちました。なんということをするの、わたしたちはまだ人間なのにって。終わりまで、人間らしく行動できないのって?」彼女の声には本物の怒りがまじっている。そして、つらそうに首を振った。「ばかばかしく聞こえるのは承知しています」

「いいえ」私は言う。「全然ばかばかしくないですよ」

「ピーターを問いつめると、盗んだことを認めましたが、それだけです。残念ですが、それ以来、弟とは話していません」

私はうなずいている。私は正しかった。よくやったぞ。そろそろ引きとろう。だが、すべてを知っておかなければならない。どうしても。

「どうして前に話してくれなかったんですか？ 私が電話したときにかけなおしてくれれば――」

「それは……現実的な決断をくだしたから。わたしが――決めたのは――」と話しはじめたとき、エリック・リトルジョンが「ねえ、きみ」と、戸口から呼びかける。

彼は敷居の上に立っている。いつからそこにいたかはわからない。彼のまわりに雪がふわふわと落ちている。「やめなさい」

「いいのよ」

「いや、いけない。やあ、またお会いしましたね、刑事さん」なかへ足を踏みいれた彼の革コートの肩で、雪片が溶けていく。「ぼくが妻に嘘をつけと言ったんだ。それでなにかに影響があるなら、責任はぼくにある」

「なにかに影響があるとは思いません。私は真実を知りたいだけです」

「そうか。では真実は、ピーターの盗みと薬物乱用のことをきみに話す理由が見つからなかった。だから、ソフィアにそう言ったんだ」

「わたしたち二人でそう決めたじゃないの」

「ぼくがそうしろと説得したからだ」

エリック・リトルジョンは首を振り、まっすぐに私を見ている。にらみつけるように。「きみに話しても無意味だと妻に言った」

私が立ちあがって彼をじっと見ると、彼はひるまずに見返してくる。

「なぜです？」

「もうすんだことだからだ。ソフィアの処方箋用紙の件はピーターの死とは関係ないから、そのことを警察に話しても意味はない」彼は、世界のどこかに存在する抽象概念みたいに、〝警察〟と言う。青いノートを広げて居間に立っている一人の人間である私と対立する〝警察〟。「警察に話すことは、報道機関に話すことになり、ひいては世間に話すことになる」

「父のことです」ソフィアがつぶやいてから、顔をあげる。「夫は、わたしの父のことを言ってるんです」

彼女の父親？　私は口髭をこすりながら記憶をたぐる。そして、マコネル巡査の報告を思いだす。父親のマーティン・ゼルは、プレザントビュー老人施設に入居中。認知症の初期段階。「父に、ピーターが自殺したと知らせるだけでもつらかったのに、そのうえ麻薬常用者だったと知らせるなんて」

「そんな目に遭わせる必要がありますか？」エリックが言う。「こんなときに？　刑事さんには話すなと、ぼくが妻に言った。ぼくが決めたことだから、責任はぼくにある」

「わかりました」私は言う。「わかりました」

溜息が出る。疲れを感じる。目が痛む。帰る時間だ。

「あと一つ質問があります。リトルジョンさん、あなたは、ピーターが自殺したことを疑っておられないようだ。どうしてそこまで確信があるのか、聞かせてもらえますか？」

「それは」彼女は静かに言う。「本人がそう言ったからです」

「なんて？　いつ？」

「あの日。わたしの事務室でお昼を食べたとき。あのときにはもう始まっていたんですよ。ニュースで訊きました。ダーラムの小学校の事件を」

「ああ」ダーラムのシーコースト地区で育った男が故

郷に戻り、小学四年生のときの教室のコート用クロゼットで首を吊った。大嫌いだった教師に、遺体を見つけさせるために。

ソフィアは指先で両目を押さえている。エリックが背後から歩いてきて、妻の肩に慰めるように手を置く。

「とにかくピートは——ピーターは、もしも自分がやるとしたら、マクドナルドだと言ったんです。メイン通りの。そのときは冗談だと思いました。でも、そうじゃなかったんだわ」

「ええ、ちがったようですね」

だそうですよ、マガリー刑事。〝この悲しい物語は、この男は自殺ではなく他殺だという主張とどうつながるのかな？〟答えはそれ。つながっていない。

高級ベルト、ピックアップトラック、そのどれも関係ない。規制薬物をためした結果、失敗に終わって——盗みと裏切りという大胆な行為をあばかれ——不名誉と長引くつらい禁断症状が残り——それらにくわえて、さしせまる地球の滅亡に直面し——保険計理士であるピーター・ゼルは再度慎重に計算しなおし、リスク対利益を分析し、計画を進めて自殺した。

バン！

「刑事さん？」

「はい」

「書く手が止まってますよ」

エリック・リトルジョンが私を見ている。私がなにか隠していると疑っているかのように。

頭が痛い。部屋がぐるぐるまわっている。二人のソフィア、二人のエリック。ウィルトン先生はなんと呼んでいたっけ？　複視だ。

「私たちの話を書きとめていませんでしたよ」

「いえ。私はただ——」ぐっとこらえて、立ちあがる。

「捜査は終了です。ご面倒をかけてすみませんでした」

それから五時間、いや六時間たったのか、よくわからない。真夜中だ。

アンドレアスと私は外にいる。フェニックス通りの地下にあるバー、パヌーチズを抜けだしてきた。やかましい音と煙と、もぐりの酒場につきもののいかがわしい雰囲気から逃げだして、歩道の汚れた雪の上に立っている。私たち二人とも、そもそもビールを飲みにいきたいとは思っていなかった。アンドレアスは文字通り、マガリーの手でデスクから引きはがされるようにして、私の事件解決を祝う席に連れてこられた。私が解決しなかった事件。もともと事件ではなかった事件。ともかく、あそこは最悪だ。新旧の煙草の煙のにおいがまじりあい、テレビは大音響でがなりたて、押しつぶされないように地下空間をささえる落書きだらけの柱のまわりで、もみくちゃにされる人々。おまけに、ちょっと気の利くやつが、ジュークボックスから皮肉を流していた。エルヴィス・コステロの〈ウェイティング・フォー・ジ・エンド・オブ・ザ・ワールド〉、トム・ウェイツの〈地球の断末魔〉、そして、どうしてもはずせないR・E・Mの曲が何度もかかっている。

外は雪が降っている。厚く積もった汚い雪が斜めにずり落ち、レンガの壁にあたって跳ねかえる。私は両手をポケットに突っこんで立ち、顔を上向けて、見えるほうの片目で空を見つめている。

「あのさ」私はアンドレアスに話しかける。

「ん？」

ためらってしまう。こういうのはすごく苦手だ。アンドレアスは、キャメルの箱から一本を抜きだす。雪のかたまりが溶けて、彼の濡れた髪の毛のなかに消えていくのを私はながめている。

「悪かった」彼がそれに火をつけたときに、私は言う。

「なにが？」

「さっきのこと。コーヒーをこぼしたりして」

彼は力なく笑い、煙を吸いこむ。

「忘れろ」

「おれは――」

「いいんだよ、ヘンリー。どうだっていいじゃないか？」

風変りな世界滅亡前夜《プレ・アポカリプティック》ファッションで飾った若者のグループが、狂ったように笑いながら、バーの階段をあがってくる。エメラルド色の夜会服とティアラ姿の十代の少女、全身黒のゴスでかためたその恋人。性別不明のべつの子は、格子縞のタイツの上にだぶだぶのショートパンツをはき、ピエロ風の幅広の真っ赤なサスペンダーをしている。あいたドアから流れてきた音楽は、U2らしい。ドアが閉まると、音楽はまた消える。

「パキスタンがあれを爆破したがってると、新聞に書いてあったな」とアンドレアス。

「うん、聞いた」

私は、U2の世界の終わりの曲はどんなだったか思いだそうとしている。若者の一群から顔をそむけて、道路を見つめる。

「そうなんだ。方法がわかれば、実現できるそうだ。けど、そんなことはさせないと、うちの政府は言ってる」

「へえ、そう？」

「記者会見があったんだ。国務長官、国防長官。ほかにも。パキスタンがそれを核攻撃するなら、その前に彼らを核攻撃すると連中は言ったんだ。よくもそんなことが言えるよな？」

「そうかな」私の体内にぽっかりと穴があいている感じ。寒い。アンドレアスは疲れきっている。

「狂ってるよな」

目が痛い。ほっぺたも。リトルジョン夫妻を訪ねたあと、ドッセスに電話をして、彼の時間をむだにしたことを謝ると、彼は丁重に対応してくれて、私がだれだったかも、どの事件の話をしているのかもわからないとジョークを言った。

　アンドレアスがなにか言いかけたとき、私たちの右側、フェニックス通りの坂の頂上の、メイン通りに向かって坂がくだりはじめるあたりで警笛が鳴る。市バスがけたたましく乱暴に警笛を鳴らしながら、スピードをあげて通りをぶっとばしてくる。若者たちが歓声をあげたりわめいたり、バスに手を振ったりしているけれど、アンドレアスと私は顔を見あわせる。市バスの運行は停止されているうえ、フェニックス通りを走る夜間ルートなどもともと存在しない。

　バスは、かなりのスピードでがたがた走りながら、片側のタイヤを歩道にかけて、だんだん近づいてくる。私は進みでて、支給の拳銃を抜き、大きなフロントガラスにざっとねらいをつける。夢を見ているようだ。暗いなか、〝回送〟と表示された大きな市バスが、幽霊船のごとく、私たちに向かって坂をくだってくる。距離が縮まるにつれて、運転手が見えてくる。二十代はじめ、白人男性、野球帽を逆向きにかぶり、むさくるしい口髭をはやし、大それた冒険に興奮して目を見ひらいている。相棒は黒人で、やはり二十代はじめ、野球帽をかぶり、横のドアをむりやりあけて身をのりだし、「ヤッホー！」と叫んでいる。だれしも、ずっとしてみたかったことがある。そして、市バスを思いのままに走らせてみたかった男たちがあそこにいる。

　歩道の私たちの横にいた少年少女は死ぬほど笑いころげ、歓声をあげている。アンドレアスはヘッドライトを見つめていて、私は銃を抜いたはいいが、どうしようか考えながら立っている。なにもせずに、そのまま走らせてやるか。

「もういいよ」アンドレアスが言う。

「もういいよ、ってなにが？」

　そのときには手遅れだった。彼は身体をひねり、吸いかけの煙草をバーのほうにはじいて、バスの前に飛びだす。

「よせ」そう言うだけの時間しかなかった。無情で痛ましい一語だけ。彼は、それぞれの速度で移動するバスと人間が交差する場所を見積もり、タイミングを計っていた。バン！

バスが鋭い音をたててブレーキを踏む。時間が止まって、ストップモーションになった。夜会服の女の子が、ゴスの少年の曲がった腕に顔を隠す――私は口をあけ、銃を無意味にバスの側面に向けている――バスはありえない角度にまがり、後部は歩道にのりあげ、前部は道路に突きだす。そのとき、アンドレアス刑事の身体がゆっくりとはがれて、道路にずり落ちる。バーの客が続々と出てきて、私のまわりでぺちゃくちゃしゃべったり、わめいたりしている。暴走運転手とその相棒が、バスのステップをおりてきて、アンドレアスの傷ついた身体から数歩離れて立ち、あんぐりと口をあけて見つめている。

そのあと、カルバーソン刑事がそばにきて、私の手首に力強い手を置き、銃を持つ手をそっとおろさせる。マガリーが、警察記章をひらひらさせ、べつの手にクアーズを持ち、葉巻を口にくわえて、「警察だ！」とがなりながら、野次馬を押しのけて進んでいく。そして、フェニックス通りの真ん中に片膝をついて、アンドレアスの喉に指を一本あてる。カルバーソンと私は、口から白い息を吐きながら、あっけに取られた人々の中央に立っている。しかし、アンドレアスの頭はぐるりとまわっている。首が折れている。彼は死んだ。

「なあパレス、どう思う？」マガリーがあたりをざっと見ながら、身体を起こして立ちあがる。「自殺か、それとも他殺？」

第3部
希望的観測

3月27日火曜日

赤経	19 11 43.2
赤緯	-34 36 47
離隔	83.0
デルタ	3.023 AU

1

「あらまあ、ヘンリー・パレス、やけにおちぶれたわね」

六年ぶりに会った元恋人にしては、ひどく辛辣な意見に思えるが、そのとき、自分の見てくれを思いだす。腫れあがった顔と目。片手をあげて、こわばった厚いガーゼの位置をなおして口髭をなでると、顎に生えた無精ひげをちくちくと感じる。

「ここ二、三日、たいへんだったんだ」

「それはお気の毒」

いまは朝の六時半、アンドレアスは死に、ゼルは死

に、トゥーサンは死んだけれども、私はマサチューセッツ州ケンブリッジにいる。チャールズ川にかかる歩行者専用橋の上で、アリソン・コークナーとおしゃべりしながら。ここは妙に気持ちがいい。気温は摂氏一〇度はあるだろう。州境を越えてマサチューセッツ州にはいったら、まるで南国に来たみたいだ。あたたかい春風、橋に反射する朝日、心を落ち着かせてくれる春らしい川面のさざ波。いまとはべつの世界のべつの時代だったなら、どんなに楽しかっただろう。けれども、目を閉じると、浮かぶのは死だ。バスのグリルに押しつぶされたアンドレアス。胸に穴をうがたれて、壁に叩きつけられたJ・T・トゥーサン。トイレのピーター・ゼル。

「会えてうれしいよ、アリソン」

「そうね」

「本当だよ」

「口げんかはやめましょう」

私の記憶にあるボサボサでもつれた赤紫色の髪の毛は、おとなっぽい長さに切られ、小さなピンをいくつも使ってうまくまとめてある。グレイのパンツとグレイのブレザーを着て、襟に小さなゴールドのピンを差している。いかす。すごく素敵だ。

「で」アリソンが言いながら、ブレザーの内ポケットから、薄っぺらなレターサイズの白い封筒を取りだす。「あなたのお友だち。スキーブさんとやらはね」

「友だちじゃないよ」私は指を一本立てて、即座に訂正する。「ニコの夫」

彼女が片方の眉をあげる。「ニコって、あなたの妹のニコ？」

「小惑星さ」それ以上の説明は不要だ。衝動的結婚。必要にせまられた結婚。想像しうる最大の衝動。アリソンはうなずいて、ただひとこと、「わお」と言う。彼女は、ニコが十二歳のときから知っている。そのときすでに、地味で堅実な将来像など想像もつかない少女だった。隠れてマリファナを吸い、祖父の車庫に置いてあった冷蔵庫のビールをかっぱらい、挑発的な髪型と規則破りを続けたニコ。

「なるほどね。で、あなたの義理の弟のスキーブ？彼はテロリストよ」

私は声をあげて笑う。「ちがうよ。スキーブはテロリストなんかじゃない。ただの大バカ者さ」

「その二つのカテゴリーの相関関係を表わす図を書けば、重なる部分はかなり多いでしょうね」

私は溜息をついて、錆びた緑色の鋼鉄のガードレールに、片方の尻をもたせかける。一艘の細長い競漕用ボートが川面を滑るように通っていくときに、漕ぎ手たちのうなり声が聞こえてくる。私は、あの若者たちに好感をいだく。朝六時に起きてボートを漕ぎ、体調をととのえ、日程にしたがって生活する。そういう若者が好きだ。

「あなたはなんて言うかしら？」アリソンが訊いてく

る。「もしもわたしが、アメリカ政府が、ずっと前にこの種の災害を予測していて、脱出計画を用意していたと言ったら？　人類のエリート層を移住させ、安全を確保して人口を増やすために、小惑星の破壊的影響を受けない場所に、居住可能な環境を秘密裡に築いていたとしたら？」

私はてのひらで頬をこする。いまごろになってそこがしびれ、本格的に痛みだした。

「そんなの馬鹿げてる。ハリウッド映画の見すぎだよ」

「そのとおり。でも、そう信じている人たちがいるのよ」

「ほんと、やれやれだな」私は、監房の薄いマットレスに寝転がって、甘やかされた子どもみたいににやにや笑っているデレク・スキーブを思いだしている。

〝できれば話したいんだよ、ヘンリー、けど、話さないって約束したんだ〟

アリソンは白い封筒をあけて、手の切れそうな三枚の紙を広げて私に差しだす。思わず私は、口に出しそうになる。ねえ、全部忘れてくれ。担当している殺人事件を解決しなけりゃならないんだ。でも、出さない。きょうは。

行間を詰めてタイプした三枚の紙には、透かし模様も、役所のマークもはいっておらず、訂正個所を示す太い黒線があちこちに見られる。二〇〇八年、アメリカ空軍戦略計画局主導で、国土安全保障省《DHS》や国防脅威削減局《DTRA》、NASAを含むアメリカ政府十六省庁の設備と人員を動員して机上演習が行なわれた。演習は、〝通告の直後〟という想定で、〝世界的大惨事を超える〟できごと——つまり、まさにいま起きていること——を念頭に置き、考えられうるすべての影響が考慮された。核攻撃、引力の変化など。そして、現実的な対処法としては、市民が個々に身を守るしかないという結論にいたった。

私はあくびをしながら、ぱらぱらとページをめくる。読んでいるのは、まだ一ページめだ。「アリソン、これはどういう……？」

彼女がわずかに目をまわしてみせると、そのやさしいしぐさが懐かしくて、心臓がキュンとする。彼女が紙を奪って言う。「異議を唱えた人間が一人いたのよ、パレス。ローレンス・リバモア研究所の天体物理学者、メアリー・キャッチマン博士。博士は、政府は先を見越した対策を取り、月面に居住可能な空間を作るべきだと主張した。マイアが出現したとき、ある人々は、国防長官はその異議を認めて、避難基地を建設していたのだと信じこんだ」

「基地？」

「そうよ」

「月に？」

「そう」

目を細めて灰色の太陽を見ると、そこに、バスにはりつき、そのあと、ゆっくりと滑りおちていくアンドレアスが浮かびあがった。〝ただ祈ろう〟。政府の秘密避難基地。現状を受けいれて立ちむかうことのできない人々が、事態をいっそう悪化させる。それこそが現実。

「では、デレクは、バギーで州軍基地内を走りまわって、青写真でもさがしていたのか？　脱出ポッドとか？　巨大パチンコとか？」

「まあそんなとこ」

「だからって、彼はテロリストじゃないよ」

「わかっているけど、そう指定されたの。いまのように軍事司法制度が機能しているかぎりは、いったんそのレッテルを貼られると、まったく手出しできない」

「いや、おれはこの男を好きでもなんでもないけど、ニコにとっては大切なんだ。ほんとになにも——？」

「できない。まったくなにもできないの」アリソンは川の向こう岸に、ボートの漕ぎ手に、カモの群れに、川と平行にゆるゆると流れる雲に目をやる。私のはじめてのキスの相手ではないけれど、依然として、これまでの人生でいちばん多くキスした相手。「ごめんね。わたしの省は関与していないの」

「じゃ、きみの省はどこ？」

彼女は答えない。たぶん答えないだろうと思っていた。私たちはずっと連絡を取りあってきて、たまにEメールしたり、二、三年ごとに電話番号を交換している。ニューイングランド地方にいることは知っているし、私など物の数ではないような上層にある連邦の法執行機関に勤めているのは知っている。つきあう前は、獣医学校に行きたかったそうだ。

「パレス、ほかに質問は？」

「ない」私は川をちらりと見てから、また彼女に目を戻す。「待って。ある。友人が、パキスタン人が小惑星を核攻撃したいといっているのに、なんでそうさせてやらないんだろうなと疑問に思っていた」

アリソンは陰気な笑い声を一度あげて、さっきの紙をちぎりはじめる。「お友だちに言っておいて」紙をもっと小さくちぎり、さらにもう一度ちぎる。「パキスタンの爆弾が命中したら——しないけど——つぎは、小惑星一個ではなく、もっと小型の、けれども破壊的な無数の小惑星が飛んでくることになる。放射状に広がった何万という小惑星が」

私は黙っている。指を小さく効率的に動かして、アリソンは細かくちぎった紙をチャールズ川へばらまいてから、私に向きなおって微笑む。

「ところで、パレス刑事、いまどんな事件を担当しているの？」

「べつに」私は答えて、顔をそむける。「これといってないよ」

けれども、ゼル事件のことを話してしまう。話さずにいられない。メモリアル通りからジョン・F・ケネディ通りをハーバード広場へ向かいながら、事件の最初から終わりまで、細大もらさず語ってから、プロとして、この事件をどう見るかと彼女に尋ねる。そのうち、キオスクへやってきた。かつては新聞雑誌売り場だったらしいキオスクには、いまはクリスマス用ライトが飾りつけてあり、外に、どっしりした移動式発電機が置かれていて、小型戦車のようなさまざまな音をたてている。ウインドウは真っ暗だ。入口のドアに大判のボール紙をテープで貼りつけて、そこにマジックペンで大きく〝コーヒードクター〟と書いてあった。

「そうね」彼女のためにドアをあけて押さえている私に、彼女はゆっくりと言う。「直接証拠を調べたわけじゃないけど、あなたが達した結論はきっと正しいと思う。九五パーセントの確率で、その男はただの首吊りよ」

「うん」

改装された新聞売り場のなかは暗い。裸電球二個と、またここにもクリスマス電飾、古風なキャッシュレジスター、そしてずんぐりして艶のあるエスプレッソマシンが、黒いカウンターに豆戦車のように鎮座している。

「ようこそ、人間たち」店主が声をかけてくる。アジア系、十九歳くらいの若者で、ポークパイハットとセル縁の眼鏡、まばらな顎髭が目につく。彼はアリソンに陽気な敬礼をしてみせる。「ご来店うれしいね、いつでも」

「ありがとう、コーヒードクター」アリソンは答える。

「どこがトップ？」

「えーと」

彼の視線を追うと、カウンターの端に、大陸名を書いた七個の紙コップが並べてあった。彼はそのうちの二個を傾けて、かたかた鳴らし、上下に揺さぶって豆の数をかぞえる。

「南極大陸。楽勝で」

「希望的観測ね」アリソンがやりかえす。

「なわけないよ、おねえさん」

「いつもの二つ」

「仰せのとおりに」彼は答え、てきぱき動いて、上品なセラミックのデミタスカップ二個を並べ、ステンレス鋼のミルクポットに棒状のスチーマーを差しこんで、作動させた。

「世界一のコーヒーよ」

「あとの五パーセントは？」私は尋ねる。エスプレッソマシンの音がやかましい。

アリソンの顔にほのかな笑みが浮かぶ。「きっとそう言うだろうと思ってた」

「ただの好奇心さ」

「ヘンリー」アリソンが言いかけたときに、若い店主が、小さなコーヒーカップを差しだしてくる。「わたしの意見を言わせてくれる？　あなたはこの事件をどこまでも追って、すべての秘密をさぐりだし、その男が生まれてから死ぬまでの一生を明らかにするかもしれない。さらに彼の父親やそのまた父親の誕生まで。それでも世界は終わるのよ」

「ああ。そんなことはわかってる」私たちは、代用コーヒー店の隅に落ち着き、コーヒードクターが置いた古いプラスチックのトランプ用テーブルに寄りかかる。

「で、あとの五パーセントをきみはどう分析する？」

アリソンは溜息をついて、またあのしぐさをする。軽い皮肉をこめた目玉まわし。

「五パーセントはこれよ。トゥーサンという男は、灰皿であなたに襲いかかってから逃げだそうとしたんでしょう？　部屋に、銃を持つ男が三人もいたのに。それは最後のあがき。必死の行動よ」

「マガリーが、撃ち殺してやると脅したんだ」

「冗談でね」

「彼は怖がっていた。冗談だとは思っていなかった」

「それはそうなんだけど」彼女は首をこちらあちらと

傾けながら考えている。「そのときあなたは、微罪で逮捕するぞと彼を脅していたんでしょ」

「二週間。違法エンジン改造で。名ばかりの軽犯罪さ」

「そうね。でも、名ばかりの軽犯罪とはいっても、家宅捜索はするでしょう？」

アリソンは話を中断して、エスプレッソを飲んでいる。私はいま、コーヒーそっちのけで、彼女を見つめている。おい、パレス、と頭のなかで声がする。おい、パレス。ひょっとするとひょっとするぞ。だれかが店にはいってくる。女子大生だろうか。コーヒードクターが「ようこそ、人間」と言って迎え、マシンのスイッチをいれると、若い女は、〝ヨーロッパ〟と書かれた紙コップに豆を一個投げいれる。

「五パーセントにすぎないけれど」アリソンは言う。

「確率なんてあてにならないから」

「うん」私はエスプレッソをちびちび飲む。じつにおいしい。「うん、そのとおり」

考えが頭のなかをめぐっている。それが感じられる。

コーヒー、朝。五パーセントの見込み。

九十三号線北行き車線、時速九〇キロ、朝の八時、ほかに一台の車も走っていない。

ロウエルとローレンスのあいだで、携帯電話のアンテナが三本立ったので、ニコに電話し、妹を起こして、よくない知らせを伝える。デレクはばかなことに手を出したから、放免されないだろう。細部は手ごころをくわえて話す。テロリストという言葉は使わない。秘密組織のことは話さず、月のことも話さない。アリソンが言っていた、現在の軍事司法制度のことだけ話す。デレクには烙印が押されてしまったから、どこへも行けない。

いたわりをこめて、しかし、はっきり言う。こういう状況だ、できることはなにもないと。そのあと、涙ながらの、または、恨みのこもった、または、激怒した反論を予想して気持ちを引きしめる。

ところが妹は黙りこんでしまう。アンテナが消えたのかと思って、電話機を確認する。「ニコ？」

「うん。いるよ」

「こういうわけだ――わかったか？」

私は北へ走っている。北へ走りつづけて、州境を越えた。ようこそ、ニューハンプシャー州へ。〝自由に生きよ、さもなくば死を〟。

「うん」ニコは答え、ゆっくりと煙草の煙を吐きだす。

「わかった」

「デレクはおそらく、残る時間をその施設で過ごすことになるだろう」

「ヘンリー、わかったってば」私が小言を言っているみたいな返事をしてくる。「よくわかった。どうだった？　アリソンに会ってみて」

「なにが？」

「どんなようすだった？」

「ああ、きれいだった。すごくいかしてる」

そのあと、なぜだか話はべつの方向にそれていき、ニコはずっとアリソンのことが大好きだったと話し、私たちは思い出話に花を咲かせる。幼いころのこと、祖父の家に引っ越してきた初日のこと、地下室にナツメヤシの実を持って忍びこんだこと。私は美しい風景のなかを走りながら、しばらくのあいだ、むかしみたいに妹と話しこむ。現実世界の二人の子ども、兄と妹として。

電話を切るころには、自宅のすぐそばまで来ている。コンコード都市部の南側地域へはいっても、強力な電波が届いていたので、もう一つ電話をかけることにする。

「ドッセスさんですか？」

「やあ、きみか。アンドレアス刑事のことは聞いたよ。たいへんだったな」

「ええ、そうなんです。ところで、もう一度見てくることにします」

「なにを見にいくんだ？」

「ボウボッグ通りの家ですよ。きのう、首吊り事件の容疑者を逮捕しようとした場所です」

「ああ、みごとな逮捕だったな。あいにく、きみらがその男を撃ち殺してしまったが」

「はい」

「ところで、ヘニカーのまぬけコンビの話を聞いたか？　ガキ二人が二人乗り自転車に乗って、ゴム紐でキャスターつきスーツケースを引っぱりながら走っていた。州警察がそれを止めて調べたら、スーツケースはエスカペータでいっぱいだったらしい――メキシコの散弾銃のことだ。ガキどもは、なんと五万ドル分の銃を引きずって自転車で走りまわってたんだよ」

「はあ」

「きょうの時価でな」

「はあ。ですからドッセスさん、いまからあの家へ行って、もう一度見てきます」

「どの家に？」

　J・T・トゥーサンの薄汚いあばら屋に張りめぐらされた犯罪現場確保用のテープが、おざなりで見苦しい。黄色く薄いセロハンのテープは、ポーチの柱から柱へ、そしてオークの垂れさがる枝へ、芝生を横ぎって郵便受けの標示板へと続いている。それぞれの場所でゆるく結ばれ、なかばずり落ち、風になぶられている。どうでもいいといわんばかりに。誕生パーティの飾りつけのように。

　きのうの発砲騒ぎのあと、この家は現場保存され、パトロール警官のチームによって、手順にのっとって捜索されたはずだが、私は疑わしく思っている。第一に、犯罪現場確保テープのずさんな張り方を見て、第二に、室内のものが動かされたふしがないからだ。トゥーサン家の使い古して染みだらけの居間の家具はどれも、きのうとまったくおなじ状態だった。となると、たとえば、卵とソーセージのサンドイッチをかじりながら、四つある小さな部屋を歩きまわって、ソファのクッションを持ちあげては落とし、冷蔵庫をのぞいて、あくびをし、きょうはこの辺で打ちきるかと宣言するマイケルソン巡査が簡単に想像できる。

居間に敷かれたカーペットと玄関ホールの床板の六カ所に、黒ずんだ赤い血痕がついている。私の目の出血。トゥーサンの額の傷の血、彼の死因となった複数の銃創の血。

慎重に血痕を避けて歩いていき、居間の中央に立って、ファーリーとレナードが推奨するように、ゆっくりと身体を回転させながら頭のなかで家を四分割してから、捜索を開始する。ほんの少しずつ足を動かし、必要なときには腹ばいになり、身体をもぞもぞさせてベッドの下の奥にもぐりこむ。散らかったクロゼットから持ちだした脚立にのぼって、天井の薄っぺらいタイルを叩き破るが、断熱材と積もり積もったほこりのほかには、天井裏からなにも見つからない。トゥーサンの寝室のクロゼットをていねいに調べていく——正確には、なにをさがしているのか？　高級革ベルトが並べられ、そのうちの一本が欠けたラック？　メイン通りのマクドナルドの男性トイレの見取り図？　自分でもわからない。

とにかく——ズボン、シャツ、オーバーオール。ブーツ二足。それだけ。

五パーセントの見込みはある、とアリソンは判断した。五パーセント。

食品庫のわきの小さなドアをあけると、手すりのないコンクリートの短い階段が、麻糸の引き紐がつけられた裸電球二個だけの薄気味悪い地下室に続いている。使われなくなった巨大なボイラーの反対側に、犬の寝床が作ってある。枕を利用したベッド、ぼろぼろのゴムのおもちゃ一式、きれいに舐めてある餌用ボウル、汚い水が底に一センチ溜まっているボウル。
「かわいそうに」と声に出して言うと、あたかも魔法で呼びだしたかのように、フーディーニが階段の上に現われる。みすぼらしいもじゃもじゃ頭、むきだした黄色い歯、丸い目、白と灰色のぶち。

腹が減っているのか？　ベーコンがあったので、それを焼いてやり、フーディーニが食べているあいだ、キッチンのテーブルについて、向かいに座るピーター・ゼルを想像する。眼鏡をはずしてそばに置き、手元の細かい作業に目を凝らし、ピルの白い内容物を用心深く鼻から吸いこむゼル。

そのとき、玄関ドアがばたんと閉まる大きな音がして、私は椅子をうしろに蹴りとばして床に伏せる。二度めのバタンという音がし、顔をあげたフーディーニが吠え、私は全速力で部屋を突っきり、ドアを勢いよくあけて叫んだ。「警察だ！」

人影はない。静寂、白い庭、灰色の雲。

道路に飛びだして、転びそうになり、最後一メートルは、バランスを取りながら、スキーをするように滑る。「警察だ！」息を切らしながら、再度、道の左右両側に叫ぶ。何者かは逃げた。彼らはここにいたのだ。ずっと私のそばにいたのだ。あるいは、私がさがしているものをさがしに、ここへそっとはいってきて、また出ていったのか。そしていま、どこかへ消えた。
「ちくしょう」私は静かに言う。くるりと向きを変えて、地面を見つめ、雪に残る侵入者の足跡と私がこしらえたぬかるみとを見分けようとする。大粒のぼたん雪が一度に一個ずつ落ちてくる。まるで、前もって順に落ちることを決めてあったかのように。鼓動がゆっくりと治まってくる。

フーディーニが玄関の階段で、肉片を舐めている。もっと欲しいのか。

ちょっと待て。私は首をかしげて、家と木と庭をしけしげとながめる。

「待てよ」

フーディーニが地下のボイラーのそばで寝ているのなら、あの犬小屋はなんのためだ?

答えは簡単だ。ピルの隠し場所。ピルとその他大量の薬剤。

マニラ封筒に、ピルの壜がぎっしり押しこんである。一壜に、三〇または六〇ミリグラムの錠剤数十錠入り。各錠剤には、薬剤名か製造メーカー名が印字されている。ピルの大半はMSコンチンだが、ほかもある。オキシコンチン、ディローディド、リドカイン。大きくふくれた封筒が計六つ、一袋につき数百錠。小さな白いパラフィン紙の詰まった小箱一箱。ドラッグストアで買えるような錠剤粉砕機一台。ポリ袋で包んだべつの箱から、スーパーの紙袋にいれた銃身の短いオートマチック拳銃が出てきた。いまなら数千ドルはする代物だ。しわの寄ったビニールで個別包装された黒い液体のバイアルと注射器数ダース。もう一つの紙袋には現金、なんと百ドル札の大きな束がはいっている。

二千。三千。

五千を超えて、数えるのをやめる。両手が震えているので数えられないけれど、大金なのはまちがいない。

そのあと、現場確保用のテープを取りにのろのろと車に戻る。ぐるりとテープを巻いて、たるみを取ってしっかりと固定する。フーディーニは、私について敷地のまわりを歩き、そのあと、はあはあ言いながら横に立っている。インパラに乗れよとは誘わないけれど、勝手に乗りこむのを止めもしない。

「驚くなよ。相棒。聞いてもきっと信じないだろうな」マガリーは窓際にいる。窓は少しだけあいていて、室内にむっとするような甘いにおいが漂っている。

「あのな、ヘニカーの迷惑野郎どもが十段変速に乗って、キャスターつきスーツケースを引きずり――」

「聞きましたよ」

「そうか」彼は言う。「つまんねえの」

「マリファナを吸ってるんですか？」

「少しだけ、ああ、吸ってる。きつい一週間だった。この手で男を一人射殺したんだからな。やるか？」

「いえ、けっこうです」

私は、トゥーサンの家で見つけた大量の麻薬のことを話す。どうやって見つけたかを話す。ほかのことも、たくさん話す。彼はどんよりした目で聞きながら、ときおり、小さくひねった紙を深々と吸い、窓のすきまから煙を吐く。カルバーソンの姿はどこにも見えず、アンドレアスのデスクはからっぽ、コンピューターのモニターは壁に向けてあり、電話のコードは抜いてある。もう何年もからっぽだったような気がする。

「やっぱり、あのくそ野郎は嘘をついてたんだな」というのが、マガリーの結論だ。「そんな気がしてたんだよ。やつは麻薬密売人だ。旧友を中毒にさせた。そしてその男は首をくくった」

「そのとおりですけど、ただ、トゥーサンに麻薬を運んでいたのはゼルだったんですよ。ゼルは、姉の処方箋用紙を盗んだんです」

「へえ、そうか」マガリーはにたりと笑って、顎をかく。「いや、待てよ――となると、困るのはだれだ？」

「そうなんですよ。まさにそこ」

「おいおい。ひょっとして、それはあそこにいた犬か？」

「たぶん……」私が言うと、マガリーが言う。「たぶん、なんだよ？」いまの私は、力強い足どりで行ったり来たりしている。犬も私のあとをついてうろちょろしている。「たぶん、こういうことですよ。ピーターが、六月にトゥーサンのところにピルを持っていく。二人でつるみ、ハイになるが、ピーターはぐあいが悪くなってやめる。J・Tはやめずに続ける。そのうち、余剰品を売りはじめた。いまは売上げの扱いにも慣れ、顧客の基盤も固まった。そして、新しい供給源を見つける」

「そうか！」マガリーが元気いっぱいの声を出し、拳でテーブルを叩く。「チェーンに細工しておまえを殺そうとしたのと同一人物かもしれんぞ」

　彼を見ると、明らかに私をからかっているようだ。私は自分の椅子に腰をおろす。

　マガリーに、ボウボッグ通りの家の玄関ドアがばたんと閉まった話をしてもむだだろう。どうせ、私の想像だとか、幽霊だったんだとか言うにきまっているが、想像ではないし、幽霊ではなかった。何者かが、私にあの麻薬を見つけさせまいとした。そして、その何者かとはJ・T・トゥーサンではない。トゥーサンは、コンコード病院の地下の安置室で冷たくなっている。

　フーディーニは、アンドレアスのデスクの下を嗅ぎまわって、昼寝しようと腰を落ち着ける。私の携帯電話が鳴りだした。

「もしもし？　パレス刑事？」

　ナオミ・エデスだ。不安そうな緊張した声を聞いて、私まで不安を感じる。子どもみたいに。

「ええ。私です。こんにちは」

　マガリーの視線を感じるので、デスクを離れて、窓際へ歩いていく。

「どうしました？」

「じつは――」一瞬、電話からパリパリという音がして、もしや接続が切れたのかと思い、心臓がどきりとする。

「エデスさん？」

「わたし――あなたの役にたちそうなことを思いだしたの、事件のことで」

2

「こんばんは」彼女が言い、私が「こんばんは」と応じ、その後、一、二秒見つめあう。ナオミ・エデスは、中心に黒いボタンが縦に並んだ真っ赤なワンピースを着ている。私がひどい格好なのはよくわかっている。自宅に寄って、グレイの上着とブルーのネクタイという仕事着を、女性との食事にもっとふさわしい服装に着替えてくればよかった。とはいえ、持っている上着は全部グレイで、ネクタイは全部ブルーだけれど。

エデスが住んでいるのは、エアポート通りの南にある、すべての道路に果物の名がつけられた、また、小惑星不景気のせいで開発途中で打ち捨てられたコンコードハイツという住宅地の一角だ。エデスの家はパイナップル通りにある。キーウィ通りから西側は、作りかけのまま放ってある。掘りだされた恐竜の骨の化石のようなむきだしの木の骨組、半分だけ瓦を葺いた屋根、破壊された内装、銅と真鍮をはがされた、一度も使われなかったキッチン。

「なかに案内はできないわ」彼女は言って、玄関から外の階段に出てくる。ピーコートを腕にかけ、坊主頭に帽子を目深にかぶっている。これまで見たことのないタイプの帽子だ。女の子っぽいフェルトの中折れ帽みたいな。「部屋はものすごく散らかってるの。どこへ行く？」

「きみは――」彼女は私の車へ歩いていく。そのあとを追った私は、私道の黒い氷で少し足を滑らせる。

「――私の事件に関係する情報があるようなことを言っていたが。ピーターの死に関して」

「あるわ」彼女は答える。「っていうか、あると思う。情報じゃないけど。ただの、そうね、思いつきよ。その顔はどうしたの？」

「長い話でね」

「痛む？」

「いや」

「それはよかった」

本当だ。きょう一日、目の傷はなんともなかった。それなのに、私が〝いや〟という言葉を発したとき、激しい痛みのうねりが、顔の右側を襲い、眼窩から外側へ放射状に広がってきた。まるで、その傷が、嘘をついた私を罰するかのように。私は、無事なほうの目をぱちぱちさせて、吐き気の波に耐える。見ると、助手席側のドアのそばでナオミが立っている。古風にも、ドアをあけてもらうのを待っているので、私はあけてやる。そこからまわって、運転席に滑りこんだときには、興味津々の彼女がダッシュボードのコンピューターに手を伸ばしている。画面に触れてはいないものの、ほとんど触れるほど。

「で、どんな思いつき？」

「これはどうやって動くの？」

「ただのコンピューターだよ。署員全員の居場所がいつでもわかる」

「WCってなんの略？」

「巡回管理長《ウォッチ・コマンダー》。きみの、事件に関する思いつきっていうのはなに？」

「関係ないかもしれないわ」

「いいよ」

彼女は窓の外を、それとも、窓ガラスにぼんやり映る自分をながめている。「食事しながら話さない？」

エデスは、考えるまもなくサマセット食堂に反対したので、必然的に残る候補は、バーと海賊ファストフード店とパネラになる。ボストンでは高級レストランが一店舗だけ、まだ開業していると聞いた。そこのオーナーは、袖の下を使って価格統制違反を黙認してもらっているので、真っ白なテーブルクロスでフルコースの食事ができるらしいが、うわさによれば、私の有り金全部をはたくことになりそうだ。

結局、ミスター・チャウの店に落ち着き、あぶらで光るリノリウムのテーブルに置かれた熱いジャスミンティーのポットごしに、おたがいの顔をながめている。

「で、どうなってるの？」

「なにが？」

「ごめん、なんて言えばいいのかな、警察用語で？」ちょっぴりからかうような笑顔。「事件の状況は？」

「ああ、じつは容疑者を逮捕した」

「逮捕？　うまくいったの？」

「すんなりと」

もっと話してもよかったのだけれど、私は話さない。容疑者は、ニューハンプシャー州会議事堂の縮尺模型で私に襲いかかった。容疑者は麻薬密売人で、麻薬の調達係だったか、あるいは、被害者のゼルから調達していた。その容疑者は死亡した。エデスは、知らないでいることに満足しているようだし、いずれにしろ料理がすぐに出てきて、中央の大きな回転卓に、シューマイとスープ、カシューナッツとチキンの炒め物が置かれる。近くの窓の外で、ピンクのネオンの〝食べ《チャ》ろ《ウ》！　食べ《チャウ》ろ！〟の文字が点滅している。

「で、事件についてのきみの思いつきというのは？」

「あのね？」

「なに？」

こうなりそうな気はしていた。引きのばす、遅らせる、無視。エデスの人となりをよく知っているような奇妙な感覚をおぼえる。

「一時間ちょうだい」

「一時間？」

「ヘンリー、お願いよ、ほんとは……」

からかうような尊大な表情はすっかり消えて、澄んだ正直な目で私を見ている。私は、その澄んだ目と顔、白い頬、剃りあげた頭の左右対称のかたちが、ものすごく好きだ。「電話をしたときに、あなたに話したいことがあると言ったのはたしかよ。でも、じつを言うと、わたしはとても、そのう、人と食事ができたら楽しいだろうなとも思っていたの」

「そうだね」

「ね？　ふつうの会話よ。死について話さずに食事をする」

「そうだね」もう一度言う。

「それがまだ可能なうちにやっておきたいのよ」

「そうだね」

彼女は、ほっそりと白い手首を持ちあげて、シルバーの腕時計の小さな留め金をはずし、テーブルの二人のあいだにそれを置く。「正常な一時間。いいわね？」

私は手を伸ばして、彼女の手に重ねる。一瞬。

「いいよ」


私たちはそれを実行する。そこに座って、可もなく不可もない中国料理を食べ、いたってふつうの話をする。

育った環境や時代――奇妙に古く感じられる前の世界のこと、十から十五年前の音楽や映画やテレビ番組、イン・シンクと『ビバリーヒルズ高校白書』、『リアルワールド』、『タイタニック』。

ナオミ・エデスは、彼女いわく、全米でいちばん目だたない州であるメリーランド州のゲイサーズバーグという郊外の住宅地で生まれ育った。二年制大学へ進学し、二学期通ったところで、〝悪気はないけどひどく下手な〞パンクロックのバンドのリードボーカルになるために大学を辞めた。その後、自分がほんとうにやりたいことが見つかって、ニューヨークへ行き、大学にはいりなおして学士号と修士号を取得した。彼女が熱心に話すのを聞いているのは楽しい。そこには音楽がある。

「なんだったの？　きみがほんとうにやりたかったことって？」

「詩よ」彼女はお茶を一口飲む。「詩を書きたかった。いい自分の部屋で日記帳に書いてるだけじゃなくて。いい詩を書いて、それを出版したかった。じつは、いまでもそう思ってる」

「まさか」

「ええ、ほんとうよ。だから学校へはいって、ニューヨークへ行って、ウェイトレスのバイトして、お金を貯めた。ラーメンを食べた。いろんなことしたわ。あなたがどう思ってるかはわかる」

「おれがどう思ってるって？」

「そこまでしたのに、いまは保険会社勤めかって」

「ちがうね。そんなこと全然思っていない」

からみあった太い麺をハシでまとめながら、私がいつも高く評価してきたのは、こういうタイプの人間だと考えている。困難な目標の実現に向かって必要なステップを踏む人間。たしかにいまは、ずっとしたいと思っていたことをするのは簡単だけど。

ナオミの腕時計の短針がつぎの数字に移動して、そこを通りすぎ、回転卓の料理がなくなり、ぽつんと残った数本の麺と、空のしょうゆの小袋が、ヘビの抜け殻のように皿に散らばったいまになって、私は自分のことを話しだす。父は大学教授で、母は警察署で働いていたとか、あれやこれや全部。私が十二歳のときに両親が殺されたことも。

「二人とも殺されたの？」ナオミが訊く。

「うん。そう。そうだよ」

彼女がハシを置いたので、私は思う。〝しまった〟

自分でも、なぜその話をしたのかわからない。私がティーポットを持ちあげて、最後の一滴までコップに落とすあいだ、ナオミは無言でいる。私は室内を見まわしてウェイトレスを見つけ、ポットが空だと両手で伝える。

　両親が殺された話をすると、人々は、こちらの目をしげしげと見つめて、同情の気持ちを伝えようとするが、じつはそのとき、こちらの魂をのぞきこみ、どんな傷跡や染みが残っているのかさぐっている。だから、もう何年も、新しく知りあう人にそれを話したことはなかった――基本的に話さない――一連の事件について、人々にいろいろ言われたくないからだ――総じて、自分のことをとやかく言われたくない。

　ところが、口をひらいたナオミ・エデスは、りっぱなことに「わあ」とだけ言う。その目は野次馬根性丸だしで輝いたりしないし、〝理解〟しようともしない。ただ正直に短く息を漏らしただけ。〝わあ〟と。

「じゃあ、ご両親が殺されたから、人生をかけて犯罪とたたかっているのね。バットマンみたい」

「そう」私は言い、彼女ににっこりして見せてから、最後のシューマイをネギショウガソースの小皿にひたす。「バットマンみたいに」

　回転卓が片づけられ、私たちは話しつづけ、点滅していたネオンが、最後にちらちら揺れて消える。ミスター・チャウの店を切り盛りする老齢の夫婦が、映画で見るような長柄の押しほうきで掃除をはじめ、最後に、私たちのまわりのテーブルに椅子をあげる。私たちは店を出る。

「ねえ、パレス刑事。可争条項って知ってる？」

「いや、知らない」

「ちょっと興味深いの。そうでもないかもしれない。どうかな」

　ナオミは、折りたたみ式ビーチチェアを調整して、座り心地よくしようとしている。うちの居間にはろくな家具がなく、牛乳箱一個を中心にして半円形に並べたビーチチェアのセットしかないことをまた謝ろうとしたら、それまでに何度も謝っていたので、ナオミから、もう謝るなと言われた。

「保険証書にある可争条項っていうのは、ある保険を契約した人が、理由にかかわらず契約成立から二年以内に死んだら、保険会社は、保険金を支払う前に、死亡状況を調査できるというものなの」

「ふうん。たいていの生命保険証書には、そういう条項がついているのか？」

「ええ、そうよ。全部ついてるわ」

私は、彼女にワインをつぎたす。

「で、調査は行なわれるの？」

「ええ、そうよ」

「ふん」私は言って、口髭をなでる。

「はっきり言って、メリマック保険にはいってる人たちは幸せよ。だって、もっと大きな会社はだいたい契約を凍結してるもの。保険金をまったく支払っていないの。でもメリマックはちがうわ。わかりました、お支払いします、保険証書を発行した以上、小惑星が来ても来なくても、契約に変わりはありませんからって。

オマハにいる大ボスが、キリストがらみなんだと思う」

「なるほど」私は言う。「そうか、そういうことか」

フーディーニがはいってきて、床のにおいを嗅ぎ、いぶかしげにナオミを見つめて、また走り出ていく。バスルームに犬用の寝床を作ってある。古い寝袋を切りひらいて、水のボウルを置いただけ。

「でも、会社は、いまはたくさんの人が嘘の申請をするから、私たちはだまされないようによくよく気をつけなくちゃいけないっていうの。たしかに、こんな簡単な方法で、終わりまでうまくやれるんだからね。ママが死んだと嘘ついて、大金を受けとり、バハマへ高飛び。そこでいまの方針よ」

「どんな？」

「保険金申請のすべてを調査する。問題ある申請には、かならず異議をとなえるの」

世界が止まる。手のなかでワインのボトルが凍りつく。

き、いきなり頭が動きだす。パレス、この馬鹿者め。なにも考えていない間抜け。というのは、脳裏に、青白い二重あごのゴンパーズ支店長を見ているからだ。大きな椅子にゆったり座って、ゼルはもう数理計算はしていなかったと語るゴンパーズ。だれも生命保険にはいらないから、分析するべきデータはないし、作成すべきデータ表もない。だからゼルは、会社の他の社員とおなじく、疑わしい保険金申請の調査をしていたのだ。

「ちょっと厳しいやり方よね、考えてみると」ナオミは言っている。「夫とかがほんとに自殺して、保険金詐欺とは関係ない人たちにとっては。お金をもらえるまでに、二カ月ほど待つことになるわけだから。残酷だわ」

「まったく、そのとおり」相槌を打つが、意識はまわりつづけ、ピーターのことを考えている。マクドナルドで、両目を見はっていたピーター。最初から答えはそこにあったのだ。捜査の初日、私が尋問した最初の証人、それは私の足元に横たわっていた。

「ひょっとしてピーターは」ナオミが言うので、私は彼女に意識を向ける。「なにか見つけたとか、あと一歩でなにかを見つけそうになっていたんじゃないのかな……ちがうかな。ばかげた話よね。彼がたまたまなにか見つけて、そのせいで殺されたなんて」

「全然ばかげてないよ」

少しもばかげていない。動機。動機だ。パレス、おまえはとことん能無しのまぬけだな。

「だから」私はナオミに言い、向かいの椅子に腰をおろす。「もっと話して」

話はつづく。ピーターが取りかかっていた案件、おそらく被保険利益、つまり、ある人物がべつの人物にかけた保険ではなくて、なんらかの組織が人物にかけた保険。会社は、重要な人物が死亡したときの財政的損害を避けるために、執行役員や最高経営責任者《CEO》に保険をかける。わたしはじっくり聞こうと思って腰をおろすものの、座っていると、集中するのがむずかしいことがわかってくる――ワインを飲んだし、夜更けだし、ナオミの赤い唇と、月明かりを反射する白い頭――だから、私は立ちあがって、うろうろと歩きまわる。小型テレビとキッチンのドアのあいだを。ナオミが首を伸ばしてふりむき、ちゃめっけたっぷりの顔で、うろつく私を見つめている。

「だからそんなに痩せてるの？」

「それもある。彼がなにを調査していたか、どうしても知りたいんだ」

「いいわよ」

「彼のオフィスには――」私は目を閉じて思いだす。「未処理書類入れはなかった、処理中のファイルの山はなかった」

「ないわ」ナオミは答える。「どうしてないかっていうと、コンピューターを使うのをやめて、全部、紙の書類に変えたから。そのわずらわしいやり方を考えついたのはゴンパーズよ。もしかすると、地域事業部が決めたのかもしれないけど。毎日、仕事が終わると、自分が担当しているファイルをキャビネットに戻すの。朝、またそれを取りにいく」

「各自で管理しているの？」

「どういう意味？」

「ピーターのファイルは全部まとめてあるんだろうか？」

「ああ、そういうことね――知らないわ」

「そうか」私は言い、にっこりと目で笑う。頬が熱い。「気に入った。いいね」

「あなたっておもしろい人ね」彼女が言う。生身の人間である彼女が、黒いボタンのついた赤いワンピースを着て、私の部屋のおんぼろのビーチチェアに座っていることが、私にはなんとなく信じられない。

「ほんとうだ、気に入った。中年になったら転職しようかな」私は言う。「保険業界で力をためすんだ。人生はまだ半分あるからね」

ナオミは笑わない。そして、立ちあがる。「だめよ、だめ。やめて。あなたはどこをとっても警察官よ、ハンク」そして、私を見る。私の顔を見あげてくる。私は少し身をかがめて、彼女を見つめかえす。突然、痛いほど強烈な思いがこみあげる。これだ。もう二度と恋に落ちることはない。これが最後だろう。

「小惑星が飛んできても、そこに立って、片手をあげて叫ぶのよ、〝止まれ！　警察だ！〟って」

なんと言っていいかわからない。まったくわからない。

私は少し前かがみになり、彼女は首を上へ伸ばし、私たちはそろそろとキスをする。まるで、世界の時間を一人占めしているように。キスの途中で犬がやってきて、私の脚に鼻をこすりつけたので、足でそっと押しやる。ナオミが手を伸ばしてきて、片手を私の首にまわし、シャツの襟の下で指を歩かせる。

ひととおりキスを終えると、こんどはもっと激しく、むさぼるようにキスをする。ここでまた身体を離したとき、ナオミが寝室へ行こうと提案する。床にマットレスを置いてあるだけで、ちゃんとしたベッドがないことを謝る。買う機会がこれまでなかったんだと言うと、ここに住んでどれくらいかと訊かれて、五年と答える。

「じゃあ、たぶんもう買うことはないわね」とつぶやきながら、私を引き寄せるから、「たぶんそうだろうね」とささやいて、彼女を引っぱりおろす。

しばらくたってから、暗いなか、私たちのまぶたに眠気が沁みてきたころ、ナオミにささやく。「どんな詩？」

「ビラネル」ささやきが返ってきたけれど、その意味がわからないと私は言う。

「ビラネルは十九行からなる詩よ」私の首に顔をうずめたまま、いまも小声で言う。「三行連句と呼ばれる、おなじ脚韻を持つ三行一組の詩が五つ続く。最初の三行連句の第一行と第三行が、あとの三行連句の最後の行でくりかえされる」

「わかった」と言うくせに、まったく頭にはいってこない。彼女の唇が私の首にやさしく触れるたびにぴりぴり走る電流のほうが気になって。

「最後は、押韻を踏む四行連句で締めくくる。後半の二行で、最初の三行連句の第一行と第三行をくりかえすの」

「ふうん」私は言う。「読んでみないとわからないな」

「とても美しい詩がたくさんあるわ」

「きみが書いている詩を一つ教えて」

笑い声が、小さく温かい突風となって私の鎖骨に飛んでくる。「書いているのはたった一つだし、まだ未完成よ」

「一つ書いているだけ?」

「とびきりすばらしいのを一つ。十月までに。そういう計画なの」

「ほう」

そして、私たちは黙りこむ。ほんのしばらく。

「ね」彼女が言う。「有名な詩を読んであげる」

「有名な詩なんていらない。きみのが聞きたい」

「ディラン・トマスのよ。たぶん聞いたことあると思う。最近、よく新聞にのってるから」

私は首を振る。「新聞はあんまり読まないようにしてるんだ」

「変わったひとね、パレス刑事」

「みんなそう言うよ」

かなり夜も更けたころ、ふと目をさますと、下着姿のナオミが戸口に立って、赤いワンピースを頭からかぶって着ようとしている。ながめている私を見て、手を止め、恥ずかしがりもせずににっこりと微笑んでから、服を着る。廊下から漏れてくるわずかな明かりのなかでも、唇につけてあった口紅がはがれているのがわかる。生まれたばかりのように、さっぱりとして愛らしい。

「ナオミ？」

「ねえ、ヘンリー」彼女が目を閉じる。「話が」目をあける。「もう一つ」

片手をあげて月明かりをさえぎり、彼女をはっきり見ようとする。シーツは私の胸元で丸まり、両脚は、マットレスの端から突きだしている。

彼女がベッドに腰をおろす。私の足のそばに、私に背を向けて。

「なに？」

「やっぱりいいわ」

そして、すばやく首を振り、また立ちあがって口をひらくと、ほぼ真っ暗ななかに勢いよく飛びだしてくる言葉。「ヘンリー、おぼえておいて。たとえなにがどうなっても――最後がどうなろうと――これは全部現実で、楽しくて、正しかったことを」

「うん、もちろん」私は答える。「ああ。そうする」

「現実で、楽しくて、正しかった、わたしはそれを忘れないわ」彼女は言う。「ね？　最後がどうなろうと」

「わかった」私は言う。

彼女は身をのりだして、私の唇に激しいキスをしてから出ていく。

いる。電話のむこうで女がわめいている。

「州当局職員になりすました罪の刑罰が、現在の法でどう定められているか、あなた知ってるの？」

ああ、しまった。まずい。フェントンだ。

「はい、知っています」

血液だ。血液のサンプル。ヘイズン通り。

「じゃあ、読みあげるわよ」

「ドクター・フェントン」

「州職員のなりすましは、十年から二十五年の刑、しかも第六章にのっとって訴追される。つまり、裁判まで自動的に収監される。そして、裁判はけっしてひらかれない」

「知っています」

「それとおなじ刑が、犯罪捜査の妨害者に科せられる」

「説明させてもらえませんか？」

「おことわりよ。それに、二十分以内にモルグに来なければ、

3

「パレス」

「なに？」私は答えると、起きあがって、あたりを見まわした。「もしもし？」

夢を見ている最中に電話で起こされることにすっかり慣れていたので、夢に出てきたのがアリソン・コークナーではなく、ナオミ・エデスだったことに気づくのが少し遅れた。つぎの瞬間、あれは夢ではなかった、こんどばかりはちがったのだと結論をくだす――ナオミは現実だった。現実だ。彼女はいないかと見まわすが、どこにもいない。ブラインドがあいていて、冬の太陽が、古いマットレスに敷いたくしゃくしゃのシーツの上に、揺らぐ黄色い四角形をたくさんこしらえて

ければ、牢屋にはいることになるわ」

私は二分で服を着替え、目にあててあるペーパータオルを二分で取り替える。玄関ドアを閉じる前に、室内を見まわす。ビーチチェア、空のワインボトル。ナオミの服、ハンドバッグ、コートは影も形もなく、敷物にブーツのヒールの跡もついていない。わずかな残り香もない。

けれども、現実に起きたことだ。目を閉じると、感じられる。うなじをくすぐる彼女の指を。私を誘う指。夢ではない。

二十分、とフェントンは言った。本気だった。私は、コンコード病院までずっと、制限速度ぎりぎりでぶっ飛ばす。

フェントンは、前回会ったときとまったくおなじ姿だ。医療器具が並んだキャスターつきカートだけをお供に、照明がぎらつく冷え冷えしたモルグに立っている。灰色の取っ手のついたスチールのひきだし。呪われたものたちの物悲しく風変わりなロッカールーム。

私がはいっていくなり、フェントンは自分の腕時計を確認する。「十八分四十五秒」

「ドクター・フェントン、できれば――先生に――聞いていただいて――」どうしてかわからないが、涙声になっている。私は咳ばらいして、納得のいく説明をしようとする。血液のサンプルを盗み、身分を偽ってそれを分析させた理由――これが麻薬関連の事件だと確信していたこと、ピーター・ゼルが常用者だったことを証明または反証することの重要性――そしてもちろん、それは関係ないこと、関係なかったことが判明したこと、保険金請求に関する事件であり、もともと保険をめぐる問題だったこと――そうこうしながら、フェントンの強烈なまなざしとまばゆい照明の両方を浴びて、私は汗をたらたら流している――そしてそこにはピーターもいる。遺体が引き出され、冷たいテーブルの上に寝かされていた。完全にことされて、まっすぐライトを見つめている。

「すみません」やっと、それだけを口にできた。「本当に申し訳ありません、ドクター・フェントン」

「そうね」その顔はどっちつかずで、眼鏡の真ん丸なレンズの奥は無表情だ。「わたしもよ」

「はあ？」

「こっちこそごめんなさいって言ったの。三度もそう言うと思っているのなら、大まちがいだわ」

「意味がわかりませんが」

フェントンは、カートのほうを向いて、一枚の紙を手に取る。「血液の分析結果よ。これを見れば、わたしが事件について考えを改めた理由がわかるわ」

「どういうふうに？」私は尋ねる。少し震えながら。

「この男は殺された」

私の口があんぐりとあく。その言葉が頭に浮かんだと思うと、どうにもこらえきれずに声に出している。

「やっぱり。そうだったんだ、おれには最初からわかってた」

フェントンは、鼻梁からややずり落ちた眼鏡を押しあげてから、紙の内容を読みあげる。「まず、この結果によれば、血中アルコール濃度が高いだけでなく、胃にアルコールが存在したことを示している。つまり、死ぬ数時間前に大量の酒を飲んだことになるわね」

「その点は把握していました」J・T・トゥーサンの最初の尋問から、あの二人が『淡い輝きのかなた』を見にいき、ビールをしこたま飲んだことがわかっている。

「それに、血中からは」フェントンは話をつづける。「かなりの量の規制物質も発見された」

「そうです」私は言ってうなずく。頭のなかはせわしく動きまわっている。一歩、医師に近づく。「モルヒネ」

「いいえ」フェントンはそう言って、私を見あげる。

興味津々、驚き、少々のいらつき。「モルヒネですって？　ちがうわ。いかなる種類のアヘン剤も発見されなかった。彼の体内にあったのは、ガンマ－ヒドロキシ酪酸という化合物よ」

私は、彼女の肩ごしに報告書をのぞき見る。計算式で飾られ、桝形に印をつけられ、右あがりの几帳面な字で書かれた一枚の薄い紙。「もう一度お願いします。なんという薬ですか？」

「GHB」

「デートレイプ薬の？」

「パレス刑事、話はそこまでにして」フェントンは言うと、透明なラテックスの手袋をはめた。「死体をひっくり返すのを手伝って」

私たちは、ピーター・ゼルの背中に指をこじいれてそっと持ちあげ、ひっくり返して腹ばいにさせて、目の前の、彼の広く白い背中を見つめる。背骨から両側へ張りだした肉。フェントンは、宝石商が使うような小さなレンズを目にあて、手を伸ばして、解剖テーブルの上に垂れさがる、幻覚を起こしそうになるほどまぶしいライトを、ゼルの左足首のすぐ上のふくらはぎにある茶色のあざにあわせる。

「見覚えある？」と言われたので、私は顔を近づけて目を凝らす。

まだGHBのことを考えている。ノートがほしい。これ全部を書きとめたい。考えたい。寝室の戸口で立ちどまったナオミは、なにか言いかけたけれど、気を変えて、そっと立ち去った。恋しさがぐっとつのる。その感情があまりに強烈なため、一瞬、両膝ががくがくしたので、私はテーブルを両手でつかんで身体をささえる。

しっかりしろ、パレス。

「謝らなければならないのはこのことよ」フェントンはきっぱりと言う。「明らかな自殺だと決めつけたせいで、足首の上の輪のようなあざの原因について徹底

「なに？」
「目はどうですか？」
私には疑問しかない。
「なにか疑問点はある？」フェントンが訊く。
鏡と、ピーター・ゼルの濁った目がちらりと見える。心のなかで、車のトランクの暗がりに消えてゆく眼
めたわ」
うに、この事件についての意見を、わたしは大きく改場へ連れてこられて、首を吊られた。さっき言ったよづけながら、報告書をカートの上に戻す。「そして現
「おそらく、車のトランクまで」フェントンは話をつ
私は医師を見る。なにも言えない。
は意識を失い、脚を持って引きずられた」
「発見された場所にいたるまでのある時点で、この男にを言いたいのか、さっぱりわからない。
「なるほど。では……」そこで口を閉じる。相手がな
的に考えなかった」

「あそこにも古いあざがあります。右目の下の頬に。階段から落ちたと本人は言っていたらしいんです。そんなことがありえますか？」

「ありえるけれども、ありそうにないわね」

「彼の体内にモルヒネの痕跡がなかったことはたしかなんですね？ 死んだ夜、彼はそれを使っていなかったんですね？」

「たしかよ。少なくともこの三カ月間は」

私は、事件全体の見直しをせまられた。最初から最後まで徹底的に検討しなおさなければならない。時間の経過と事実を洗いなおし、トゥーサンについて、またピーター・ゼルについて考えなおすのだ。最初から正しかった、ゼルは他殺だったという推理は正しかったとわかっても、喜びもなければ、ひとりよがりの強烈な満足感もない。逆に、私はうろたえている――悲しいかな――どうしていいかわからない。車のトランクに押しこまれ、真っ暗ななかで、すきまから差す日

光を見あげているような気分だ。モルグから帰るときに、十字架のついた小さな黒いドアの前で足を止める。手を伸ばして、その印を指でなぞりながら、いまは、つらい思いをしている人があまりに多いため、この小部屋を閉鎖して、病院内のもっと広い部屋で夜の礼拝式を行なっていることを思いだす。もう、そういう状況なのだ。

コンコード病院の屋外駐車場に出たとたん、電話が鳴りだす。

「まったくハンクったら、どこにいたのよ？」

「ニコか？」

声が聞きとりにくい。妹のうしろで、うなり声のような大きな音がしている。

「あたしの話をよく聞いてもらいたいの」

妹の背後から大きな物音がする。あけはなった窓からはいってくる風の音みたいな。「ニコ、高速道路にいるのか？」

駐車場はひどくさわがしい。私は向きを変えて、病院のロビーに戻る。

「ヘンリー、よく聞いて」

電話の向こうの風の音はだんだん大きくなってくる。すると、脅しつけるようなサイレンの音がはっきりと聞こえてきて、その甲高い悲鳴が、風の吹きすさぶ音とまじる。サイレンの音を聞きわけようと耳を澄ます。CPDのサイレンではない。州警察車のサイレンか？わからない——いま連邦保安官事務所はどんな車を使っているのだったか？

「ニコ、どこにいるんだ？」

「兄さんを置き去りにはしないから」

「いったいなんの話をしている？」

妹の声に、鋼鉄のような硬い張りがある。妹の声なのだが、妹の声ではない。原稿を読んでいるかのような声。電話から聞こえていたうなり声が突然やむと、ドアがばたんと閉まる音と、走る足音が聞こえた。

「ニコ！」

「あたし、帰ってくるからね。兄さんを置き去りにはしない」

電話が切れて、静かになる。

ニ《N》ューハンプ《G》シャー州《N》軍司令部《H》までずっと、ダッシュボードのエミッターを作動させて赤信号を青信号に変え、貴重なガソリンを山火事のように燃やしながら、時速二〇〇キロで走る。

手のなかでハンドルが震えている。私は、出せるかぎりの大声で自分を怒鳴りつける。ドジ、おろかもの。ニコに話すべきだった。どうして話さなかったんだろう？　アリソンから聞いたことを、隠さずに全部話すべきだったんだ。荷担している陰謀と目的について、デレクは最初からずっと妹に嘘をついていたこと。秘密結社などというバカ話に身を投じたこと。政府はデレクを、テロリスト、つまり暴力的な犯罪者とみなしていること。そして、彼と一緒にいたいと言いはるなら、おなじ運命が待っていること。

私は握りしめた拳でハンドルを叩く。どうして言ってやらなかったのか。自分を犠牲にしてまで尽くす価値のない男だと。

アリソン・コークナーの事務所に電話をかけたけれど、当然ながらだれも出ない。もう一度かけようとしたときには電波が切れていたので、腹がたって電話機を後部座席に放りなげる。

「ちくしょう」

これからニコは、無分別なことをしでかして、憲兵隊に撃たれて傷を負い、この世の終わりまで軍刑務所にいれられることになる。あのまぬけと一緒に。

NGNHの入口でタイヤをきしらせて停まり、ゲートの番兵に向かって、馬鹿みたいにぺらぺらまくしたてる。

「おーい！　おい、ちょっと、すみません。私はヘンリー・パレスという刑事です。妹がここにいると思うんですが」

番兵はなにも言わない。前回来たときとはべつの番兵だ。

「妹の夫がここの刑務所にいたんで、妹が来たと思うから、ここにさがしにきたんだ」

番兵の表情は変わらない。「いまはだれも収監していない」

「なんだって？　そうだ——おーい。やあ。こんにちは」

私は両手を頭上で振っている。知った顔がやってきた。デレクに会いにきたときに、監房の見張りに立っていた頑《かたくな》な予備兵だ。私がすこしでもあの男のことを理解しようとしていたときに、静かに通路で待っていた迷彩服の女。

「すみません」私は声をかける。「あの囚人にぜひとも会いたいんです」

彼女は、私のほうへゆうゆうと歩いてくる。警備小屋のそばに、でたらめな角度でエンジンをかけたまま停めた車から半分身を乗りだして立つ私のところへ。

「すみません。こんにちは。あの囚人にもう一度会う必要があるんです。すみません、前もって連絡してないんです。緊急の用件で。私は警察官です」

「どの囚人？」

「私は刑事なんです」話をやめて、深呼吸する。「なんと言いました？」

その予備兵は、私がここに来たことを知っていたのだ。モニターかなにかで、車が接近してくるのを見ていたにちがいない。だから、ゲートへ出てきた。そう考えたら、空恐ろしくなる。

「だから、どの囚人？」

私は口を閉じて、その予備兵から警備小屋の番兵へ視線を移す。二人とも、首からぶらさげた機関銃の銃床に手をかけて、私をじっと見つめて立っている。これはどういうことだ？　ニコはここにはいない。ここには、サイレンもなければ、逆上したような警報音もない。遠くでローターがぶんぶんうなっているだけ。

このだだっ広い基地のどこかで、ヘリコプターが離陸か着陸をしようとしている。

「若者。あの囚人ですよ。ここにいた若者、髪をばかみたいにドレッドロックにしていて……」私は、監禁施設の方角に向けてあいまいに手を動かす。「あそこの監房に」

「あなたが言っているような人物は知らない」予備兵は答える。

「そうですか、でもあなたは知っていますよ」ほかになにも言えずに、私は無言で彼女を見つめかえす。

「あなたは、あそこにいたじゃないですか」

その兵士は、私から目をそらさずに、ゆっくりと機関銃を腰の高さまで引きあげる。警備小屋の男もＡＫ-47を持ちあげたから、いまは兵士二人の銃口は上を向き、銃床は腰骨のところで落ち着き、銃身は、私の胸のど真ん中に狙いをつけている。私が警察官で、彼らがアメリカ軍兵士であることなど関係ない。ここにいる全員が平和維持部隊員であることなど関係ない。この二人が私を射殺するのを止めるものは、世界に一つもない。

「ここには若い男など一人もいなかった」

車に戻るなり電話が鳴ったので、後部座席をかきむしるようにして電話機をさがす。

「ニコか？　もしもし？」

「おっと、落ち着けよ。カルバーソンだ」

「ああ」私は息を吐く。「カルバーソン刑事」

「なあ、おまえ、ナオミ・エデスという若い女の話をしていただろ。首吊り事件の関係で？」

胸のなかで心臓がぴくりと動き、釣り糸にかかった魚のように跳ねる。

「はい」

「マコネルがウォーターウエスト・ビルに出向いて確認した。あの保険会社で」

「マコネルが確認したってどういう意味です?」

「死体だよ。見にくるか?」

第4部

すぐに、そうなる時がくる

3月28日水曜日

赤経　19 12 57.9
赤緯　-34 40 37
離隔　83.7
デルタ 2.999 AU

1

目下のところ、化粧タイルの天井と、灰色のスチール製の長いファイルキャビネット三列がひしめく細長い倉庫室にいる私にできる最善は、事実に集中することだ。結局はこれが、先輩刑事が好意で知らせてくれた現場に駆けつけた若輩者にふさわしい役柄だろう。

これは私の事件ではない。カルバーソン刑事の事件だから、私がやることといえば、彼のじゃまにならないように、マコネル巡査のじゃまにならないように、薄暗い部屋のドアのすぐ内側に立っているだけ。それは私の証人だったが、私の死体ではない。

被害者は、二十代なかばの白人女性、ウールの茶色の千鳥格子のスカート、薄茶色のパンプス、黒のストッキング、しわのないぱりっとした白いブラウスの袖をめくりあげている。この被害者には、はっきりした肉体的特徴が多数見られる。左右の手首にアールデコ風のバラの花輪状のタトゥー。左右の耳に複数のピアス。片方の小鼻に小さなゴールドのスタッド。頭は剃りあげてあり、淡い金色の髪が短く生えている。遺体は、部屋の北東の隅に寄りかかるように倒れている。性犯罪の形跡も、あらそったようすもまったくない——一カ所の銃創をのぞいて。それが死因なのは、ほぼまちがいないだろう。

額の中央に、銃で撃たれた傷が一つある。左目のむかって左側すぐ上に、ずたずたの穴ができている。

「まあ、これは首吊り自殺ではないな」私の背後から声がして、くすくす笑いながらデニー・ドッセスが現われた。口髭、大きな笑み、紙コップのコーヒー。

「なかなか新鮮じゃないか」

「おはよう、デニー」カルバーソンが声をかける。

「はいってくれ」私の横を通ってドッセスがはいっていくと、小さな部屋はいっそうにぎやかになる。ドッセスのコーヒーのにおい、カルバーソンのパイプ煙草のにおい。薄明かりの宙にただよう敷物の細かい繊維を見て、胃が沸きかえり、せりあがってきた。

集中しろ、パレス刑事。落ち着いて。

飾り気のない縦二メートル、横三メートルの長方形の部屋だ。家具は、スチール製の低いファイルキャビネット三列だけ。低く吊るされたほこりまみれの照明器具のなかで、管形の二本の蛍光灯が少しちらついている。被害者がもたれかかっているキャビネットが、わずかにあいている。彼女は膝をついた姿勢で頭をうしろに傾け、目をあけたまま死んでいるから、おそらく、犯人を前にして、殺さないでくれと訴えたのだろう。

こうなったのは私のせいだ。詳細はまだわからない。しかし、これは私の責任だ。

落ち着け、パレス。集中しろ。

カルバーソンが、なにごとかドッセスに小声で知らせると、ドッセスは含み笑いしながらうなずいている。マコネルは、ノートにメモを取っている。

被害者の奥の漆喰の壁に、三日月を逆さにしたような血しぶきがついている。貝殻にあるようなピンクと赤のまだら模様だ。カルバーソンは膝をつき、被害者の頭部をそっと前に傾けて、射出口をさがす。その上からドッセスがのぞきこんでいる。弾丸は、両目のあいだのもろい頭蓋骨をくだき、脳みそを引き裂いて進み、後頭部から飛びだした。状況からしてそう見えるから、フェントンはきっとそう言うだろう。私は顔をそむけて、外の廊下をのぞく。廊下の端に、メリマック火災生命保険の社員三人が集まっている。廊下はそこで曲がって、この区画全体の出入り口へとつづいている。三人が、顔を出した私に気づいて黙りこんだので、私はまた部屋に顔を戻す。

「とすると」カルバーソンは言っている。「犯人はここからはいる。被害者はここでしゃがんでいる」

彼は立ちあがると、ドアまでやってきて、そのあとまた遺体に戻る。あれこれ考えながら、ゆっくりと動いている。

「もしかして、彼女は、ファイルキャビネットでなにかさがしているのでは？」マコネルが言うと、カルバーソンは答える。「かもしれない」そうだ、ファイルキャビネットでなにかさがしていると、私は考えている。ドッセスは、コーヒーを飲んで「ああ」と満足そうな声を漏らし、カルバーソンは続ける。

「犯人が音をたてる。名乗ったかもしれない。被害者がふりむく」

彼は、両者の役を実演している。まず頭をこっちに傾けてから、あっちに傾け、想像し、動きを再現しようとしている。マコネルは、このすべてを書きとめている。天とじのスパイラルリングノートに恐ろしい勢いでメモを取る未来の名刑事。

「犯人は飛びかかろうとして身をかがめ、被害者は隅に追いつめられ――銃が撃たれ――」

カルバーソンは戸口に立って、手で銃をこしらえ、想像上の引き金を引いてから、人差し指で弾道をたどり、部屋の奥まで歩いていって、射入口のすぐ手前で止まる。本物の弾丸は飛びつづけて、頭蓋骨を貫通した。「ふむ」彼は言う。

その間、マコネルは、ファイルキャビネットのなかをのぞいている。「空《から》です。このひきだし。中身は全部取りだされています」

カルバーソンが、それを確認しようとして腰を折る。私は、居場所でじっとしている。

「で、どう考える？」ドッセスが穏やかに言う。「過去の怨恨か？　どうせ死ぬのだから、その前に殺したい、そういうことか？　小学四年生のときの教室で首を吊った男の話を知っているか？」

「知ってる」カルバーソンは答えながら、室内を見まわす。

私は、被害者に意識を集中している。弾が飛びこんだ穴が、頭蓋骨という球体の噴火口のように見える。

私は側柱にもたれかかり、息をしようとあがく。

「では、巡査」カルバーソンが呼ぶと、マコネルが答える。「イエッサー」

「容疑者全員から話を聞いてこい」事務所に向けて、親指をぐいと動かす。「そのあと、このビルのこの階からはじめて下へ、一階ずつつぶしていけ」

「イエッサー」

「ロビーの老人もだ。はいってくる犯人をだれかが見たはずだ」

「ほお、これはこれは」ドッセスが、小さくあくびしながら言う。「本格的捜査か。あと――どのくらいある？　半年？　感心だな」

「若造だよ」カルバーソンは、膝をついてじゅうたんの上で使用済みの薬莢をさがしながらそう言ったので、私のことを言っているのだとすぐには気づかなかった。「彼のおかげで、おれたちは真摯でいられる」

　私は、頭のなかで上映されているサイレント映画を見ている。ファイルをさがしている女、ほっそりした指がファイルの耳を移動していく、いきなりその背後でドアがかちりとあく。彼女がふりむき――目が見ひらかれ――バン！

「支店長は省いてくれ、マコネル巡査。通報してきた男。おれが話す」カルバーソンは、自分のノートをめくってなにかさがしている。

「ゴンパーズ」私は口を出す。

「そうそう、ゴンパーズ。一緒に来るか？」

「ええ」そこで口を閉じて、歯をくいしばる。「いいえ」

「パレス？」

気分が悪かった。圧迫感。恐怖が肺のなかで膨らんでいく。毒ガスを満たした風船を飲みこんだかのように。心臓は、胸郭をくりかえし叩いている。まるで、絶望した囚人が、監房のコンクリートのドアに、規則的に身体ごとぶつけているかのように。

「やめておきます」

「だいじょうぶか、きみ？」ドッセスが私から一歩離れる。靴にゲロを吐かれるのを恐れているかのように。マコネルが突如動いてナオミの遺体に近づき、うしろの壁に指を這わせる。

「ぜひとも——」片手で額をなでると、汗でつるつるし、冷たかった。目の怪我がずきずきする。「ゴンパーズに、このひきだしのファイルのことを訊いてください」

「むろんだ」カルバーソンが答える。

「あのひきだしにあったものすべてのコピーが必要です」

「わかってる」

「消えた中身について知る必要があります」

「ねえ、見て」マコネルが銃弾を見つけた。ナオミの頭のうしろの壁からそれをほじくりだしている。私は向きを変えて逃げだす。よろめくように廊下を進み、階段を見つけて、一段おきに、やがては二段おきにころがるようにおり、勢いよくドアをあけて、ロビーに、そして外の歩道に出て、うなりをあげて息を吐きだす。

バン、バン！

こんなことになって、私はどう思ったか？　鏡の間《ま》にはいりこみ、手がかり——ベルト、書き置き、遺体、あざ、ファイル——をつぎからつぎと追いかけているうちに、めまぐるしいゲームに飲みこまれてしまう。そして、その鏡の間に、永遠にとどまることになる。

私がいまカウンターについているのは、いつものボックス席に顔を向けられなかったから。ナオミ・エデスと一緒にランチをした席。あのとき彼女は、ピーター・ゼルの秘密、彼の常用癖、自殺するならメイン通りにあるマクドナルドでという、縁起でもない冗談のことを話してくれた。

サマセット食堂の厨房から聞こえてくる音楽は、私の知らないものばかりだし、私の好みともちがう。腹に響くベースとキーボード中心の電子音楽で、甲高いブザーや口笛のような音や叫び声が耳につく。

六冊の薄青色のノートが、タロットカードのようにきちんと目の前に並べてある。私はここ一時間ほど、その表紙を見つめている。ノートをひらいて、自分の失敗の歴史を読む気になれない。それなのに、考えがあとからあとから湧いてきて、荷物を背負ってとぼとぼ歩く疲れきった難民のように、脳みそのなかをさまざまな事実がのろのろと横ぎっていくのをどうにも止められない。

ピーター・ゼルは自殺ではなかった。殺された。フェントンがそれを裏づけた。

ナオミ・エデスも殺された。保険のファイルをさがしているときに、頭を撃たれて。昨晩二人で話したばかりのファイルを。

帰る前に、私のベッドの足元に腰かけた彼女。なにか言おうとしたのに、結局なにも言わずに帰っていった。

ゼルは彼女にマクドナルドのことを話した。自殺するなら、そこですると。だが、彼は姉に、おなじことを打ちあけている。ほかに知っている人間がいてもおかしくない。

犬小屋に隠してあった、MSコンチン六〇ミリグラム入り錠剤のボトルがたくさんはいった袋。

カウンターに置かれたカップのコーヒーが、どんどん冷めていくことをぼんやりと意識している。頭上の金属の腕木に固定されたテレビをぼんやりと意識している。どこかの官邸らしき建物の前に立つ報道記者が、興奮した口調で〝非常事態の域に達しはじめた小規模衝突〟について話している。

ピーター・ゼルとJ・T・トゥーサン、アンドレアス刑事、ナオミ・エデス。

「ぼくちゃん、どうしたの」エプロン姿のルースｰアンが、片手に注文票、べつの手でコーヒーポットの取っ手を握ったまま声をかけてくる。

「この音楽だけどさ。モーリスはどうしたの？」

「やめたわ」彼女は答える。「あんた、ひどい有様よ」

「わかってる。コーヒーをもう少しください」

そして私の妹も。消息不明、もしかすると死んだか、監獄にいるか。私に予測できず、防ぐこともできなかった災難がまたひとつ。

いまテレビでは、金色の肩章のついた緑色の軍服を着た東南アジア人らがテーブルの奥に並んで座り、そのうちの一人がマイクに向かって厳しい口調で話している。カウンターのスツール二脚あけた向こうに座る男が、いらついた口調でぶつくさ言っている。その男を見やる。ハーレーの革ジャケットを着て、口髭と顎髭をたっぷりたくわえた、きゃしゃな中年男だ。彼が言う。「かえていいかな？」私が肩をすくめると、男はカウンターに両膝をついてあがり、ふらふらしながらチャンネルをかえようとする。

私の電話が鳴っている。

カルバーソン。

「こんにちは、カルバーソン刑事」

「気分はどうだ、ヘンリー？」

「ええ。よくなりました」

テレビのパキスタン人たちは消え、代わって、ピラミッドのように積みあげた缶詰を前にして、さもしい笑みを浮かべる宣伝マンが映っている。

カルバーソンが、これまでの捜査状況を教えてくれた。自分のオフィスで酒瓶をかかえていたシオドア・ゴンパーズが二時十五分ごろに銃声を聞いているが、本人が認めているように、かなり酔っていたため、その音の出所を突きとめに出かけるまで数分かかり、それからさらに数分かかってあの狭い倉庫室をさがしあて、ナオミの遺体を発見し、二時二十六分に警察に通報した。

「ほかの社員は？」

「事件発生時、会社にはゴンパーズしかいなかった。現在、社員は、彼以外に三人しかいない。その三人は、バーリーハウスでのんびり昼めしを食っていたんだとさ」

「運が悪いですね」

「まったく」

私は青いノートを積み重ねてから、また解体して、砦みたいにコーヒーカップのまわりに四角に並べる。

カルバーソンは、あの弾の発射特性検査をするつもりだ――確率はかなり低いだろうが、もし銃がIPSS法施行以前に合法的に購入されたものなら、追跡できる。目の端で、ハーレーのジャケットを着た髭づらの男が、トーストの耳で卵の黄身をぬぐいとっているのが見える。テレビの宣伝マンが、缶詰をばかにしたように投げ捨ててから、小型真空密封機らしきものの実演説明のため、ボウルいっぱいのイチゴをステンレスのじょうごにあけている。カルバーソンによれば、マコネルが、いまは半分しか使用されていないとはいえ、ウォーターウエスト・ビルの四階分を占めるオフィスにいた人々に詳しく話を聞いたが、不審なものを見たり聞いたりしたものは、だれもいなかった。だれも気にしていないのだ。年老いた警備員は、知らない顔は出入りしていないと述べている――が、裏口は二ヵ所あり、そのうちの一ヵ所は裏階段へ続いているし、防犯カメラはとうの昔になくなった。

増える糸口。増える謎。増える事実。

テレビの画面で、あの宣伝マンが、ボール紙の箱のブルーベリーをじょうごにあけて、機械のスイッチを押した。カウンターのさっきの男が感心したように口笛を鳴らして、くすっと笑う。

「それで、えーと――」私は言う。

私は身動きできずに、ただそこに座って、カウンターに額をつく。この瞬間にも、私は決めなければならない。この町を離れて北のメイン州へ行き、カスコー湾沿いで家をさがして、そこに落ち着き、銃を用意して窓の外を見つめて待つか、それとも、ここに残って仕事をし、自分が担当する事件を解決するか。正確にいえば、複数の事件を。

「パレス?」カルバーソンが呼んでいる。

「ファイルです」私は言い、咳ばらいをして、スツールの上で居住まいを正し、テレビの音と耳障りな音楽を遮断するために耳に指を突っこんでから、青いノートに手を伸ばす。「ファイルの内容は?」

「そうそう、そのファイルだが」カルバーソンは答える。「非常に協力的なゴンパーズ氏が言うには、要するにおれたちは、にっちもさっちもいかないところにいるらしい」

「なんですかそれ」

「彼はファイルキャビネットをじろりと見たあと、たぶんそこにあった三ダースのファイルがなくなっているが、その申請内容も担当者もなにもわからないと言うんだ。一月にコンピューターに見切りをつけたし、紙のファイルのコピーは取ってない」

「ついてないな」私は言うと、ペンを取りだして書く。聞いた話を全部書きとめる。

「あした、このエデスという女性の友人か家族をさがして、残念な知らせを伝え、知っていることはないか訊いてみるよ」

「私がやりましょうか」

「そうしてくれるか？」

「ええ」

「ほんとにいいのか？」

「引き受けますよ」

電話を切って、ノートをまとめ、ブレザーのポケットに一冊ずつ滑りこませる。依然として、理由がわからない。犯人は、なぜこんなことをする？　どうしていまなのか？　綿密に計画された冷酷な殺人。なんの目的で、どんな利益のために？　二脚向こうのスツールに座る口髭の男が、いらついた不満の声をまたあげている。情報コマーシャルが突然、ニュースに切り替わったのだ。アバヤと呼ばれる黒いローブを着た女たちがあわてふためいて、ほこりっぽい市場を走りまわっている。

横の男が陰気な目を私に向けて、首を振る。まるで「やれやれだな？」とでも言うように。そして、人間らしいひとときを過ごしたくて、私に話しかけようと

しているのが感じられるけれども、私には時間がないから無理だ。仕事がある。

帰宅すると、一日じゅう——モルグで、州軍基地で、犯罪現場で——着ていた服を脱ぎ捨てて、寝室に突っ立ち、あたりを見まわす。

昨晩の真夜中すぎ、私はこの部屋で、いまとおなじ暗いなかで目をさました。そのときナオミは戸口の枠に囲まれ、月明かりの下で、赤いワンピースを頭からするりと着た。

私はうろうろと歩きながら、考えている。彼女はワンピースを身につけてから、マットレスに腰かけて、話そうとした——私になにか言おうとした——のに、そのあとこう言ったのだ。〝やっぱりいいわ〟

寝室で、私は円を描くようにゆっくりと歩いている。なにをしているのフーディーニが戸口に立っている。なにをしているの

240

かと不思議そうに、不安そうに。

　ナオミはなにか言いかけてやめた。そして、そのあと、こう言った。なにが起きようとも、これは現実で、楽しくて、正しかった。最後がどうなろうと、それを忘れない、と。

　私は指を鳴らし、口髭の端を嚙みながら、歩いてぐるぐるまわる。〝これは現実で、楽しくて、正しかった。最後がどうなろうと〟彼女はそう言った。でも、ほんとはべつのことを言おうとしていた。

　重苦しい夢のなかで、ナオミの頭を突き抜けた弾丸は、炎と岩石の球体となって地球の薄い地殻を突進し、地表を溝状にえぐり、堆積岩と土壌を吹き飛ばし、海底に突き刺さって、沸きたつ海水を噴出させる。そして、ためこんでいた運動エネルギーを放出しながら、土を掘り起こしてどんどん深くもぐっていく。温かい灰白質のかたまりを引き裂き、神経を断ち切り、暗黒を生みだし、思考活動と生命を破壊しながら脳内を突き進む弾丸のように。

　目を覚ますと、熱気のない黄色い日光が寝室に満ちている。捜査を進めるべきつぎの段階が、頭のなかではっきりと姿を現わした。

　ごくちっぽけなこと、ささいな嘘を追いかけろ。

2

私の事件ではなく、カルバーソンの事件なのだが、私はふたたび、市中心部のウォーターウエスト・ビルに向かっている。暴力的場面を見てしまった場所に、怖いもの見たさでつい何度も足が向いてしまう動物のように。男が、イーグルスクエアのまわりをデモ行進している。だぶだぶのパーカと毛皮の帽子を身につけ、古風な広告板――先端がふくらんだ漫画っぽい大きな字体で〝彼らは、私たちをバカだと思っているのか〟と書いてある――を掲げ、救世軍のサンタクロースみたいにベルを鳴らしている。「おーい」その男が叫ぶ。「いま何時かわかるか？」私はうつむいて彼を無視し、ドアを押しあける。

老警備員はいなかった。三階まで階段であがり、受付で礼儀正しくこんにちはと声もかけずに、ずんずん奥へはいっていって、クルミ材のデスクの奥にいるゴンパーズを発見する。

「おや」驚いたような声を出し、私を迎えるために、ふらつきながら少し腰を浮かせる。「えーと、きのうの夜、べつの男性に全部話しましたよ。かわいそうなナオミのことは」

「わかってます」私は答える。彼は、タンブラーをやめて、ビール用のパイントグラスでジンを飲んでいる。

「ところが、全部じゃなかった」

「えっ？」

腹のなかがひやりと冷たい。まるで、内臓を取りだして一つずつ切り離し、泥をまぶしてから、また腹に戻したように。私は、ゴンパーズのデスクに両手を叩きつけて、身を乗りだす。彼は身体をのけぞらせ、にらみつける私から、肉づきのいい顔をそらす。自分がどう見えるか、私にはわかっている。無精ひげ、やせこけた身体、清潔で真っ白なガーゼをあてた片目のまわりに広がる、まだらの茶色のあざ。

「先週話したとき、オマハの親会社は保険金詐欺を防ごうと躍起になっていると、あんたは言った」

「はあ？　そうだったかな」彼はつぶやく。

「そういうなら、これを」薄手の青いノートをデスクに放りなげると、彼はたじろいだ。「読んでみろ」

ゴンパーズが手を出そうとしないので、ノートの内容を教えてやる。「あんたの会社は、純利益を守ることを考えているとあんたは言った。会長は天国へ行く権利を買っておきたいからだろうとあんたは言った。だが、きのう、あんたはカルバーソン刑事に、ここのファイルの写しはないと言った」

「それはまあ、全部紙に替えたからね」小声でつぶやく。「サーバーが……」彼は私のほうを見ていない。デスクに飾ってある写真を見ている。ニューオーリンズへ行ってしまった娘の写真。

「あんたは、この事務所の全員に、保険金申請を調査させ、それをもう一度確認させる。コンピューターのバックアップはない。そのうえ書類のコピーはないとあんたは言う。一枚の写しもないのか？」

「それは、じつは……」ゴンパーズは窓の外を眺めている。そのあと、もう一度やってみようと意を決して、私に視線を戻した。「いや、悪かった、じつはあるんだが――」

彼の手からグラスをもぎとり、窓に投げつけると、グラスが割れて、氷とジンとガラスの破片がじゅうたんに降りそそいだ。ゴンパーズは、魚みたいに口をあけたまま、私をじっと見つめている。ナオミが頭に浮かぶ――彼女の望みは、完璧なビラネルを一篇作ることだけだった――この男のために、街角の店から新品の酒のボトルを買ってきてやる彼女が見える。私は男の襟をつかみ、その身体を椅子からデスクへと持ちあげる。私の両手の親指に押されて、彼の首まわりについた脂肪が揺れた。

「正気か？」

「コピーはどこにある？」

「ボストン。地域事業部。ステート通り」私は、手の力をほんの少しだけゆるめる。「毎晩、全部コピーして、夜のうちにボストンに運び、そこで保管する」彼は、嘆願するように言葉をくりかえす。哀れだ。「夜間輸送分……だよ……」

私が手を放すと、彼はどさりとデスクに落ちてから、ずるずる滑って椅子に戻った。

「ねえ、おまわりさん――」と言うので、口をはさむ。

「私は刑事だ」

「刑事さん。本社は、あちこちの支店を一つずつ閉めている。その理由をさがしてるんだ。スタンフォード。モントピーリア。ここが閉められたら、ぼくはどうなる？　ぼくには貯金もない。妻とぼくは」その声は震えている。「生きていけない」

私は彼をじっと見ている。

「ボストンに連絡して、夜間輸送分を見せてほしいと言ったら、その理由を訊かれて、ぼくは――」彼は息継ぎをして、呼吸を落ち着かせようとしている。そんな彼を、私はただ見つめる。「そう、ぼくは、いくつかファイルを紛失した、じつは――じつは社員が死んだんだと答える」そう言って、私を見あげる。涙ぐんだ目を大きくひらいて、子どものように訴える。「ここにいさせてくれ。終わるまで、ここにいさせてくれ。どうか、ここにいさせてくれ」

彼は、両手に顔をうずめて泣いている。うんざりする。小惑星の陰に隠れる人々。それを、おそまつな行為のいいわけにする。卑屈で捨て鉢で自分勝手な行動をそれのせいにして、ママのスカートの陰に隠れる子どもみたいに、ほうき星の尾の陰で身をすくめる。

「ゴンパーズさん、すみませんが」私はまっすぐに立つ。「ファイルを手にいれてください。消えたファイルすべてを知りたいし、とくに、そのなかにピーター・ゼルの担当のものがあったかどうかを知りたいんです。わかりましたか？」

「とにかく――」彼は落ち着きを取り戻して、少し身体を起こし、ハンカチで鼻をおおってけたたましい音をたてる。「やってみます」

「やってみる、では困る」立っている私は、背を向けながら言う。「あすの朝までにやってくれ」

疲れきって、身を震わせながら、ゆっくりと階段を一階までおりる。精力を使いはたした。三階でゴンパーズをいじめているあいだに、空は、みぞれまじりの霧雨を降らすことに決めたらしい。イーグルスクエアを横ぎって車に戻る私の顔に、いやな雨が斜めに吹きつける。

パーカと毛皮の帽子姿で広告板を持つ男は、まだ広場を歩きまわっている。「いま何時かわかるか？」と、今度もまた大声で訊いてきたので無視すると、私の行く手に立ちはだかった。〝彼らは、私たちをバカだと思っているのか〟と書かれた広告板を、古代ローマ軍の百人隊長の盾のように高くかかげている。「通してください」とつぶやくが、彼は動かない。そのとき、昨夜、サマセット食堂にいた男だと気づく。いまはハーレーのジャケットは着ていないが、手入れされていないもじゃもじゃの口髭、赤い頬、陰気な目はそのままだ。

そして、彼が言う。「おまえがパレスだな？」

「そうだ」遅ればせながら、どういう展開になるか気づいた私は、脇のホルスターに手を伸ばしたものの、すでに広告板を手放していた男が、なにかを脇腹に押しつけてきた。見おろすと――ピストルだ。短く、黒く、物騒な。

「動くな」

「わかった」

イーグルスクエアの真ん中で凍りついている私たち二人に、とめどなく雨粒が落ちてくる。一〇メートルほど離れた歩道を人々が歩いているが、寒いし、雨の勢いは激しいので、だれもが下を向いている。だれも気づかない。気づいたとしても、だれも気にしない。

「黙ってろ」

「わかった」

「よし」

彼の息づかいは荒い。口髭と顎髭のところどころに、煙草のヤニが染みついている。息は、長年の喫煙者らしいにおいがした。

「彼女はどこだ?」かすれ声のささやき。銃は痛いほど強く脇腹に押しつけられている。銃口は斜め上を向いているから、弾は、やわらかい脂肪をえぐり、筋肉を引き裂き、心臓にくいこんで止まるだろう。

「だれ?」私は訊く。

トゥーサンの死にものぐるいの行動について考えている。灰皿で襲いかかったこと。そうせざるを得ないほど追いつめられていたのだろう、とアリソンは言った。そして、広告板の男のこの行動。銃を使用し、警察官を襲うのは重罪だ。まさに自暴自棄の行為。銃口が脇腹にくいこむ。

「彼女はどこにいる?」男がまた訊く。

「だれのことだ?」

「ニコ」

ああ、まいった。ニコか。いっそう激しさを増す雨に打たれて、私たち二人は立っている。私はレインコートすら着ておらず、グレイのブレザーと青いタイだけ。一匹のドブネズミが、ダンプスターの陰から走り出てきて、メイン通りのほうへ広場を跳ねていく。私は目でそれを追い、その間、襲撃者は唇をなめる。

「ニコがどこにいるか知らない」私は彼に告げる。

「いや、知ってる。おまえは知っている」

男はピストルをもっと強く押しつけてくる。薄いコットンのワイシャツに銃口がさらに深くくいこんだ。男が撃ちたがっているのが感じられる。彼の熱意が、銃身の冷たさをやわらげている。ナオミに残された穴が、ありありと目に浮かぶ。左目のすぐ上の眉間。彼女に会いたい。ひどく寒く、私の顔はびしょぬれだ。帽子は車に置いてきた。犬と一緒に。

「頼むから、ちゃんと聞いてくれ」リズミカルな雨音に負けじと声を張りあげる。「妹がどこにいるか、私は知らない。私もずっとさがしてるんだ」

「でたらめ言うな」

「ほんとうだ」

「でたらめだ」

「きみはだれだ？」

「おれのことは気にするな」

「わかった」

「彼女の友人だ」なのに、教えてくれる。「デレクの友人だよ」

「そうか」と言い、アリソンが、スキーブと彼のばかげた組織についてなんと言っていたか、すべてを思いだそうとする。キャッチマン報告。月面の秘密基地。無意味な命がけの行動。だから、こんなことになる。この男の指がほんの少し引きつっただけで、私は死ぬことになる。

「デレクはどこにいる？」と尋ねると、男は鼻を鳴らして、腹だたしそうに言う。「くそったれめ」そして、銃を持っていないほうの手をうしろに引いて、握りこぶしで私の側頭部を殴りつけた。その瞬間、世界が焦点を失ってぼやける。身体を二つに折りまげた私の口元に、こんどはアッパーカットが飛んできて、私はうしろへよろけ、レンガの壁に頭をぶつけた。またすぐに銃が追いかけてきて、肋骨のすきまに押しこまれる。いま、めまいがしているように世界がぐるぐる回転していて、目のガーゼからあふれた雨が顔じゅうに流れ、切れた上唇からにじみ出た血が口にはいり、頭のなかで脈がどくどく打っている。

男が顔を近づけてきて、私の耳元でどすのきいた声を出す。「デレク・スキーブは死んだ。おまえが殺したから死んだんだ、知ってるくせに」

「私は――」口からあふれてくる血を吐きだす。「ちがう」

「ふんそうか、じゃあおまえがだれかに彼を殺させた。それが人殺しのやり方だろ」

「誓って言うが、なんの話をしているのか、私にはわからない」

そう言ったものの、不思議なことに、回転していた世界がゆっくりと止まり、背後の寒々とした無人の広場に、そして、口髭男の怒りに満ちた顔にふたたび焦点があうまでのあいだに、私は多少は知っていたのだと考えている。もし訊かれていたら、スキーブは死んだと答えていただろう。けれども、じつのところ、そのことを考えるひまがなかった。なんと、ある日目覚めると、全員が死んでいる。私は首をまわして、黒い血のかたまりをまた吐きだす。

「なあ、聞いてくれ」声をやわらげて言う。「これだけは言える――いや、待て、私を見てくれ。こっちを見てくれないか?」彼の頭がぐいと持ちあがる。目はおびえて大きく見ひらかれ、うっそうと生えた口髭の下で唇がひきつっている。一瞬、私たちはグロテスクな恋人同士のように、冷たく濡れた広場で、たがいの目を見つめあう。あいだに銃をはさんで。

「ニコがどこにいるかは知らない。スキーブがどこにいるかは知らない。でも、あんたが知っていることを話してくれれば、力になれるかもしれない」

男は考えている。悲しみに満ちた大きな目と、わずかにあいた口と、荒い息づかいから、びくびくしながら迷っていることがうかがえる。すると突然、大きすぎるほどの声で話しだす。「嘘だ。おまえは知っている。ニコが、兄貴には計画がある、警察官ならではの秘密計画があると言ってたからな——」

「なんの計画？」

「あそこからデレクを救いだすための——」

「なに？」

「ニコが言うには、兄貴が計画して、車を調達してくれて——」

「落ち着け——ちょっと待て——」

雨が、叩きつけるように降っている。

「そしたらデレクが射殺されて、おれ一人でやっとのことで逃げだしてきたら、ニコはどこにもいない」

「おれはそんなこと、これっぽっちも知らない」

「いや、おまえは知ってる」

安全装置がはずされる冷酷な金属音がした。私は鋭く二度叫んで手を叩き、口髭男が「おい——」と言い、そのあと、広場の大通りに面したほうから、獰猛な犬の吠え声が響いてくる。男がそちらに顔を向けたすきに、両手で男の顔を強く押しのける。男はうしろによろめいて尻もちをつき、「くそっ」と口走る。私は銃を抜いて、男の分厚い腹をねらうが、いきなり動いたせいでバランスをくずしてしまった。外は暗く、顔はびしょぬれで、物は二重に見えている。だから、べつの男に銃を向けたにちがいない。どこからか蹴りが飛んでくる——なぎはらった足で強打されて踵《かかと》が浮き、ロープで引きずりたおされる銅像のように私は前に倒れる。身体をごろりところがして、広場を見まわす。ひとっこ一人いない。音もしない。雨だけ。

「あの野郎」私はうなって起きあがり、ハンカチを取りだして、唇を押さえる。フーディーニがやってきて、私の前で止まり、低くうなって前後に飛びはねるので、手を出してにおいを嗅がせてやる。

「あれは嘘だぞ」私は犬に話しかける。私が脱獄計画をたてているなどと、どうしてニコは言ったのだろう？ どこで車を入手するつもりだったのか？

気になるのは、さっきの男みたいな人間には、嘘をつくだけの知恵がないことだ。アメリカ政府が、過去五年のあいだに月の裏側に居住可能基地を極秘で建設したとか、二億五千万分の一の確率で起きる大災害のリスクを回避するために莫大な資産をつぎこんだとか本気で信じる人間には。

立ちあがろうともがきながら、へんだぞと私は思う。こんなばかげたことに荷担するには、妹は頭がよすぎる。

袖の下側で口元をぬぐって、車へゆっくりと戻りはじめる。

現実問題としてそれがある。こんなばかげたことをするには、妹はあまりに頭がよすぎる。

「ふん」私は言う。「どうなってんだか」

それから一時間後、私は、マサチューセッツ州ケンブリッジのハーバードヤード向かいの、周囲より低く作られた広場にいる。輪になって手で太鼓を叩く、みすぼらしいなりをした大学生くらいのホームレスのグループあり、ダンスをするヒッピーのカップルあり、ショッピングカートにいれたペーパーバックを売る男あり、一輪車に乗ってボウリングのピンをジャグリングしながら〝ケセラセラ〟を歌う、ホールタートップの女あり。シルバーのパンツスーツ姿のひどく年老いた女性が、古びた作業服を着た黒人男性と、一本のマリファナたばこを交互に吸っている。下半身を小便で濡らした酔っぱらいが一人、階段に寝そべって、大きないびきをかいている。マサチューセッツ州警察の警官一名が、レンジャー風の帽子の上に大きなミラーサングラスを持ちあげて、その光景に油断のない目を向けている。私は彼に会釈する。おなじ警察官として会釈したのに、彼は会釈してこない。

私は、マウントオーバーン通りを渡って、窓に板が打ちつけられた緑色の小さなキオスクを目でさがす。

アリソン・コークナーが働いている事務所の場所は知らないし、古い番号に電話しても応答はない。だから、私に残されたのはここだけ。彼女がよく行く場所。

「これはこれは」帽子をかぶって顎髭を生やしたコーヒードクターが言う。「だれかと思えば、おれの宿敵じゃないか」

「なんだって？」私は目を細めて、暗い室内を見まわす。私とその若者しかいない。若者は両手をあげて、にやりと笑う。「ただの冗談さ。言っただけ」両手の人差し指で、私を派手に指さす。「ラッテを飲みたそうな顔してるぜ、あんた」

「いや、けっこう。ほしいのは情報だ」

「そんなもの売ってないよ。おれはコーヒーを売ってる」

彼はカウンターの奥でてきぱき動いて、小型フィルターの円錐形の部分をエスプレッソマシンに差しこんでから、カタンという軽やかな音とともに、またそれを引き抜いた。挽いた豆をならし、軽く叩いて詰める。

「おれは二日前にここに来たんだが」

「そうかい」マシンを見ながら、彼は答える。「あんたがそう言うなら」

カウンターには、紙コップがあのまま並んでいる。各大陸を代表するコップに、賭けの豆を放りこむのだ。北アメリカ大陸のカップにはわずか一、二個——アジア大陸は一握り——アフリカ大陸は一握り。南極大陸のトップは変わらない。豆があふれそうになっている。希望的観測。あれが雪の上に落ちて、ろうそくみたいに火が消えてくれないものか。

「女性とここに来たんだ。身長はこれくらいで、赤毛のショートヘア。きれいな人」

彼はうなずいて、金属のピッチャーに箱入りのミルクをそそぐ。「ああ」ピッチャーにスティックを突っこんで、スイッチをいれると、ミルクが泡だちはじめる。「コーヒードクターはなんでも憶えてるよ」

「彼女を知っているのか？」

「知りあいではないけど、よく見かける」

「そうか」

コーヒードクターと一緒にピッチャーに見入ってしまい、一瞬、ふくらんできたミルクの泡に心を奪われて、思考の流れがとぎれる。泡があふれそうになる瞬間に、彼は鳥のようにすばやく動いてスイッチを切る。

「ジャーン」

「彼女に伝言を残したいんだ」

「ふうん、で？」

コーヒードクターが、片方の眉毛をぴくりと動かす。

私は脇腹をさする。あばらのすぐ下、襲撃犯の銃口が押しつけられた場所がひりひりする。

「ヘンリーが来たと伝えてくれ」

「それなら伝えられるね」

「会う必要があると知らせたい」

「それも伝えられる」彼は、フックから白い陶器のデミタスをはずして、エスプレッソをそそぎ、その上に、泡だてたミルクを長い柄のスプーンでのせる。ここで働いているのは一種の天才だ。繊細な感性が表現されている。

「ずっとこれをやってきたわけじゃないんだろ」私は言う。「コーヒー」

「ちがうよ」彼は作品から目を離さない。デミタスをてのひらに包みこむようにしながら揺らしてそっと混ぜあわせ、ブラックコーヒーとふわふわの泡で、ある図柄を作っている。「応用数学専攻の学生だった」と言って、ほんのかすかに頭を持ちあげ、通りの向かいにあるハーバード大学を示す。顔をあげて、微笑む。「けど、言われることは決まってる」完成して、差しだされたラッテには、ミルクの泡で左右対称の完璧なオークの葉が描かれている。「そんな学問をしても、将来の役にたたないって」

彼はにっこりして、私が笑うのを期待しているけれど、私は笑わない。目が痛い。殴られた唇はずきずきする。

「じゃあ、彼女に伝えてくれるね？　ヘンリーがここに来たと？」

「うん、伝えておくよ」

「それと、彼女に——」こうなったら、もういいんじゃないか？「パレスが、ジュール・ベルヌの月ロケット発射話のからくりを全部知りたがっていると言ってくれ。続きがあるのはわかっているから、あの連中が何者で、なにが望みなのか知りたがっていると伝えてくれ」

「うわあ。そうそう、それを伝言っていうんだよ」

私がポケットから財布を取りだそうとしていると、コーヒードクターが手を伸ばして、それを止める。

「いや、とんでもない」彼は言う。「店のおごりです。正直言うとね、お客さん、あまりにぐあいが悪そうなので」

3

刑事というのは、あらゆる可能性を考慮しなくてはならない。考慮し、犯罪にいたったかもしれないできごとの流れをひとつひとつ検討して、いちばんありそうなこと、事実だと証明できそうなことを選択する。

殺されたとき、ナオミは、ピーターの被保険利益のファイルをさがしていた。なぜなら、私がそれに興味をいだいているのを知っていて、私の捜査に協力しようとしていたから。

殺されたとき、ナオミは、ピーターの被保険利益のファイルをさがしていた。なぜなら、私に見つかる前に隠すつもりで。

何者かが彼女を撃った。見知らぬ他人？　共犯者？

友人？
一時間かけて、ケンブリッジからコンコードまで車で戻る。死んだような道路と、破壊された出口の標識と、北九十三号線の道路脇にびくびくしながら立ちすくむ鹿をながめる一時間。私は、月曜の夜、私の寝室の戸口に立つナオミのことを考えている。あのときのことを考えれば考えるほど、彼女が話そうとしていたのは——言おうとしてやめてしまったけれど——自分の気持ちや人間関係のことではなかったという確信が強まってくる。おそらく、私の捜査に関することだった。

しかし、服を半分脱いだまま、月明かりを浴びながら、可争条項と被保険利益についてもう一つつけくわえようとするだろうか？

ほかのことが言いたかったのだ。その内容を、私はけっして知ることはない。でも、知りたい。

いつもなら、スクール通りのＣＰＤ本部に着くと、駐車場に車をいれて、車庫とつながる裏口からはいっていく。きょうの午後はなぜか、正面へまわり、一般用の表玄関からはいった。そこから初めてはいったのは、四歳か五歳のときだ。以前は母の持ち場だった受付デスクにいるミリアムに声をかけてから、階段をあがって、ナオミ・エデスの遺族に電話をしにいく。

ところが、電話が通じない。

ダイアル音がまったくしない。ただのプラスチックのかたまり。コードを持ちあげて、ジャックまでたどってから、またデスクに戻ってきて、フックを何度かカタカタいわせる。室内を見まわして、唇を嚙む。いつもとおなじ風景。デスクの位置は変わらない。書類の山、ファイルキャビネット、サンドイッチの包み紙、清涼飲料水の空き缶、窓から斜めに差しこむ弱々しい冬の日光。カルバーソンのデスクまで歩いていって、受話器をあげてみる。おなじだ。ダイアル音なし、生気なし。受話器をそっと元に戻す。

「やばいことになった」マガリー刑事の声だ。スエットシャツの袖を押しあげて腕を組み、顔の横から葉巻を突きだして、戸口に立っている。「だろ?」

「というか」私は答える。「電話が通じないんです」

「ばかでかい氷山の一角さ」うなるように言い、マッチをさがしてスエットパンツのポケットに手を突っこむ。「なにか起きてるぜ、新入りさんよ」

「へえ」と私は言うものの、マガリーは真剣そのものだ――知りあってこのかた、マガリーのこんな表情は見たことがない。私は歩いていって、アンドレアスのデスクから椅子をおろし、彼の電話をためしてみる。音はしない。ドア二つ分離れた小さな休憩室から、角《ブラ》刈《シカット》り連中の大声が聞こえてくる。だれかがばか笑いし、だれかが言う。「だから、おれは――言ってやったんだ――おい待て」どこかでドアがばたんと閉まる。外をせわしく行きかう足音がする。

「けさ来たときに署長と出くわした」マガリーはそう言い、ぶらりとはいってきて、ヒーターのそばの壁にもたれる。「だから、あいさつしたんだ。いつもみたいに〝よお、くそバカ野郎〟って。ところが、そばを通りすぎていっただけ。まるで、おれが幽霊みたいに」

「ふうん」

「いま、あそこでなにかの会合をしてるんだ。署長室で。オードラー署長、DCO、DCA。おれの知らないまぬけの集まりも」彼が葉巻をふかす。「ラップアラウンド型サングラスをかけた連中」

「サングラス?」

「ああ」彼は言う。「サ、サ、サングラス」なにか意味があるみたいに。あったとしても、私にはぴんとこなかったし、なにより話を半分しか聞いていない。けさ、イーグルスクエアでレンガの壁にぶつけた後頭部がこぶになってひりひりしている。

「おれが言ったことを忘れるなよ、若造」火の消えた葉巻で私を指してから、部屋をぐるりと示す。〝未来のクリスマスの幽霊〟みたいに。「やばいことが起きてるぞ」

　コンコード市立図書館本館のロビーに、西洋文学の古典と名作が、ピラミッド形に並べて陳列されている。『オデュッセイア』と『イリアス』、アイスキュロスとウェルギリウスが最下段、シェイクスピアとチョーサーが下から二段め、上へあがるにつれて時代は新しくなり、頂石の位置に『日はまた昇る』。だれも、その陳列にタイトルをつける必要を感じなかったらしいが、テーマははっきりしている。〝死ぬ前に読んでおきたい本〟。この陳列の『ミドルマーチ』と『オリバー・ツイスト』のあいだに『渚にて』のペーパーバックが押しこんであるのは、パヌーチズのジュークボックスでR・E・Mの曲をしょっちゅうかけているのと同じいたずら者のしわざだろうか。私はそれを抜きだして、地下の館内閲覧参考図書のコーナーへおりる前に、小説の棚へその本を戻しにいく。

　メリーランド州都市郊外版の分厚い電話帳をさがしだして、真ん中からどさりとひらき、ずらりと並ぶ名前の列に人差し指を走らせては、薄い紙のページをめくる。デジタル時代以前の警察官はこういう感じだったにちがいないと思いながら、その身体感覚を楽しむ。以後に警察官がいるかどうか、私にはわからない。いや――いないだろう――ひょっとして、いつかは――でも、しばらくはいないだろう。

　メリーランド州ゲイサーズバーグにエデス姓は三軒ある。三組の番号を青いノートに慎重に写してから、ロビーにあがり、シェイクスピアとジョン・ミルトンの横を通って、正面玄関そばの古風な電話ボックスへ向かう。列ができている。アールデコの高い窓をながめたり、玄関外に生えている小さな灰色のアメリカシデの細い枝を見つめながら、十分ほど待つ。番がくると、息を吸いこんで、ダイアルしはじめる。

メリーランド通りのロンおよびエミリー・エデス。不在、留守電なし。

オータムヒル・プレイスのマリア・エデス。本人が出たものの、第一に、声がとても若く、第二に、彼女はスペイン語しか話さない。どうにかこうにか、ナオミ・エデスという人を知っているかと尋ねると、相手もどうにかこうにかノーと答える。知らない、と。私は詫びを言って、電話を切る。

また、しとしと雨が降りだした。最後の電話番号をダイアルして、相手を呼びだしているあいだ、ねじまがった枝の先のたった一枚の葉が、雨粒に打たれる様子をながめる。

「もしもし？」

「ウィリアム・エデスさんですか？」

「ビルです。あなたは？」

歯がぎゅっと締まる。てのひらで額をつかむ。胃が、硬く黒いしこりになる。

「失礼ですが、ナオミ・エデスという女性をごぞんじですか？」

そのあとの長く痛々しい間《ま》。彼女の父親だ。

「もしもし？」ようやく私は声を出す。

「だれかね？」彼の声はこわばって、冷たく、よそよそしい。

「ヘンリー・パレス刑事といいます。ニューハンプシャー州コンコードの警察官です」

電話は切れた。

私がさっきながめていたアメリカシデの葉がなくなっている。あるはずだと思いながらあたりに目をやると、芝生にできた水たまりに黒い点が一つ。再度ビル・エデスに電話するが、出てはくれない。

電話ボックスの外にだれかいる。いらついた表情の老婦人が、身をかがめて、針金製の買い物カートに寄りかかっている。金物屋で売っているようなカートだ。

私は指を一本立てて、詫びのつもりで微笑んでから、ビル・エデスにもう一度電話する。応答がないのは予想どおりだが、突然、電話の呼びだし音もしなくなった。居間かキッチンにいたナオミの父親が、壁から電話線を引き抜いたのだ。彼は、細い灰色のコードを電話機にゆっくりと巻きつけている。そして、そのことを二度と考えずにすむように、クロゼットの棚にしまいこむ。

「すみませんでした」と言い、カートの老婦人のためにドアを押さえてあけている。「その顔はどうしたの？」と訊かれるが、私は答えない。図書館を出る。口髭の端を嚙み、心臓のあたりに片手をあて、てのひらでつかむようにして鼓動を感じる——なんとまあ——そういうことか——なんとまあ——車へ急ぐ。たっぷり水を含んだ芝の上を、いまは走っている。

いくらコンコードが、外辺部をすべて足しても総面積が約一五五平方キロメートルしかない小さな街とはいえ、一台の車にも出くわさずに、中心部から病院まで走れるものか。その十分間は、あらゆることを考えて結論を出すには短すぎるが、それだけあれば、いずれ私が解決する、もうわかった、私がこの——二件の——殺人事件の謎を解いて一人の殺人犯を見つけるのだという確信を深められる。

そうこうするうちに、ラングリー・パークウェイと九号線との交差点に来て、丘の上に子ども用の城の模型を置いたようなコンコード病院と、そのまわりの、付属する建物とだだっ広い駐車場と事務棟と外来患者診療所とを見あげている。けっして完成することのない未完成の新館、木材置き場、窓ガラス、防水シートがかけられた足場用の資材。

駐車場に車をいれ、そこで座ったまま、指でハンドルをリズミカルに叩く。

ビル・エデスがああいう反応を示したのは、理由があってのことだ。私にはその理由がわかっている。

その事実は第二の事実を暗示し、それは私を第三の事実にみちびく。

たとえば、暗い部屋へ入っていくと、反対側の戸口の下から、弱く細い光が洩れている。そのドアをあけて入った次の部屋は、さっきよりほんのわずかだけ明るい。反対側にまたドアがあって、その下から光が差している。そうやって、部屋から部屋へ、つぎの光を求めて進んでいく。そんな感じだ。

前回病院に来たときには、正面ドアの上に並んでいる電球の全部に明かりがついていた。いまは、二個が消えている。こういうことなのだ。世界は少しずつ崩壊している。あらゆるものがそれぞれ勝手な割合で劣化し、前もってすべてが揺れ動いて崩れ、せまる破壊の恐怖により自身が破壊され、そして、小さな劣化の一つ一つがなんらかの作用をおよぼす。

きょうは、ロビーの馬蹄形のデスクの奥に、ボランティアは座っていない。心配そうな顔をしたママとパパと子ども一人の家族が、小さくまとまってソファに腰かけているだけだ。私が歩いていくと、まるで私が、彼らが待っていたよくない知らせを運んできた使者であるかのように、三人が顔をあげる。私は申し訳なく思って会釈し、そこで立ちどまってぐるりと身体をまわし、現在地をたしかめて、エレベーターBをさがす。

そばを手術衣の看護師が走っていって、ある戸口で足を止め、「ちぇ、しまった」とつぶやいて、反対側へ戻っていく。

進む方向がわかったつもりで二歩進んだとき、ガーゼをあてた目に激痛が走った。はっと息を飲み、そこに手を持っていって痛みを払いのける。いま、そんな時間はない。

痛むのは――頭に包帯を巻きながらウィルトン先生が言ったように〝病院の苦痛緩和剤が不足している〟からか。

私の記憶のなかで、いくつかの事実がつながり、生命エネルギーを発しながら、一つ、また一つと連結して、星座のような絵を描いていく。それなのに、満足感はない。なんの喜びも感じない。というのは、顔は痛いし、銃口を押しつけられた脇腹も、壁にぶつけた後頭部も痛むから。そのうえ、〝パレス、このドあほうめ〟と自分を叱りつけている。もっと早い段階でものごとを見通せていたら、正しい見方をしていたら、ゼル事件は解決していたかもしれないからだ。そうすれば、エデス事件は起きなかっただろう。ナオミは死なずにすんだろう。

エレベーターのドアが横にひらいて、私は乗りこむ。ほかにはだれも乗っていない。私だけ。長身で片目の物静かな警察官は、案内標識で指を上下に走らせる。点字を読む盲目の男みたいに、標識から答えを読みとろうとしている。

私はしばらく乗ったままでいる。何度か上へ行き、何度か下へおりる。「どこで」私はつぶやく。「どこならそれを保管できるだろう?」なぜかといえば、この建物のどこかに、J・T・トゥーサンの犬小屋に似た場所があるはずだから。特別販売品や不正に取得された物品がためこまれた場所。けれども、病院というのは、そういう場所——物置や手術室、事務室や通路——に事欠《ことか》かない。とくに、ここのように、混乱し、分断され、改修工事が中断された病院は、場所の宝庫だ。

ようやく気がすんだ私は、地下でおりて、モルグから短い通路を行ったところにある執務室にいたフェントンをつかまえた。小さいが染みひとつない部屋に、生花と家族の写真と、一九七三年ボリショイ・バレエ団ミハイル・バリシニコフと書かれた印刷写真が飾ってある。

フェントンは、私を見て驚いたようだし、うれしくなさそうだ。まるで私が、駆除したとばかり思っていた庭の害獣、たとえばアライグマだといわんばかりに。

「なにか用？」

私は、自分の必要事項を告げ、典型的な場合に、どのくらいの時間がかかるか尋ねる。フェントンは顔をしかめて「典型的な場合に？」と、その言葉にはもう意味はないかのようにくりかえすが、私は答える。

「はい、典型的な場合に」

「典型的な場合なら、十日から三週間のあいだね。でも、ヘイズン通りの職員があんな状態だから、いまだと、四から六週間はかかると思う」

「そうですか――では――朝までにできませんか？」

そう要求してから、あざけりのまじった笑い声が飛んでくることを覚悟し、このあとどうやって頼みこもうかと考える。

ところがフェントンは眼鏡をはずし、椅子から立ちあがって、私をしげしげと見ている。「どうしてあなたは、この殺人事件の捜査にそんなに一生懸命になるの？」

「それは――」私は両手をあげる。「未解決だからです」

「いいわ」フェントンは、どんな理由があれ、今後二度と彼女に電話しないこと、居場所をさがさないことを約束するなら、やろうと言ってくれた。

そのあと、エレベーターへ引き返しながら、私はそれを見つける。さがしていた場所。はっと息を飲んだ私の顎が落ちて、口がひらき、文字通り息を切らしながら口にした「ああ、そうだったのか」という言葉がコンクリートの地下通路に響いたとき、私はふりむいて、もう一つ頼みごとをするためにフェントンの部屋へ駆け戻る。


携帯電話は使えない。アンテナは一本も立っていない。通信サービスは停止している。悪化している。ようすが思い浮かぶ。補修されないまま、ゆっくりと傾いて倒れる中継アンテナ、垂れさがって不通になったケーブル。

　車で図書館へ戻り、パーキングメーターに二十五セント硬貨を入れる。電話ボックスの列に並び、自分の番になると、マコネル巡査の自宅にかける。

「あら、パレス、あなたなら」彼女は言う。「二階にいるからわかるでしょ。いったいそこでなにやってるの？　署長たちと？」

「知らない」サングラスをかけた謎の男たち。マガリーによると、〝やばいことになった〟。「きみの力をぜひとも借りたいんだ、マコネル巡査。スラックス以外の服を持っているか？」

「はあ？」

　マコネルは、場所と時間、朝フェントンと落ちあう場所を書きとめる。電話ボックスの外に列ができている。金物屋の針金製カートを引いた老婦人が、〝こんにちは〟と言うかのように両腕を振ってみせる。そのうしろに、茶色のスーツを着てブリーフケースを手にした会社員風の男と、双子の女の子を連れた母親一人。私は、電話ボックスのガラスごしに警察記章をひらめかしてから、身をかがめて、このちっぽけな木の箱のなかで居心地よくいられるように身体を動かす。

　無線《CB》でカルバーソン刑事を呼びだして、真犯人が判明したことを伝える。

「おまえの首吊り事件の？」

「そうです。それと、あなたの事件も。エデスの」

「なんだと？」

「あなたの事件も」私は言う。「同一犯人でした」

　彼になにもかも話したあと、長い間《ま》があき、聞こえるのは、パリパリという雑音だけ。やがて彼は私に、たいへんな量の警察仕事をこなしてきたなと声をかける。

「ええ」

　先週私がマコネルに言ったのとおなじ言葉が、彼の口から飛びだす。「いつかおまえは優秀な刑事になるだろうよ」

「はい」私は言う。「そうですね」

「署へ戻ってくるのか？」

「いえ、きょうは戻りません」

「ならいい。きょうはやめとけ」

4

もっとも治安がよい場所でも、人どおりの多い市街地や駐車場で、真っ昼間に、たいした理由もなく人が殺されるような暴力事件や不慮の事故は起きる。

母の葬儀には、コンコード警察署の全職員が参列し、柩が運ばれていくときには、その全員が起立し、気をつけをした——制服姿の幹部十四人と八十六人の警官が、銅像のように直立して敬礼したのだ。署の公認会計士の、肉厚の身体にごま塩頭の七十四歳のリベカ・フォーマンが泣きくずれ、外に連れだすしかなくなった。立たずにずっと座っていたのは、テンプル・パレス教授、私の父だけだ。葬儀が終わるまでの短時間、父は家族席にだらしなく腰かけて、とろんとした目を、バスを待っている人みたいにまっすぐ前に向けていた。両横で、大きく目を見ひらいた十二歳の息子と六歳の娘を立たせたまま。私の腰にやや寄りかかるようにして座っている父は、妻を失って悲嘆にくれるというよりは、どうしていいかわからなくて困っているように見えた。それを見ればだれでも——私には——父がこの悲しみを乗りこえられそうにないことはわかった。

いま考えると、英文学の教授だった父がまいっていたのは、妻が死んだという事実だけでなく、皮肉ななりゆきのせいもあったにちがいない。月曜から金曜までの週五日間、九時から五時まで、警察署の防弾ガラスの奥に座っていた妻が、土曜日の午後、ファッションストアのTJマックスの駐車場で、泥棒に心臓を撃ち抜かれたのだ。

当時のコンコードは犯罪率が低かった。FBIの記録によれば、その年、一九九七年に殺されたのは、私の母だけだった。つまり、その年コンコードで、私の母が殺人事件の被害者となる確率は、四万分の一だったのだ。

とはいえ、それが現実だ。あるできごとが起きる確率がどれほど小さくても、あるとき、何万人のうちの一人が事件に遭遇する。でなければ、何万分の一の確率にはならない。ゼロになるはずだ。

葬儀のあと、鼻に眼鏡をのせた父は、困惑したような大きな目でキッチンを見て、子どもたちにこう言った。「さて、夕飯はどうしよう?」その晩だけでなく、そのあとずっとどうしようかという意味がこもっていた。私は不安に思いながら、ニコに笑ってみせた。時計がカチカチと時を刻んでいた。父は乗りきれそうになかった。

パレス教授はソファで寝た。二階へ行って、ベッドに母がいないという事実に耐えきれなかったのだ。妻のものでいっぱいのクロゼットを見ることもできなかった。私が全部やった。母の衣類を片づけたのは私だ。

それ以外に私がしたのは、警察署に入りびたって、捜査を担当していた若い刑事さんに、進みぐあいを教えてほしいと頼んだこと。カルバーソンは頼みを聞いてくれた。TJマックスの駐車場の砂利についた足跡の分析結果が出たときに、彼は電話をくれた。目撃者の証言から足がつき、のちにモントピーリアで乗り捨てられていたシルバーのトヨタ・ターセルが発見されたときに、彼は電話をくれた。容疑者が拘束されたとき、カルバーソン刑事はうちに立ち寄って、キッチンのテーブルにファイルを並べ、証拠を一つ一つ説明して事件捜査について説明してくれた。遺体の写真以外のすべてを、私に見せてくれた。

「ありがとうございます」私はカルバーソンに礼を言った。キッチンの戸口にもたれていた、やつれて青白い顔をした父も「ありがとう」と小声で言った。私の記憶では、カルバーソンは「自分の仕事をしただけですよ」と答えたことになっているが、彼がそんな陳腐なセリフをほんとうに吐いたとは思えない。記憶はあいまいだ——つらい時期だった。

その年の六月十日、セントアンセルム大学の父の研究室で、父は遺体で見つかった。窓のコードで首を吊ったのだ。

ナオミに、私の両親について、ありのままを包み隠さずに話しておけばよかった。なのに私は話さなかった。彼女が死んだいま、話す機会は永遠にない。

5

さわやかな朝だ。こんな突然に冬が終わって、春がはじまることに腹立たしさを感じないでもない——あちこちで雪どけ水が流れ、うちのキッチンの窓の外に広がる農地で急速に厚みを減らしていく積雪を、ねじれて生えてきた緑の牧草が押しあげる。警察官からすると、面倒なことが起きそうな季節だ。到来したこの季節、私たちにとって最後の春の訪れは、世間一般の精神状態に黒魔術のような作用をおよぼすだろう。一段階あがる絶望、不安と恐怖と悲しみの先取りという新たな波紋が予想される。

もしうまくいって調査報告書が用意できたら九時に電話する、とフェントンは言った。いま、八時五十四分だ。

フェントンの報告書がどうしても必要なわけではない。裏づけは必要ない、という意味だ。私は正しい。自分が正しいことはわかっている。正解はわかっている。けれども、報告書は役にたつだろう。裁判で必要になる。

朝の青空を流れていく真っ白な雲をながめていると、うれしいことに電話が鳴ったので、受話器をひったくって、もしもしと答える。

反応はない。「ドクター・フェントン?」

しばらく沈黙が続く。ぜいぜいという息の音がして、私は息を殺す。やつだ。犯人だ。気づいたのか。私をからかっている。なんとまあ。

「もしもし?」私は言う。

「あんたが喜んでくれるといいけどね、おまわりさん——おっと失礼、刑事さんだったな」けたたましい咳、ジンのグラスで氷がちりんちりん鳴る音。私は天井を見あげて、息を吐く。

「ゴンパーズさん。いまはまずいです」

「申請書を見つけたんだ」私の話におかまいなしに、彼は言う。「あんたが読みたがっていた消えた謎の申請書。見つけたぞ」

「ゴンパーズさん」しかし彼は口を閉じようとしない。なんといっても、二十四時間でやれと言ったのはこの私なのだ。そして、こうして報告してきた。かわいそうな男だ。私に電話を切ることはできない。「そうですね」

「夜間輸送分のキャビネットへ行って、一連の申請番号の書類を取りだした。ゼルの名前が書いてあるのは、一つしかなかった。あんたが知りたかったのはそれだよね？」

「そうです」

彼の声には酔った勢いの嫌味が含まれていてとげとげしい。「なら、いいんだよ。だって、あれが現実になりそうだから。ぼくが言ったとおりにね。ぼくが言ったとおりに」

時計を見る。八時五十九分。ゴンパーズがなにを言おうと、もうどうでもいい。最初から関係なかった。この事件は、保険金詐欺とは無関係だった。

「ボストンの会議室で夜間輸送分をかきわけているんだが、そこへなんとマービン・ケッセルがはいってくるじゃないか。だれか知ってるかい？」

「いいえ、わかりません。ご協力に感謝します、ゴンパーズさん」

この事件が、保険金詐欺がらみだったことは一度もなかった。一秒たりとも。

「ご参考までに、マービン・ケッセルというのは、中部大西洋沿岸および北東部の地方事業部副部長さんさ。その彼が、コンコードでいったいなにが起きているのかとおおいに興味を持っておられてね。そして、彼に知られたからには、オマハにも知られてしまう。ここのファイル紛失と自殺事件を。いろんなこと全部！」死んだ父親みたいな口ぶりだ。〝だって、ここはコンコードなんだから！〟

「こうなった以上、ぼくは職を失うだろうし、この支店の全員が失業だ。ぼくたちみんなが路頭に迷うことになる。さてと刑事さん、近くにペンはありますか。データをお伝えしますよ」

ペンはあるので、ゴンパーズは話しはじめる。ゼルが担当していた保険金請求は、ニューハンプシャー州で登録された非営利組織、オープンビスタ協会理事のV・R・ジョーンズ女史によって、十一月中旬に申請されたものだった。その協会の本部は、ポーツマスに近い沿岸部のニューカッスルにある。三月に自殺した常任理事であるバーナード・タリー氏が総合生命保険にはいっていたため、メリマック火災生命保険会社は調査権を行使していた。

いつもの習慣で、私はそれらすべてを書きとめるものの、事件に重大な関係はないし、関係があったことは一瞬もなかった。

ゴンパーズが話しおえると、私は「ありがとう」と言いながら、時計を見る。九時二分——フェントンからいつ電話が来てもおかしくない。待ちかねているフェントンの確証を得たら、車に乗りこんで、殺人犯を逮捕しにいく。

「ゴンパーズさん、あなたが犠牲をはらってくださったことはわかっています。ですが、これは殺人事件の捜査なんです。重要なことなんですよ」

「きみにはわからないよ、お若いの」むっつりと言う。

「なにが重要か、きみにはわかっていない」

彼が電話を切ったので、私はついかけなおしてしまいそうになる。こういう成り行きなら、どうあっても私はそこへ駆けつけてしまうだろう。きっと、彼は——

——彼は生きのびられないだろうから。

けれどもそのとき、電話がまた鳴ったので、受話器をまたひったくる。今度こそフェントンだ。「ねえ、パレス刑事、どうしてわかったの？」

私は息を吸って、目を閉じ、高鳴る心臓の鼓動に耳を澄ませる。一秒、二秒。

「パレス？　聞いてる？」

「聞いていますよ」私はのろのろと答える。「判明したことを正確に教えてもらえませんか」

「ええ、もちろん。喜んで。いつか、夕食にステーキをごちそうしてね」

「いいですよ」私は言う。いまは目をあけていて、キッチンの窓の外に広がる、目に染みるような青空をながめている。「判明したことを教えてください」

「あなたって、ほんと変わってるわね。ナオミ・エデスの血液を質量分析した結果、モルヒネ硫酸塩の存在が確認された」

「そうですか」

「驚かないのね」

「ええ」私は言う。ええ、驚きません。

「死因に変更はないわ。前頭部の銃撃による重度の頭部外傷。でも、この銃撃の被害者は、死ぬ六時間から八時間前にモルヒネ派生物を摂取している」

その内容に、私は全然驚かない。

ふたたび目を閉じると、赤いワンピース姿で、深夜に私の家を出ていき、帰宅してから、人工衛星のように高く舞いあがったナオミをありありと思い浮かべられる。彼女の麻薬のたくわえも尽きつつあったにちがいない。そのことを不安に思っていたにちがいない。なぜなら、ヤクの売人が死んだから。マガリーが射殺したから。私のせいで。

ああ、ナオミ。話してくれればよかったのに。

私は、ホルスターからシグ・ザウエルを抜いて、キッチンテーブルに置き、弾倉から中身を出し、三五七口径の銃弾十二発を数える。

一週間前、サマセット食堂でフレンチフライを食べながら、ナオミは言った。苦しむピーター・ゼルを見たからには、禁断症状におちいっている彼を見たからには、彼を助けなければならない。力を貸さなければならない、そう言ったとき、彼女はうつむいていた。顔をそむけていた。

あのときに気づくべきだった。ほんとうに知りたかったのなら。

「もっと詳しく説明できればいいんだけど」フェントンは言う。「あの娘《こ》の髪の毛があれば、モルヒネを長期間使用していたかどうかがわかるのに」

「へえ、そうなんですか？」

私は熱心に聞いていない。苦しんでいる男を見て、ほとんど知らない男なのに、単なる同僚なのに、彼の面倒を見なければならないと感じる女。自分も長く麻薬を常用している。娘の名を耳にするなり、そして〝警察官〟という言葉を耳にするなり、父親が電話を切るほど、両親に地獄を味わわせた娘。

「充分な長さの髪の毛一本を五ミリに切りわけて検査すれば、どんな物質が代謝されたか、一月《ひとつき》単位でわかるの。じつにおもしろいわよ」

「いずれ、そちらへうかがいます」私は言う。「かならず。夕食をごちそうしに」

「そうね、パレス、あてにしてるわ。クリスマスあたりにね」

髪の毛の検査でどんな事実が明らかになるのか、私にはわかる。ナオミは、今回、三ヵ月間使用していた。過去の使用のこと、常用期間と治療と再発についてはしらないが、今回は三ヵ月間近く使用している。一月三日火曜日、ジェット推進研究所のレナード・トルキン教授がテレビ出演して全世界に発表した不幸な予測を聞いたときからだ。その日の夜でないとしても、翌日かその次の日には、彼女は規制物質の摂取を再開しただろうと私は推測している。

私は弾倉に弾をこめ、弾倉をぴしゃりと戻しいれ、安全装置をかけてから、ホルスターに銃を差す。七時半に起きてから、この一連の動き——弾倉をあけ、弾丸を数え、また元に戻す——をすでに何度もくりかえしてきた。

リスクの分析を行なってきたピーター・ゼルは、その数カ月前に行動した。確率が徐々にあがっていくときに、誘引、実践、依存、禁断症状の全サイクルを経験した。しかし、大多数の人々とおなじく、ナオミは、衝突の確率が一気に一〇〇パーセントに達したときに行動に出た。全世界の数億人が、手にはいるものならなんでも——麻薬であろうと安酒であろうと風邪薬のナイキルであろうとエアゾール缶のなかの亜酸化窒素であろうと病院から盗んだ鎮静剤であろうと——とにかく手当たりしだいにためして、人工衛星なみに舞いあがって純粋な喜びに浸り、大きな恐怖や不安を忘れようとした。長期展望という概念が、魔法のように消え去った世界で。

私は意志の力で過去に戻ろうとする。サマセット食堂で、テーブルの向かいに座るナオミの手を握って、勇気を出してほんとうのことを話してくれ、自分の弱みを打ちあけてくれと伝える。私はどんなことも気にしない、どのみちきみに首ったけになるんだから、と言う。私ならわかってやれただろう。

私はわかってやれただろうか？

父から皮肉というものを教わった。ここでいう皮肉とは、十月、まだ確率は五分五分で、まだ希望があったとき、ピーター・ゼルをささえて、悪しき習慣をやめさせたのがナオミ・エデスだったことだ——彼女の助け方がよかったので、世界の破局が正式に発表されても、彼はそれに耐え、薬に手をださなかった。ところがナオミ自身の常用癖はいっそうひどくなり、死ぬまでつづいた。確率を冷静に計算して始めたわけではない……ナオミはそれほど強くなかった。

もう一つの皮肉。一月上旬、麻薬を入手するのは、とくにナオミがほしがっていた種類を手にいれるのは、そう簡単ではなかった。新しい法律、新人警察官、激増する需要、供給ルートに続々と生まれる難関。しかしナオミは、どこへ行けばいいか知っていた。毎晩、ピーター・ゼルとやむことのない誘惑の魔手について話すうちに知ったのだ。ピーターの旧友J・T・トゥーサンがいまも密売していることを。どこからか、なんらかの種類のモルヒネを入手していることを。だから、ナオミはあそこへ行った。ボウボッグ通りのずんぐりした汚い家へ行って、それを買い、使いはじめた。ピーターにもだれにも内緒で。そのことを知っていたのは、トゥーサンと、新顔の供給者だけ。

そしてその供給者こそ——殺人者。

私の家の暗い戸口で身をすくめて立ち、すべてを話そうとしていた彼女。自分の麻薬常用癖だけでなく、被保険利益と不正請求に関する事実を。〝あなたの役にたちそうなことを思いだしたの、事件のことで〟。

あのとき、ベッドから出て彼女の手を取り、キスをしてベッドに連れ戻していたら、彼女はいまでも生きていただろう。

私に出会わなかったら、彼女はいまでも生きていただろう。

ホルスターのなかの銃の重みを感じるものの、もう取りだしはしない。用意はできている。弾はこめてある。準備完了。

インパラが、だだっ広い駐車場の雨で濡れた黒いアスファルトを進んでいく。九時二十三分。

わからないことがあと一つある。理由だ。どうしてこんなことをするのか——この人物はこういうことをなぜするのか？

私は車をおりて、病院へと歩く。

容疑者を逮捕しなければならない。それ以上に、なんとしても答えを知りたい。

ロビーは混雑している。私は背中を丸めて長身を最大限に縮め、スパイみたいに《モニター》紙で絆創膏を貼った顔を隠しながら、柱の陰をうろついている。二、三分して、殺人犯がやってくる。時間どおりに、きっぱりした足どりで廊下を歩いてくる。地下でやるべき緊急の大切な仕事のために。

病院の廊下で猫背になった私は、緊張で震えているものの、行動にかかる心がまえはできている。

いっぽう、動機は明白だ。金。おなじ目的で、人は規制薬物を盗んで売買し、そうした活動を隠すために人を殺す。金。ことに、需要が多く、供給量は少なく、麻薬売買のコストと利益のバランスがゆがんでいる現在、危険を冒してまでだれかがやろうとする。だれかが大金を握ろうとする。

けれども――なにか――まちがっている。この殺人犯、いくつかの犯罪は。リスクは大きい。一人、そして二人めを殺し、さらに殺人よりあくどいことをやる。その目的が金か？　拘置、死刑、そして残り少ない時間を空費する危険を冒して？　金なんかのために？

もうすぐその答えがわかる。下へおりていき、うまくやれば、事件は解決する。すべてが終わってしまうという考えが、私の上でくるくるまわる。必然、喜びなし、非情。そして私は新聞を握りしめる。ピーターを殺した犯人は――ナオミを殺した犯人は――エレベーターに乗る。数秒後、私は階段をおりていく。

モルグは冷えている。解剖用ライトは消えており、薄暗く静かだ。壁は灰色。冷蔵庫か棺桶のなかにいるようだ。冷え冷えした静寂に足を踏みいれたとき、握手しているエリック・リトルジョンとフェントン、そして、フェントンが彼に向けたそっけない事務的な会釈を目にする。

「どうも」

「おはようございます、ドクター。電話でお伝えしたとおり、十時に来客があるので失礼しますが、それまでは協力を惜しみません」

「そうだったわね」フェントンが言う。「お願い」

リトルジョンの声はひそめられ、憂いをふくんでいて、その場にふさわしい。心のケアセンター長。金色の顎髭、大きな目、人格者のオーラ。新品らしいクリーム色のまじった赤褐色のみごとな革ジャケット、ゴールドの腕時計。

とはいえ、金だけでは――ゴールドの腕時計――新しいジャケット――彼がしたこと、彼が手をくだした悪事の理由には足りない。充分ではない。私には認められない。空からなにか落ちてくるからといって、私は容赦しない。

私は、部屋の片隅で、ドアのそばの壁に貼りつく。廊下に、そしてエレベーターに近いドア。

リトルジョンが首をまわして、深く、ていねいにマコネル巡査にお辞儀している。ブラウスとスカートを身につけ、ポニーテイルではなく髪の毛をおろして、黒いハンドバッグを手にしたマコネルは、夫に先立たれた女性を演じているはずだが、私の指示にしたがっているせいだろうか、いらついているように見える。

「おはようございます」ピーター・ゼルを殺した犯人はあいさつする。「私はエリックです。フェントン先生から、同席をたのまれましてね。あなたのご希望だとうかがっています」

マコネルは重々しくうなずいて、私たちが用意した原稿どおりに手短なセリフを口にする。

「夫のデイルは、持っていた古い猟銃を自分に向けて撃ちました」マコネルは言う。「どうしてそんなことをしたのか、わたしにはわかりません。いえ、わかってはいるのですが、ずっと――」そう言うと、話しつづけられないといわんばかりに、声を震わせ、喉を詰まらせる。その調子だ、マコネル巡査、すごくうまいぞ、と心のなかでエールを送る。「ずっと一緒に、このあとの時間を過ごすものとばかり思っていたので」

「傷口がかなりひどいので」フェントンが言う。「テイラーさんと相談して、最初にご主人の遺体を確認するときに、あなたに同席していただくことになりました」

「なるほど」彼はつぶやく。「もちろんです」私の目が、彼の身体の上から下までさっと動いて、銃のふくらみをさがす。携帯しているとすれば、うまく隠してある。携帯していないと思う。

リトルジョンは、思いやりを放ちながらマコネルに微笑み、安心させるように肩に手を置いてから、フェントンに顔を向ける。

「では」慎重な控えめな声で彼は尋ねる。「テイラーさんのご主人はいまどこに？」

私の胃のあたりがこわばる。口元に手をあてて、呼吸音を抑えようとする。自分を抑えようとする。

「こちらへ」フェントンは答える――さあ来たぞ。これからが、この計画の最重要ポイントだ。いまフェントンは、二人――未亡人に扮したマコネルをやさしく導くリトルジョン――を連れて、私がいるほうに向かって、廊下に向かって部屋を歩いている。

「遺体は」フェントンが説明している。「元の礼拝堂に安置してあります」

「なんだって？」

リトルジョンは立ちどまりそうになり、歩幅が小さく揺れる。目には、不安と混乱の光が宿っている。私の口から心臓が飛びでそうになるのは、私は正しかったとわかったからだ――自分が正しいことはわかっていたけれど、まだ信じられない。私は彼を見つめて、あのしなやかな手が、ピーター・ゼルの首に長く黒いベルトを巻きつけて、ゆっくりと締めつけるところを想像する。彼の手のなかで震えるピストルと、ナオミの大きな黒い目を想像する。

あと少しだ、パレス。あと少し。

「なにかのまちがいでしょう、先生」彼は、静かな口調でフェントンに言う。

「まちがいじゃないわ」彼女ははっきり答え、口をしっかり閉じたまま、安心させるようにマコネルに微笑みかける。フェントンは楽しんでいる。リトルジョンは異議を唱えつづける。ほかにどうしようがある？

「いいえ、ちがいますよ。あの部屋は使っていません。鍵がかけてある」

「そうです」私が言うと、リトルジョンは飛びあがり、その瞬間、彼はこの状況の意味を正確に理解する。彼が室内を見まわし、私は銃をかまえて暗がりから出ていく。「あなたが鍵を持っている。鍵はどこですか？」

彼は、唖然として私を見ている。

「鍵はどこにあるんですか？」

「それは――」彼は目を閉じ、またあける。顔から血の気が引き、目のなかで希望が死んでいく。「ぼくの事務室だ」

「行きましょう」

マコネルは、黒いハンドバッグから取りだした銃を握っている。フェントンはじっとしたまま、丸い眼鏡の奥で目を輝かせ、一秒一秒を楽しんでいる。

「刑事さん」リトルジョンが前へ進んでくる。努力している。声は震えているものの、なんとかこらえようとしている。「刑事さん、ぼくにはなんのことだか――」

「静かに」私は言う。「どうかお静かに」

「ええ、でもパレス刑事、あなたがなにを考えているか、ぼくにはわからないが、もしも……もしもあなたが……」

見せかけの困惑で、きれいな顔だちがゆがむ。そこにある。真実はそこにある。私の名前がすぐに口から出るという事実にも。私がこの事件に手をつけた日から、彼の妻ソフィアと面会する日時調整のために電話をしたときから、彼は私という人間を正確に理解し、私の意図を見抜き、私のあとをつけ、捜査の邪魔をしてきた。たとえば、私の尋問を避けるようソフィアに助言したうえ、父親を悲しませたくないという否定的な考えを植えつけた。義弟はひどく落ちこんでいたという話を私に聞かせた。私がJ・T・トゥーサンと話をしているあいだ、あの家の外で機をうかがっていた。そして、いちかばちかで、私のスノータイヤのチェーンの留め金をはずした。

彼は、ボウボッグ通りのトゥーサンの家をふたたび訪れて、残りの麻薬や電話番号や顧客リストをさがしまわった。私たちはおなじものをさがしていた。ただし、彼はなにをさがせばいいか知っており、私は知らなかった。彼が犬小屋のなかをさがすことを思いつく前に、私が彼を追いはらった。

しかし、彼はもう一つ手を打った。私を誤った方向へ進ませるための手。その残酷な策略に、私はあやうく引っかかるところだった。

小さなハンドバッグから手錠を取りだしながら前に進みでてきたマコネル巡査に、私は言う。「待て」

「なにか?」

「私は――」銃をまだリトルジョンにまっすぐ向けたまま。「まず話を聞きたい」

「悪いが、刑事さん」彼は言う。「なんの話か、ぼくにはわからない」

安全装置をはずす。彼がこのまま嘘をつきつづけるなら、殺してしまうかもしれないと思う。本当にそうするかもしれない。

ところが、彼が話しだす。ゆっくりと、慎重に、感情のない無気力な声で、私ではなく銃身を見つめて、彼はてんまつを話す。私がすでに知っている話、すでに解きあかした話を。

十月、弟ピーターが処方箋用紙を盗み、それを使って鎮痛剤を買っていたことをソフィアが知り――弟にその事実をつきつけて、薬をやめさせ――ピーターは禁断症状に苦しみ、ソフィアはすべて片づいたと考え――そういったことがすべてすんだあと、エリック・リトルジョンはJ・T・トゥーサンを訪ね、取引を申しでた。

マイアが合《ごう》、すなわち太陽とおなじ方向にあり、衝突の確率は、苦悩の五〇パーセントで安定していた当時、病院の職員数はいつもの半分になっていた。薬剤師および薬剤師助手が大挙して辞め、政府が保証する給料めあての人々が新しく雇われた。警備はめちゃくちゃになった。いまもそのままだ。機関銃を持った武装警備隊がいる日もあれば、閉鎖された病棟へ通じるドアが閉じないように、折った雑誌で突っかい棒される日もある。ピクシスという最新式の調剤機が九月に作動を停止し、製造会社からコンコード病院に派遣されていた技術者の行方がわからなくなった。

絶望と狂乱のこの時期に、心のケアセンター長は職にとどまり、信頼できる誠実な人物となった。よりどころとなった。ところが彼は、十一月以降、病院の薬局から、ナースステーションから、患者の枕元から、大量の薬剤を盗んでいた。MSコンチン、オキシコンチン、オキシトシン、ディローディド、半分使用した液体モルヒネ。

こうして聞いているあいだも、彼の顔に向けた私の銃はぐらつかない。なかば閉じられた金色に光る目、こわばった口元、表情のない顔。

「薬を流しつづけると、トゥーサンに約束した」彼は言う。「危険を冒しても薬を調達すると彼に言った。彼が危険を冒してそれを売るつもりなら、と。二人で危険を分担し、利益を山分けする」

金か、私は考えている、ただの金じゃないか。すごく小さくて、ひどく醜くて、とてもつまらないもの。二つの殺人、地中の二つの遺体、必要な薬が半量しか手に入らず苦しむ人々。世界は終わろうとしているのに？　私は、殺人犯を呆然と見やる。上から下までじろじろと。こいつは、金もうけのためにあんなことまでするのか？　ゴールドの腕時計と、新品の革ジャケットのために？

「ところが、ピーターに見つかった」私は言う。

「そう」リトルジョンはささやく。「彼に知られた」そう言うと、うつむいて、ゆっくりと悲しそうに首を振る。神の手で行なわれた痛ましいできごとを思いだしているかのごとく。だれかが卒中をおこしたとか、だれかが階段から落ちたとか。「彼は――先週の土曜の夜に――J・Tの家にやってきた。遅い時間だった。ぼくは、かなり遅くなってからでないとあそこに行かなかった」

私は息を吐いて、歯をくいしばる。土曜の夜遅くにピーターがJ・Tの家に行ったのだとしたら――J・Tはそのことを話さなかったが――麻薬をやるためだったにちがいない。ピーターは毎夜、支援者のナオミと電話で話した。支援者自身も内緒でモルヒネを使っていた。ピーターは、ちゃんとやっている、耐えているとナオミに話したあとで、衛星並みに高く舞いあがるためにJ・Tの家を訪ねた。するとそこに、よりによって義兄が現われる。彼の知らないあいだに薬の運び屋になっていた義兄が。

だれしも秘密を隠している。

「彼がぼくを見て感づく。とんでもないことに、ぼくはダッフルバッグをかかえている、だから言ったんだ、〝どうかたのむ、後生だから、姉さんには話さないでくれ〟でも、ぼくにはわかっていた――彼を――」彼は話すのをやめて、手を口元に持っていく。

「彼を殺すしかないと、あなたにはわかっていた」

リトルジョンが、顎をほんのかすかに上下させる。

彼の予測は正しかった。じっさい、ピーターは、姉のソフィアに話していただろう。翌日三月十八日の日曜日に、また月曜日にも、そのために姉に電話をしたものの、姉は電話に出なかった。彼は手紙を書こうとしたが、なんと書いていいかわからなかった。

そして、月曜の夜、エリック・リトルジョンは、レッドリバー館で上映中の『淡い輝きのかなた』を見にいった。そこに行けば、保険会社勤めの物静かな義弟に会えるとわかっていたからだ。はたして、義弟は共通の友人であるJ・T・トゥーサンと連れだってきている。映画がはねたあと、ピーターはJ・Tに、もう帰ると告げ、歩いて帰ろうとする――リトルジョンは、そのチャンスを逃さなかった――ピーターは一人だ。そのあと、エリックは、ビールでも飲まないか、話をしよう――いろんなことになる前に埋めあわせしておこう、といって誘う。

そして、二人でビールを飲んでいるときに、エリックはポケットから小さなバイアルを取りだす。ピーターが酔いつぶれると、映画館から彼を引きずりだす。だれも気づかず、だれも気に留めない。そしてマクドナルドへ連れていって、トイレで彼の首を吊る。

マコネルが容疑者に手錠をかけ、彼の上腕をつかんでエレベーターへ連れていく私のあとから、フェントンがついてくる。私たちは無言であがる。検視官、人殺し、警官、警官。

「ひどすぎる」フェントンが言うと、マコネルが「たしかに」と答える。

私はなにも言わない。リトルジョンは黙っている。

エレベーターが止まってドアがひらくと、ロビーは混みあっている。混雑したロビーのソファに、一人の少年が座って待っている。そのとき、リトルジョンの全身が緊張する。私のも。

彼は、九時半の遺体の確認には立ちあえるものの、十時に来客があると、フェントンに言っていた。

顔をあげたカイルが立ちあがり、まごついて大きく目を見ひらいている。手錠をはめられた父親。リトルジョンは耐えきれずにエレベーターの外に飛びだすが、私は彼の腕をしっかりつかんでいるので、勢いで私も一緒に引っぱられる。私とリトルジョンは一つになって床に倒れる。

マコネルとフェントンが、エレベーターから飛びだす。私とリトルジョンがごろごろころがっていくのを見て、ロビーに大勢いる医師やボランティアの人たちが、大声をあげながらさっと道をあける。銃を抜こうとしている私の額に、リトルジョンが頭突きをくらわす。怪我をしている目に激痛が走り、もう片方の目の前で星が飛んだ。私は彼の上にどさりと倒れこみ、下で身をよじる彼を押さえつける。マコネルが「動くな！」と叫ぶ。すると、べつのだれかの「やめて、やめて」という小さなおびえた声がする。私は顔をあげて、揺らいでいた焦点が元に戻ったときに呼びかける。「わかった」子どもが、私の銃を持っている。署支給のシグ229の銃口をまともに私の顔に向けている。

「ぼうや」マコネルが声をかける。彼女も銃を握っているものの、どう対処していいかわからない。確信が持てないまま、カイルにねらいをつけ、そのあと、くっついて床に倒れているリトルジョンと私に、そしてまた少年に銃口を戻す。

「はなして――」カイルが鼻をすすり、べそをかく。そして私は自分自身を見ている。なすすべはない。私にも十一歳のときはあったのだから。「はなして」

そうだったのか。

そういうことだ、パレス。

このまぬけ。

動機はずっと私の目の前にあったのだ。金だけでなく、それによって手にはいるもの。金があれば手にいれられるもの。いまでさえも。いまだからこそ。愛敬のある子どもがいる。満面の笑み。王子。捜査二日めに私がはじめて見た、芝生に積もったまっさらな雪の上を歩いていく少年。

私は、リトルジョンの目にそれを見た。彼が、階段の下から愛情深く、早く仕度しなさいと大声を張りあげているときに。氷の上ではどんなにすばしこいか、控えめに自慢しているときに。

たとえば、現在の不幸な状況で、私が、一人の子の父親だったとしよう。迫りくる災難からその子を守るためなら、どんなことでもするだろう。落下する場所にもよるが、いずれにしろ、世界は終わりを迎えるか、もしくは、終わらないとしても闇に飲まれることになる。そしてここにいる一人の男は、どんなことでもする気でいる——すでに恐ろしい悪事に手を染めてしまった——世界が終わらなかった場合に、自分の子の命を長らえ、守るために。十月の、そしてそれ以降の困難をやわらげるために。

だから、ソフィアが真実を知っても、警察に通報しなかっただろう。ただ、少年を連れて家を出ただろう。ともかくエリック・リトルジョンはそれを恐れていた——父親として息子のためにぜひともしておかなければならないことをしているだけだと、母親に理解してもらえないことを。そうなると、彼は引き離されてしまう。では、そのあと息子は——母親は——どうなるのか？

涙が、少年の目にこみあげてきてあふれ、リトルジョンの目からあふれる。私だって、とんでもなくむずかしい逮捕劇の渦中にいるプロの刑事であるからには冷静さと集中力を保っていると言いたいが、涙のやつが勝手に、氾濫した川のようにあふれだしてくる。

「きみ、銃を渡しなさい」私は言う。「その銃を渡しなさい。私は警察官だ」

彼は言われたとおりにする。歩いてきて、それを私の手にのせる。

地下の小さな礼拝堂には、箱が積みあげられている。医療品というラベルが貼ってあり、じっさい、いくつかの箱はそのとおりだ。注射器三箱、一箱につき百二十本、顔面防護マスク二箱、ヨウ素剤および食塩水の小箱。点滴袋、点滴筒。止血器。体温計。

錠剤もある。犬小屋で見つけたのとおなじ種類のもの。ある程度の量が集まってから、病院からトゥーサン宅へ運んでいた。

食料がある。缶詰五箱。薄切り燻製牛肉、インゲン豆のトマト煮、濃厚スープ。こういった缶詰は、何カ月も前に店頭から消えた。金があれば闇市で買えるのだが、だれも金を持っていない。警察官さえ。デルモンテのパイナップル缶を持ちあげた私は、手にずしりとくるなつかしい重みに、慰めと郷愁を覚える。

しかし、ほとんどの箱にはいっていたのは銃だ。

二一インチの銃身のボルトアクション式狩猟用小銃モスバーグ817三挺。

トンプソンM1短機関銃一挺。四五口径弾十箱。一箱に五十弾。

30-06弾使用スコープつきマーリン機関銃一挺。

重さ二八三グラムの小型自動拳銃ルガーLCP三八〇口径十一挺と大量の弾薬。

総計数億ドルに相当する銃の量。

彼は準備をしていただけなのだ。その後にそなえて。とはいえ、銃と缶詰と錠剤と注射器の箱がぎっしり詰まった、ドアに十字架がかけられた狭い部屋を内側からながめると、こういう思いにかられる。そうか、その後はすでにはじまっていたのだ、と。

化粧用の鏡か大型の写真フレームの梱包に使うような長細い箱には、特大のクロスボー一組ときっちりまとめられたアルミ製の矢十本がはいっている。

私たちはパトカーに乗りこみ、容疑者を後部座席に乗せて、警察署へ戻る。車で十分の距離だが、それで充分だ。それだけあれば、その他の真相を私が把握しているかどうかはわかる。

彼が話しだすのを待つのではなく、私が話すことにする。バックミラーをちらちら見て、私が正しいかどうかエリック・リトルジョンの目を見て判断する。だが、私は正しい――自分が正しいことはわかっている。

〝ナオミ・エデスさんと話したいのですが？〟

彼はそう言った。あのソフトな甘い声で。彼女が聞いたことのない声で。私がピーター・ゼルの電話でかけたときとおなじように、彼女はわけがわからなかったにちがいない。こんどは、J・T・トゥーサンの電話から、聞きおぼえのない声が流れてきた。彼女が暗記している電話番号。ハイになりたくなったときに、すべてを忘れたくなったときに、ここ二、三ヵ月間かけてきた電話番号。

そして、電話の向こう側の未知の声は、彼女に指示をあたえはじめた。

あのデカに電話しろ、その声は言った――知りあったばかりの刑事に電話しろ。彼が見逃していることを、やんわりと気づかせてやれ。麻薬がらみの卑劣な殺人事件に見えるが、実はまったくべつの事件だと、それとなく教えてやれ。

そして情けないことに、その手に引っかかった。なんとまあ。それを考えると、私の顔はかっと熱くなる。自己嫌悪で唇がゆがむ。

被保険利益。不正請求。いかにも殺しの動機になりそうなことだ。そして私はうまうまと飛びついた。私は、ゲームに熱中しすぎて、目の前にぶらさがったあざやかな色の輪につい飛びついてしまう子どもだった。自分の家のなかを興奮して歩きまわる馬鹿な刑事。道化師。無知な青二才。保険金詐欺だと！　そうか！　なるほど。彼がなにを調査していたか知る必要がある！

リトルジョンはひとことも話さない。観念している。未来を生きている。死に取り巻かれて。だが、私は自分が正しいとわかっている。

カイルはあのまま病院に残った。人もあろうにドクター・フェントンと一緒にロビーで座り、知らせを受けて駆けつけてくるソフィア・リトルジョンを待っている。人生のもっとも厳しい数カ月を迎えようとしているソフィア。ほかのみんなもそうだが、だれよりもつらい未来。

これ以上話を聞く必要はない。全体像はすっかりわかった。けれども私はこらえられない。抑えきれない。

「そのつぎの日、あなたはメリマック火災生命保険会社へ行って、そこで待った。そうですね？」

私は、ウォーレン通りの赤信号で止まる。危険な容疑者を、殺人犯を護送中だから、サイレンを鳴らしてもよかった。けれども私は待つ。ハンドルの十時十分に両手を置いて。

「答えてください。そのつぎの日、あなたは彼女が勤める会社へ行って、そこで待ったんですね？」

「はい」ささやき声。

「もっと大きな声でお願いします」

「はい」

「あなたは、彼女のブースの外の廊下で待った」

「クロゼットのなかで」

ハンドルを強く握りしめた私の指関節が白い。ほとんど真っ白だ。助手席のマコネルがこっちを不安そうに見てくる。

「クロゼットのなかで。そのあとゴンパーズが自分の部屋で酔っぱらい、ほかはバーリーハウスへ行ってしまって彼女が一人きりになると、あなたは銃で脅していた倉庫室へ行かせた。彼女もファイルをさがしていたように見せかけた。なんのために？　もうひと押しして、あなたが撒《ま》いた餌に私が確実に食いつくようにか？」

「そうだ、それに……」

「それに？」

ハンドルに置いた私の手に、マコネルの手が重ねられていたことに、いま気づく。ハンドルさばきを誤らないように。

「彼女はきみに話していただろう。いずれは」

〝ヘンリー〟、ベッドに腰かけて彼女は言った。〝話が〟

「どうしても」リトルジョンはうめくように言う。目に新たな涙を浮かべて。「どうしても彼女を殺さなくてはならなかった」

「だれかを殺さなくてはならない人間などいない」

「いや、すぐに」彼は言って、窓の外を見る。じっと見つめている。「すぐに、そうなる時がくる」

「だから言っただろ、やばいことになったって」

成人犯罪課でマガリーは床に座りこみ、壁に背中をもたせかけている。部屋の反対側に尻を置いているカルバーソンは、あぐらをかいているせいでズボンが少しずりあがっているにもかかわらず、なぜか威厳と自信を発散させている。

「全部、どこへ行ったんです?」私は言う。

デスクがなくなっている。コンピューターも電話機もゴミ箱もない。窓のそばにずらりと並んでいた丈の高いファイルキャビネットははぎとられ、いびつな四角いへこみが床についている。煙草の吸殻が、古びた薄青色のじゅうたんの上に、虫の死骸みたいに散らばっている。

「言っただろ」マガリーがまた言う。中身をくりぬかれた部屋にうつろに響く声。

リトルジョンは外にいる。正式な逮捕手続きがすむまで、手錠をはめられたまま、インパラの後部座席で、しぶしぶ手伝いをするリッチー・マイケルソンとマコネル巡査に付き添われて。一人で署にはいった私は、カルバーソンに知らせるために階段を駆けあがった。この犯罪者を彼と一緒に起訴したかった――彼の犯人、私の犯人。チームの仲間。

　煙草を吸いおえたマガリーが、指でつまんでそれをひねり、部屋の中央にはじき飛ばして、ゴミをまた一つ追加する。

「彼らは知ってる」カルバーソンが静かに言う。「だれかがなにか知ってる」

「なにを？」マガリーが訊く。

　だがカルバーソンは答えない。そのときオードラー署長がはいってくる。

「やあ、きみたち」私服の署長は疲れているようだ。それぞれ座りこんだまま、マガリーとカルバーソンは、警戒するような目つきで署長を見あげる。私は背筋を伸ばし、両脚のかかとをあわせ、心待ちにそこに立つ。連続殺人事件の容疑者をパトカーで連行してきて階下の車庫で待たせているという事実を強く意識している私だが、妙なことに、こうなってみると、もはやなんの意味もないように感じる。

「諸君、きょうの朝からのち、コンコード警察署は、連邦政府の管轄下に置かれることになった」

　みんな黙っている。オードラーは、側面に司法省の紋章が刻まれたバインダーを右脇にかかえている。

「連邦政府の管轄下？　それはどういう意味ですか？」私は尋ねる。

　カルバーソンは首を振って、のろのろと立ちあがると、落ち着けというように私の肩に手をのせる。マガリーはその場を動かずに、新しい煙草を引っぱりだして火をつける。

「どういう意味なんです？」私はもう一度尋ねる。オードラーは床を見つめて、話をつづける。

「彼らはすべてを徹底的に見直し、街頭の人員を増やしている。私が望み、本人たちが希望すれば、ほとんどの巡回警官は留任できるが、全員が司法省の支配下にはいるそうだ」

「だから、それはどういう意味ですか？」私たちにとって、それはどういう意味を持つかを聞きたくて、三度も質問した。答えは明白だ。私は、家具がとりはらわれた部屋にいる。

「捜査部門を廃止するんだ。要するに――」

私は、肩に置かれたカルバーソンの手をふり払い、両手に顔をうずめてから、首を振りながらオードラー署長をまた見あげる。

「――要するに、現在の状況において、捜査部門はどちらかといえば不必要ということだ」

署長の話はしばらく続く――そのあとの話はもう耳にはいってこなかったが彼は続ける――そのうち話すのをやめて、質問はないかと尋ねる。私たちがただ見つめかえしていると、彼はなにかつぶやいてから、背を向けて立ち去る。

ヒーターが切れていることに、私ははじめて気づく。室内は寒い。

「彼らは知ってるんだ」カルバーソンがまた言うので、私たち二人の頭が彼のほうにまわる。マリオネットみたいに。

「あと一週間以上はわからないはずだ」私は言う。「四月九日だったと思う」

彼は首を振る。「もっと早くから知っている人間がいるのさ」

「なにを?」マガリーが訊き、カルバーソンが答える。

「あいつが落ちる場所を知ってるやつがいるんだ」

インパラの助手席のドアをあけると、マコネルが声をかけてくる。「ねえ。どうだった?」と訊かれたのに、しばらくはなにも答えずに、片手を車の屋根に置いて彼女を見つめ、そのあと首を伸ばして、後部座席で前かがみになってこちらを見あげている犯人をのぞきこむ。マイケルソンは、あの日駐車場にいた妹とおなじく、ボンネットに腰かけて煙草を吸っている。

「ヘンリー? なにかあったの?」

「べつに」私は答える。「なにも。さあ、連れていこう」

　マコネルとマイケルソンと私で、後部座席から容疑者を引きだして車庫に立たせる。角刈り《ブラシカット》連中と二、三のベテラン、それに、いまでも車庫に生息している古顔の整備係ハルバートンが、私たちをじっと見守っている。スマートな革ジャン姿で手錠をかけられているリトルジョンを車から引き離す。コンクリートの階段は、まさにこういうときのために地下の逮捕手続き室と直結している。パトカーで連行されてきた犯罪者は、当直警官に直接引き渡され、手続きが開始される。

「ノッポ?」マイケルソンが声をかけてくる。「どうした?」

　私は、容疑者の腕に片手をかけて、そこに立ちすくんでいる。ブラウスとスカート姿のマコネルを見て、だれかがひゅーと口笛を吹いたので、「ふざけんなよ」と彼女が言う。

　掏摸《すり》を連れて、何度もこの階段をおりたことはある。放火事件の容疑者一人と、数えきれないほどの酔っぱらいも。殺人犯はこれがはじめてだ。

　二人も殺した犯人。

　それなのに、なにも感じない。心が麻痺したようになっている。母がいたら喜んでくれただろうな、とひそかに思う。ナオミも喜んでくれたかもしれない。そのどちらも、ここにはいない。半年後には、このすべてがなくなってしまう。灰と大きな穴一個になってしまう。

　私はふたたび進みだす。階段に向かって足並みそろえて歩く少人数のグループ。犯人を連行する刑事。頭が痛い。

　ふつうの状況なら、そのあとの段取りは次のとおり。当直警官が容疑者を収監し、地下へ連れていって、指紋を取り、権利を確認させる。そのあと身体検査し、写真を撮り、ポケットの中身を出して付箋をつける。弁護士の選択肢が提示される。エリック・リトルジョンのような金持ちなら、個人代理人を雇えるだろう。そして、その手配をする機会があたえられる。

このコンクリートの階段の最上段は、言いかえれば、薄汚れたトイレの床で発見された死体からはじまって、最終的には裁判で終わる、複雑で長い旅のつぎの段階にすぎないということだ。それが、通常の手続きである。

階段のおりくちまで数歩のところでぐずぐずしていると、マイケルソンがまた声をかけてくる。「ノッポ?」マコネルが「パレス?」と言う。

私にはわからない。私の容疑者を引き継ぐために、階段の下で手を伸ばして待っている、どんより曇った目の十七、八歳くらいの若者二人にリトルジョンを引き渡したあと、彼の身になにが起きるのか。

法の適正手続きは、IPSSおよび、それに対応する州法でいくどか修正された。だから、いまの新しい法律ではどうなっているのか、正直なところ私にはわからない。さっきオードラー署長がかかえていたバインダーになにが書いてあるのだろう——刑事レベルの犯罪捜査の停止のほかに、どんな条項がふくまれているのだろう?

引き渡したあと、殺人の容疑者はつぎにどうなるのかという疑問を、私は突きつめて考えたことがなかった。神に誓ってほんとうだが、自分がこの立場に置かれるときのことを、本気で想像したことが一度もないからだろう。

けれども、いま——ここまで来た以上——どうしようがある? どうしようもない。

私はエリック・リトルジョンを見ていて、彼は私を見ている。そして私は「残念だ」と言って、彼を引き渡す。

エピローグ

4月11日月曜日

赤経	19 27 43.9
赤緯	35 32 16
離隔	92.4
デルタ	2.705 AU

ニューハンプシャー州ニューカッスルの日光の照りつける歩道を、十段変速の自転車で走りながら、サラマンダー通りをさがしている。太陽は、ちぎれ雲にときおり顔を隠し、浜風は暖かく穏やかで、潮の香りがする。かまうものかと私は思い、適当な横丁を選んで海辺へおりていく。

ニューカッスルは、アイスクリームとファッジの店、郵便局、歴史協会などがある小さくてかわいい夏の行楽地だが、季節はずれのいまは、土産物屋に鎖が巻きつけられている。ビーチ沿いに長さ四〇〇メートルほどのボードウォークまであるし、砂浜で楽しそうに遊んでいる人たちもいる。手をつないだ初老のカップル、息子におもちゃのフットボールを投げる母親、かさばる箱凧を空にあげようとして走っている十代の子。

ビーチのいちばん端の道を行くと、町の広場に戻った。緑の芝地の中央に、黒い木材の瀟洒な東屋があり、万国旗とアメリカ国旗で飾られている。昨晩、町で行事があったかのような、また、今夜もまた行事があるようなしつらえだ。いまも地元の人間が二人、広場にぶらぶら歩いてきて、ケースから金管楽器を出し、世間話をして、握手している。私は、ゴミがあふれているゴミ箱のそばに、十段変速の自転車を鎖でしばりつける。ゴミ箱のまわりには紙皿と口のつけられていない揚げ菓子が落ち、アリがうれしそうに列をなしている。

昨夜、コンコードでパレードがあった。メリマック川の船から花火も打ちあげられ、州会議事堂の金色のドーム屋根のまわりで、火花が華々しくきらめいた。いま、マイアはインドネシアに落下することがわかっている。衝突地点の地名は、百パーセント正確には特定できないか、またはしようとしないかだが、インドネシアのスラウェシ島のボネ湾のすぐ東だという。衝突地点から東側国境まで四千キロの距離があるパキスタンは、飛んでくる岩を撃ちおとすという宣言をくりかえし、アメリカは、それを阻止するとくりかえした。いっぽう、アメリカ国内各地で、パレードや花火大会や祝典が行なわれた。ダラス郊外のショッピングモールでは略奪がはじまり、つづいて銃撃戦が起き、最後は暴動となった。死者六名。似たような事件が、フロリダ州ジャクソンビルとインディアナ州リッチモンドでも一件あった。ウィスコンシン州グリーンベイのホームデポでは十九名が死亡した。

サラマンダー通り四番地は、どんなたぐいの協会本部にも見えない。パステル調の淡い青色に塗られた、ケープコッド様式の小さな古い木造の一軒家だ。正面の階段にいる私に、そよ風にまじって潮の香りがするほど海に近い。

「おはようございます」私のノックを聞いて出てきたひどく年老いた婦人にあいさつする。「私はヘンリー・パレス刑事です」だが、いまはもうちがう。「失礼しました、私はヘンリー・パレスといいます。こちらは、オープンビスタ協会ですか？」

老婦人は黙ったまま背を向け、家のなかへはいっていくので、そのあとをついていきながら私が用件を話すと、婦人がようやく口をひらいた。

「あのひと、変わった人だったでしょ？」とピーター・ゼルのことをさして言う。驚くほど力強く、澄んだ声だ。

「じつは会ったことがないんです」

「あらそう。変わっていたのよ」

「そうですか」

私は、あの男が殺される前に手がけていた保険金請求の調査について、もう少し調べても損はないんじゃないかと思った。署支給のインパラは返却を求められたので、母の古いシュウィン印の自転車を引っぱりだして、ここまで走ってきた。途中、自動車道路のサービスエリアにあった無人のダンキンドーナツ店で弁当を食べた時間をふくめると、五時間ちょっとかかった。

「変わった人よ。ここに来る必要はなかったのに」

「どうしてですか？」

「それはね」老婦人は、私が持ってきたファイルを手で示す。私と婦人のあいだのコーヒーテーブルの上に、申請書一枚、保険証書一枚、補足書類の概要書一枚、計三枚の紙がファイルされた厚紙のフォルダーが置いてある。「訊かれたことは全部、電話で話せることばかりだったのよ」

老婦人の名はベロニカ・タリー、ファイルに、彼女といまは故人となった夫バーナードの署名がしてある。タリー夫人の目は小さくて黒く、人形の目みたいにきらきら光っている。こぢんまりした居間は整頓され、壁に、海草を描いた精密な静物画や貝殻が飾ってある。ここが、なにかの協会本部であるという証拠は、まだ一つも目にしていない。

「奥様、ご主人が自殺なさったことは承知しています」

「ええ。首を吊ったの。バスルームで。あそこから——」いらついているようだ。「あれよ。水が出てくる場所」

「シャワーヘッドですか？」

「そう、それ。ごめんなさいね。年寄りはこれだから」

「お悔やみ申しあげます」

「やめて。夫はそれを実行すると言いました。浜を散歩して、ヤドカリと話してこい、帰ってくるころにはバスルームで死んでいるから、って。そのとおりだったわ」

彼女は鼻をすすって、小さく鋭い目で私を値踏みしている。テーブルに置かれた書類を読んだ私は、バーナード・タリーの死によって、夫人個人に百万ドル、オープンビスタ協会に三百万ドルの保険金がはいったことを知っている。そんなことがあるのだろうか。ゼルは、三週間前にここを訪れたのち、その請求を承認し、保険金を支払った——にもかかわらず、ファイルを未決のまま残していた。まるで、その件をもう一度徹底的に調査するつもりだったかのように。

「あなたは彼に少し似てるわね」

「どういうことでしょう？」

「お友だちと似たところがあると言ったの。ここにいらしたかたと。まさに、あなたが座っている場所に座っていたわ」

「ですから、奥様、私はゼルさんを知らないんですよ」

「それでも、やっぱり似ているのよ」

キッチンの奥の裏窓の外で風鈴が鳴っている。私はじっとして、ガラスがあたる軽やかな音に耳を澄ませる。

「奥様、協会について聞かせてもらえませんか？ あの保険金がなにに使われるのか知りたいんです」

「あなたのお友だちもおなじことを知りたがったわ」

「ほう」

「違法なことじゃないですよ。私たちは、非営利団体として登録されています。五〇一（c）三とかなんとか」

「そうでしょうね」

それ以上はなにも言おうとしない。風鈴がまた鳴る。そのとき、パレードの音楽が流れてきた。東屋でリハーサルしているチューバとトランペットの音。

「タリーさん、必要であれば、ほかの手段を使ってさぐりだすこともできるんですが、いま話していただけるなら、そのほうがずっと簡単なんです」

彼女は溜息をつくと、立ちあがり、足を引きずって部屋を出ていく。私はそのあとを追いながら、なにかを見せてもらえますようにと祈っている。さっきのは完全なはったりだからだ――私には、なにかをさぐりだす手段なんてない。いまはもう。

結局、保険金の大部分は、チタンに費やされたという。

「あたしが考えたんじゃありませんよ」タリー夫人は言う。「バーナードが考えたの。彼があれを設計したのよ。二人で材料を選んで、二人で原料を注文したわ。やりはじめたのは五月よ。最悪の事態になるとはっきりしてすぐに」

車庫の作業台に、直径一メートルくらいの簡素な金属製の球体が置いてある。タリー夫人によれば、球体の外側の層はチタンでできているが、チタンはその部分だけだ。内側は、アルミニウムの複数の層になっている。タリー氏のデザインによる保温性コーティングの層だ。長年、航空宇宙工学のエンジニアとして勤めてきた彼は、この球体なら、宇宙線に対する耐性があり、また、宇宙をただよう破片とぶつかっても耐えられるだろうから、地球軌道上で生き残れると確信した。

「いつまで生き残れると？」

夫人は微笑む。私に見せる初めての笑み。

「人類が、それを回収できるほどに復活するまで」

球体のなかに丁寧に詰められていたのは、DVDの束、図面、丸めてガラスケースに入れた新聞紙、多種の物質のサンプルだ。「海水、粘土のかたまり、人間の血液」タリー夫人は言う。「彼は、賢いひとだった、夫のことよ。ほんとうに賢いひと」

私は、この小さな衛星のなかにはいっていた、いっぷう変わった内容物をひっくり返して調べ、一つずつ手にのせては、感心したようにうなずく。ごく簡潔な人類と人類の歴史の説明書だ。品々を集めるかたわらで、小さな民間宇宙企業に衛星打ちあげを依頼し、打ちあげは六月に予定されたが、そこで資金が尽きた。つまり、自殺はそのためだった。保険金請求はそのためだった。最初のスケジュール通りに打ちあげられるのよ、とタリー夫人は言う。

「それで？　あなたはなにをカプセルに入れてほしいの？」

「なにも」私は答える。「どうしてそんなことを訊くんですか？」

「あの男のかたはそうしたからよ」

「ゼルさんが？　彼はここに入れたいものがあったんですか？」

「そこになにか入れていたわよ」夫人は収集品に手を伸ばし、がさごそやって、小さく折りたたまれた、どこにでもあるような薄黄色の薄い封筒を取りだす。それまで私はその封筒に気づかなかった。「じつをいうと、彼がここに来たのはこのためじゃないかと思うの。保険金請求を直接調査する必要があると口では言っていたけれど、あたしはなにもかも彼に話したのだから。それなのに、彼はここにやってきた。あの小さなテープを持ってね。そして、つぶやくように言ったわ。ここに入れてもらえませんかって」

「見てもいいですか？」

夫人は肩をすくめる。「あなたのお友だちでしたから」

小さな封筒を手に取って、中身をあける。マイクロカセットテープだ。古い留守番電話機で録音用に使われていたような、重役が口述するときに使っていたようなタイプ。

「なにが録音されているか知ってますか？」

「いいえ」

私はそこに突っ立って、テープを見つめている。このテープを再生する機械を見つけるにはかなり苦労するだろうが、かならず見つけだせるはずだ。警察署のどこかの物置に、旧式の留守番電話機が二台あった。あそこにまだあるかもしれないし、マコネル巡査に頼めばさがしてくれるだろう。それとも、質屋がどこかにあるだろうし、最近マンチェスターの公園などで毎週開催されているフリーマーケットで——機械をさがしだして、テープを再生すればいい。彼の声を聞けると思うと興味が湧く——興味が湧く——

タリー夫人は待っている。鳥のように首をかしげて、私をながめている。小さなテープが置かれた私のてのひらは、巨人の手みたいだ。

「奥様、では」私は言って、テープを封筒のなかにするりと入れて、カプセルに戻す。「お時間を取っていただいてありがとうございました」

「いいのよ」

夫人はドアまで送ってくれて、別れぎわに手を振る。

「足元に気をつけて。お友だちは足を踏みはずして、顔を思いきりぶつけたから」

いまは浮かれ騒ぐ人々で混雑したニューカッスルの緑あふれる中央広場に駐めた自転車の鎖をはずして、自宅に向けて走りだす。パレードの楽しげなどよめきが背後に遠ざかっていって、オルゴールのような音になり、やがては消えてしまった。

ズボンの脚やコートの袖に受ける風を感じながら、ハイウェイ九十号線の路肩を走っていると、ときどき追いこしていく配送トラックや州警察車が巻きおこす突風で揺さぶられる。先週の金曜日、政府はホワイトハウスで挙行したかなり手のこんだ式典を最後に、郵便配達事業を廃止した。とはいえ民間企業はいまでも配送作業を行なっており、フェデックス社の運転手は、武装した大男を助手席に乗せて走っている。私は、退職時の給料の八五パーセントの恩給つきで、コンコード警察を早期退職することに同意した。合計で、パトロール警官として一年と三ヵ月と十日間、犯罪捜査部の刑事として三ヵ月と二十日間勤務したことになる。九十号線をどんどん走る。黄色い二重線に沿って自転車を走らせる。

　これからどうなるのか、どれだけ考えても考えはつきない。考えるのをやめられない。

　深夜を過ぎたころにようやく家に帰りついたら、私がポーチで椅子代わりに使っている、ひっくり返した牛乳箱の一つに腰かけて、彼女が私を待っている。長いスカートと薄手のデニムジャケットを着て、アメリカン・スピリットの煙草のにおいをぷんぷんさせている妹。べつの箱のうしろから、フーディーニが悪意のこもる目で彼女をにらみ、歯をむきだして、体を震わせている。自分はだれにも見えない存在だと思っているかのように。

「ああ、よかった」私は口走って、階段の下で自転車をほうりだし、妹のところに飛んでいく。私たちは抱きあって笑い、妹の頭を自分の胸に引き寄せる。

「まったく、なんてやつだ」と私が言い、身体が離れると、妹が言う。「ごめんね、ヘン。ほんとにごめん」

　それ以上は必要ない。私が聞きたかった反省の言葉は、それで全部だ。夫の脱獄に手を貸してくれと、泣いて私にすがったときも、妹は自分のしていることをちゃんとわかっていた。

「いいんだ。正直いうと、あとから考えて、おまえの頭のよさに感心してるってとこかな。おまえはおれを――パパはなんて言ってたっけ？　オーボエみたいに？　だっけ？――吹き鳴らした」

「そんなの知らないよ、ヘンリー」

「知ってるくせに。オーボエとボノボと――」

「あたしはまだ六歳だったのよ、ヘンリー。そんな話、なんにも憶えてないよ」

妹は、煙草の吸殻をポーチにはじき飛ばして、つぎの一本を取りだす。たてつづけに吸うことに、私は反射的に眉をひそめ、父親がわが子を叱るような態度に、妹は反射的に目玉をまわす――むかしからの習いだ。

フーディーニが、ためらいがちに小さくうなって、牛乳箱の下から鼻を突きだす。マコネル巡査から、この犬はビション・フリーゼという種類だと教えてもらったものの、やっぱり私はプードルだと思っていたい。

「もういいだろ、話してくれよ。おまえはなにを知りたかったんだ？ おれがニューハンプシャー州軍基地に忍びこむことで、おまえはどんな情報を手にいれたんだ？」

「この国のどこかで秘密計画が進行中なの」ニコがゆっくりと話しはじめる。そっぽを向いて。「それがどこなのか明かされることはないでしょうね。あたしたちは場所を絞りこんだの。いまの目標は、その計画が進められている、一見目だたない施設をさがしだすこと」

「〝あたしたち〟ってだれだ？」

「言えない。でも、あたしたちの情報によると――」

「その情報をどこで手にいれた？」

「言えない」

「ニコ、いいかげんにしろ」

トワイライトゾーンにいるような気分だ。妹と言いあらそっている。むかし、最後の一本のアイスキャンデーをめぐって、あるいは、祖父の車を無断で使ったことについて口論したときのように。ただし今回のテーマは、荒唐無稽な地政学的陰謀論についてだ。

「この計画を守るために、あるレベルのセキュリティが張りめぐらされているの」

「いいか、はっきり言わせてもらうと、おまえは、それが人間を月へ運ぶシャトルだとは信じていない」

「まあね」妹は言って、煙草を吸いこむ。「まあね。

それを信じてる仲間はいるけど」

私の口があんぐりとあいて、さまざまな事情が——妹がしてきたこと、いましていること、ごめんと言った理由——そのすべてが、いまになってやっと飲みこめてきた。そして、自分の妹をあらためて見てみると、別人かと思うほどちがって見える。前とくらべて、母と似たところがずいぶん減った。ずっと痩せたし、落ちくぼんだ思いつめたような目をしているし、顔の深いしわをやわらげる女らしい脂肪は一グラムもついてない。

ニコ、ピーター、ナオミ、エリック——だれもが秘密をかかえ、変わってしまった。五億キロのかなたにいるマイアは、私たち全員を相手にやりたい放題だ。

「デレクはカモの一人だったんだろ？ おまえは内部にいたが、おまえの夫は、月へ脱出するんだと本気で信じていた」

「そうでなければならなかったの。ある目的のために基地で四輪バギーを乗りまわすのだと思いこませないとならなかった。ほんとうの目的を教えられるはずがないわ。あてにならないんだもの。あまりに——わかるでしょ」

「あまりにバカすぎて」

妹は答えない。その表情は硬く、目には、どこかで見たような、冷淡な光が宿っている。警察署前の広場にいた宗教に凝りかたまった人々とおなじ光。角刈り《ブラシカット》連中のなかでも最悪な、楽しいからという理由で酔っぱらいを乱暴に扱う輩《やから》とおなじ光。すべての現実をはねつける狂信者たち。

「で、おまえがさっき言ったセキュリティのレベルだが。あれが本物の施設だったなら、おまえたちがさがしている場所だったなら、彼は——たとえば——足かせをはめられていたのか？」

「いいえ。死体になっていたはず」

冷ややかで厳しい声。赤の他人と話しているような気がする。

「つまりおまえは、その危険を承知のうえで、彼をあそこに送りこんだ。彼は知らなかったが、おまえは知っていた」

「ヘンリー、わかっていて結婚したのよ」

ニコは遠くをながめて、煙草をふかしている。私がそこに立って身を震わせているのは、デレクの身に起きたことのせいではなく、妹がみずから身を投じたSFまがいの狂気のせいでもなく、私が知らないうちに引きずりこまれていたことを知ったせいでもない。私が身を震わせているのは、これでおしまいだからだ――今夜、ニコが旅立てば、私たち兄妹は終わる――二度と妹に会うことはないだろう。そうなれば私と犬が取り残されて、一緒に待つことになる。

「その価値はあった。それだけは言えるわ」

「なんでそう言える？」私は、あの話の最後の部分も憶えている。へまな脱獄計画の結末。デレクは見捨てられ、見殺しにされた。捨て石。消耗品。私は自転車に手をかけて、肩にかつぎあげ、妹のそばを歩いてドアへ向かう。

「ねえ――待って――あたしたちがなにをさがしているか知りたくないの？」

「いや、けっこうだ」

「その価値はあるのに」

話は終わった。怒りよりも疲れを感じる。一日じゅう自転車に乗っていた。そのせいで脚が痛い。あす、私がなにをしているかはわからないが、夜も遅い。地球はまわりつづけている。

「あたしを信用して」うしろからニコが声をかけてくる。もうドアのところまで来た。ドアがあいて、フーディーニがすぐあとからついてくる。「十二分の価値があるわ」

私は足を止めてふりむき、妹を見る。

「〝希望〟よ」

「ふうん」私は答える。「希望ね。そうか」

私はドアを閉める。

感謝をこめて

ティム・スパー博士　ハーバード・スミソニアン天体物理学センター、小惑星センター所長

シンシア・ガードナー博士　法病理学者

コンコード警察署、なかでもジョゼフ・ライトおよびクレイグ・レビックス警察官

アンドルー・ウィンタース弁護士

ジェフ・ストレルジン　ニューハンプシャー州検事補

スティーブ・ウォルターズ　メリーランド州ロヨラ大学

ビンヤミン・アプルバウム　ニューヨークタイムズ新聞社

ジュディ・グリーン博士

デビッド・ベルソン　アカマイ・テクノロジーズ社

ノーラ・オスマン博士とマーク・ポメランツ博士

ジェイソン、ジェーン、ドゥーギー、デイブ、ブレット、メアリー・エレン、ニコール、エリックほか
クウァークブックスのみなさん
モリー・ライオンズとジョエル・デルバーゴ
原稿を読んでくれたニック・タマーキン、エリック・ジャクソン、ローラ・グティン
マイケル・ハイマン（と犬のワイリー）
ダイアナとロザリーとアイザックとミリー、本当にありがとう。

元NASA宇宙飛行士にして小惑星研究者であるラスティ・シュワイカートから、本書のような人類滅亡をテーマとした作品ではなく、それよりも可能性ははるかに高いと思われる壊滅的被害を題材にするべきではないかという助言を受けた。この提案に応じることはできなかったが、B612財団（www.B612Foundation.org）のウェブサイトには彼の研究の成果が掲載されているので、ぜひご覧ください。

解説

半年後に滅びる世界で、刑事であることは何を意味するのか——。本書『地上最後の刑事』（原題 *The Last Policeman*）は、二〇一二年にアメリカで刊行されるやいなや、終末を控えたアメリカという舞台設定と警察小説という斬新な組み合わせですぐに話題となった。翌年には、アメリカ探偵作家クラブ（MWA）賞最優秀ペイパーバック賞を受賞し、実力派作家としてベン・H・ウィンタースの名前を印象付けた。本書は三部作の第一作にあたる。

物語は、ある三月、アメリカのニューハンプシャー州コンコードにあるマクドナルドのトイレで、男性の首吊り死体が発見された場面から始まる。死者の名前はピーター・ゼル。保険会社勤務の計理士だった。だが、通報でやってきた警察や検事補の動きは総じて鈍い。なぜなら、明らかに自殺と見えたからだ。

その年の一月、ある重大な予報が発表されていた。同年十月に、巨大な小惑星２０１１ＧＶ₁、通称〝マイア〟が地球と衝突するという報告だ。地球環境は甚大な損害を受け、人類もほぼ壊滅すると予想されている。未来に絶望して自死を選ぶ者も珍しくない。ゼルもその一人だと思われた。

しかし、本書の語り手となる長身の新人刑事、ヘンリー・パレスは違う印象を持った。二十代後半のパレスは、刑事に昇進したばかりで、職務に強い誇りと自負を抱いている。彼は死者の衣服の中でベルトだけがなぜか高級品であったことに疑問を抱く。そして、どうしていまそんなに頑張って仕事をするのか、という周囲の呆れた視線をものともせず、捜査を開始する。

文明の滅亡や人類の終焉を主題とした「アポカリプス」小説や「ポスト・アポカリプス」小説には長い伝統があるが、近年のアメリカではディストピア小説と合わせて目立った増加を見せている。本書もその流れにあるといえるが、終末が訪れる前の世界を舞台にしているのが特徴だ。書評では「ポスト・アポカリプス」との対比で「プレ・アポカリプス」とも呼ばれている。

アポカリプスとミステリを融合させた理由について問われた著者ウィンタースは、「人類の置かれた状況が抜本的に変化する様を描いたSFにはずっと惹かれてきた」と語り、例としてP・D・ジェイムズの『トゥモロー・ワールド（人類の子供たち）』と、フィリップ・ホセ・ファーマーの〈リバーワールド〉シリーズを挙げている。「この〝プレ・アポカリプス・ミステリ〟では、〝プレ・アポカリプス〟の要素が先にあった。文明の最後の数カ月を想像するのは非常に面白いだろうと思って。それからこの種の作品にふさわしい主人公を考えていて、仕事に全身全霊を捧げている人間、世界が終わる前に自分の目の前のパズルを解こうとする人間がいいと思った。そしてヘンリー・パレス刑事、おかしいぐらい仕事に熱意を持つ公務員が生まれたんだ」（アマゾンUSでのインタビューより）

しかし、アポカリプスを控えた絶望的な世界を予想してページを繰ると、意外なほど警察小説らしい地道な捜査の様子に驚かされるだろう。他の刑事たちが見向きもしない事件をひとり追及する陰ある刑事の姿には、ノワール小説の味わいも感じられる。孤軍奮闘する刑事というノワール小説のある種の典型を採用したことについて、ウィンタースは「〝孤軍奮闘には正当な理由があったとしたら？　コンコード警察の他の刑事たちが事件に関心を持たないのは、世界が終わりかけているからだとしたら？〟と考えた」という（ナショナル・パブリック・ラジオのインタビューより）。

このような意欲的な作品である本書は、有力紙誌より好意的な評を得た。いくつか紹介したい。

厚みのある登場人物とすばらしい会話がある堅固な構成のフーダニット。

――《ブックリスト》誌

説得力のあるツイスト、好感を持たせる人物たち、悲しい美しさ。珠玉の作品だ。

――《サンフランシスコ・ブック・レビュー》紙

変わった刑事と魅惑的な犯人捜しを備えたミステリとしても、アポカリプスもののスペキュレイティブ・フィクション（思弁小説）としても成功している。

——《サクラメント・ニューズ＆レビュー》誌

著者のベン・H・ウィンタースはメリーランド州の郊外の町で育ち、セントルイスのワシントン大学を卒業。数々の都市と職を転々とした後に作家としてデビュー。フィクションのほか、ノンフィクションや戯曲も手がけている。現在はインディアナポリスに、法律学教授の妻と三人の子供とともに暮らしている。ちなみに本書の舞台になったコンコードは兄弟のアンドルーが住む町だ。

本書はウィンタースの第六長篇で、初の邦訳作品だ。他の著作には、彼がアメリカの出版界で注目されるきっかけとなった*Sense and Sensibility and Sea Monsters*（「分別と多感と海の怪物」、二〇〇九）および*Android Karenina*（「アンドロイド・カレーニナ」、二〇一〇）という『高慢と偏見とゾンビ』（ジェイン・オースティン＆セス・グレアム＝スミス、安原和見訳、二見文庫）に続く古典マッシュアップ小説二作、ホラー長篇*Bedbugs*（「南京虫」、二〇一一）、ヤングアダルト小説*The Secret Life of Ms. Finkleman*（「フィンクルマン先生の秘密の人生」、二〇一一）などがある。ヤングアダルト小説優秀児童小説賞の候補になっている。最新作は本書に続く三部作の第二作*Countdown City*（二〇一三）。二〇一四年には三部作の最終作が発表される予定だ。

*Countdown City*は、小惑星マイアが地球に衝突する三カ月前が舞台だ。パレスは地元の有力者の義理の息子を探すことになる。パレス刑事と世界はどのような道をたどるのか。ハヤカワ・ミステリよ

り紹介予定なのでぜひ楽しみにしていただきたい。（K・N）

二〇一三年十一月

HAYAKAWA POCKET MYSTERY BOOKS No. 1878

上《うえ》野《の》元《もと》美《み》

英米文学翻訳家
訳書
『粛清』ソフィ・オクサネン
『シャドウ・ダイバー』ロバート・カーソン
（以上早川書房刊）
『デーモン』ダニエル・スアレース
『イアン・フレミング極秘文書』ミッチ・シルヴァー
他多数

この本の型は，縦18.4センチ，横10.6センチのポケット・ブック判です.

〔地上最後《ちじょうさいご》の刑事《けいじ》〕

2013年12月15日初版発行　2015年2月25日再版発行

著　者　ベン・H・ウィンタース
訳　者　上　野　元　美
発行者　早　川　浩
印刷所　星野精版印刷株式会社
表紙印刷　株式会社文化カラー印刷
製本所　株式会社川島製本所

発行所　株式会社　早川書房
東京都千代田区神田多町2－2
電話　03-3252-3111（大代表）
振替　00160-3-47799
http://www.hayakawa-online.co.jp

（乱丁・落丁本は小社制作部宛お送り下さい
送料小社負担にてお取りかえいたします）

ISBN978-4-15-001878-8 C0297
Printed and bound in Japan

ハヤカワ・ミステリ〈話題作〉

1843 **午前零時のフーガ** レジナルド・ヒル 松下祥子訳

〈ダルジール警視シリーズ〉ダルジールの非公式捜査は背後の巨悪に迫る！ 二十四時間でスピーディーに展開。本格の巨匠の新傑作

1844 **寅《いん》申《しん》の刻** R・V・ヒューリック 和爾桃子訳

〈ディー判事シリーズ〉テナガザルの残した指輪を手掛かりに快刀乱麻の推理を披露する「通臂猿の朝」他一篇収録のシリーズ最終作

1845 **二流小説家** デイヴィッド・ゴードン 青木千鶴訳

冴えない中年作家は収監中の殺人鬼より告白本の執筆を依頼される。作家は周囲を見返すため、一発逆転のチャンスに飛びつくが……

1846 **黄昏に眠る秋** ヨハン・テオリン 三角和代訳

各紙誌絶賛！ スウェーデン推理作家アカデミー賞最優秀新人賞、英国推理作家協会賞最優秀新人賞ダブル受賞に輝く北欧ミステリ。

1847 **逃亡のガルヴェストン** ニック・ピゾラット 東野さやか訳

すべてを失くしたギャングと、すべてを捨てようとした娼婦の危険な逃亡劇。二人の旅路の哀切に満ちた最後とは？ 感動のミステリ

ハヤカワ・ミステリ〈話題作〉

1848 **特捜部Q**　—檻の中の女—

ユッシ・エーズラ・オールスン　吉田奈保子訳

未解決の重大事件を専門に扱うコペンハーゲン警察の新部署「特捜部Q」の活躍を描く、デンマーク発の警察小説シリーズ、第一弾。

1849 **記者魂**

ブルース・ダシルヴァ　青木千鶴訳

正義なき町で起こった謎の連続放火事件。ベテラン記者は執念の取材を続けるが……。アメリカ探偵作家クラブ賞最優秀新人賞受賞作

1850 **謝罪代行社**

ゾラン・ドヴェンカー　小津　薫訳

ひたすら車を走らせる「わたし」とは？　女を殺した「おまえ」の正体は？　謎めいた「彼」とは？　ドイツ推理作家協会賞受賞作。

1851 **ねじれた文字、ねじれた路**

トム・フランクリン　伏見威蕃訳

自動車整備士ラリーは、ある事件を契機に少年時代の親友サイラスと再会するが……。英国推理作家協会賞ゴールド・ダガー賞受賞作

1852 **ローラ・フェイとの最後の会話**

トマス・H・クック　村松　潔訳

歴史家ルークは、講演に訪れた街で、昔の知人ローラ・フェイと二十年ぶりに再会する。一晩の会話は、予想外の方向に。名手の傑作

ハヤカワ・ミステリ〈話題作〉

1858 **アイ・コレクター**
セバスチャン・フィツェック
小津　薫訳

子供を誘拐し、制限時間内に父親が探し出せなければ、その子供を殺す――連続殺人鬼を新聞記者が追う。『治療島』の著者の衝撃作

1859 **死せる獣** ―殺人捜査課シモンスン―
ロデ&セーアン・ハマ
松永りえ訳

学校の体育館で首を吊られた五人の男性の遺体が見つかり、殺人捜査課課長は休暇から呼び戻される。デンマークの大型警察小説登場

1860 **特捜部Q** ―Pからのメッセージ―
ユッシ・エーズラ・オールスン
吉田　薫・福原美穂子訳

海辺に流れ着いた瓶から見つかった手紙には「助けて」と悲痛な叫びが。「ガラスの鍵」賞を受賞した最高傑作。人気シリーズ第三弾

1861 **The 500**
マシュー・クワーク
田村義進訳

首都最高のロビイスト事務所に採用された青年を待っていたのは華麗なる生活だった。だが彼は次第に巨大な陰謀に巻き込まれてゆく

1862 **フリント船長がまだいい人だったころ**
ニック・ダイベック
田中　文訳

漁業会社売却の噂に揺れる半島の町。十四歳の少年は、父が犯罪に関わったのではと疑いはじめる。苦い青春を描く新鋭のデビュー作

ハヤカワ・ミステリ〈話題作〉

1868 **キャサリン・カーの終わりなき旅** トマス・H・クック 駒月雅子訳

息子を殺された過去に苦しむ新聞記者は、あるきっかけから、二十年前に起きた女性詩人の失踪事件に興味を抱く。贖罪と再生の物語

1869 **夜に生きる** デニス・ルヘイン 加賀山卓朗訳

〈アメリカ探偵作家クラブ賞最優秀長篇賞受賞〉禁酒法時代末期のボストンで、裏社会をのし上がっていこうとする若者を描く傑作！

1870 **赤く微笑む春** ヨハン・テオリン 三角和代訳

長年疎遠だった父を襲った奇妙な放火事件。父の暗い過去をたどりはじめた男性が行きつく先とは？〈エーランド島四部作〉第三弾

1871 **特捜部Q ―カルテ番号64―** ユッシ・エーズラ・オールスン 吉田　薫訳

悪徳医師にすべてを奪われた女は、やがて復讐の鬼と化す！「金の月桂樹」賞を受賞したデンマークの人気警察小説シリーズ第四弾

1872 **ミステリガール** デイヴィッド・ゴードン 青木千鶴訳

妻に捨てられた小説家志望のサムは探偵助手になるが、謎の美女の素行調査は予想外の方向へ……『二流小説家』著者渾身の第二作！

ハヤカワ・ミステリ〈話題作〉

1873 **ジェイコブを守るため**
ウィリアム・ランデイ　東野さやか訳
十四歳の一人息子が同級生の殺人容疑で逮捕され、地区検事補アンディの人生は根底から揺らぐ。有力紙誌年間ベストを席巻した傑作

1874 **捜査官ポアンカレ** —叫びのカオス—
レナード・ローゼン　田口俊樹訳
かの天才数学者のひ孫にして、ICPOのベテラン捜査官アンリ・ポアンカレは、数学者爆殺事件の背後に潜む巨大な陰謀に対峙する

1875 **カルニヴィア1 禁忌**
ハヤカワ・ミステリ創刊60周年記念作品
ジョナサン・ホルト　奥村章子訳
二体の女性の死体とソーシャル・ネットワーク「カルニヴィア」に、巨大な陰謀を解く鍵が！　壮大なスケールのミステリ三部作開幕

1876 **狼の王子**
クリスチャン・モルク　堀川志野舞訳
アイルランドの港町で死体で見つかった三人の女性。その死の真相とは？　デンマークの新鋭が紡ぎあげる、幻想に満ちた哀切な物語

1877 **ジャック・リッチーのあの手この手**
ジャック・リッチー　小鷹信光編・訳
膨大な作品から編纂者が精選に精選を重ねたすべて初訳の二十三篇を収録。ミステリ、SF、幻想、ユーモア等多彩な味わいの傑作選